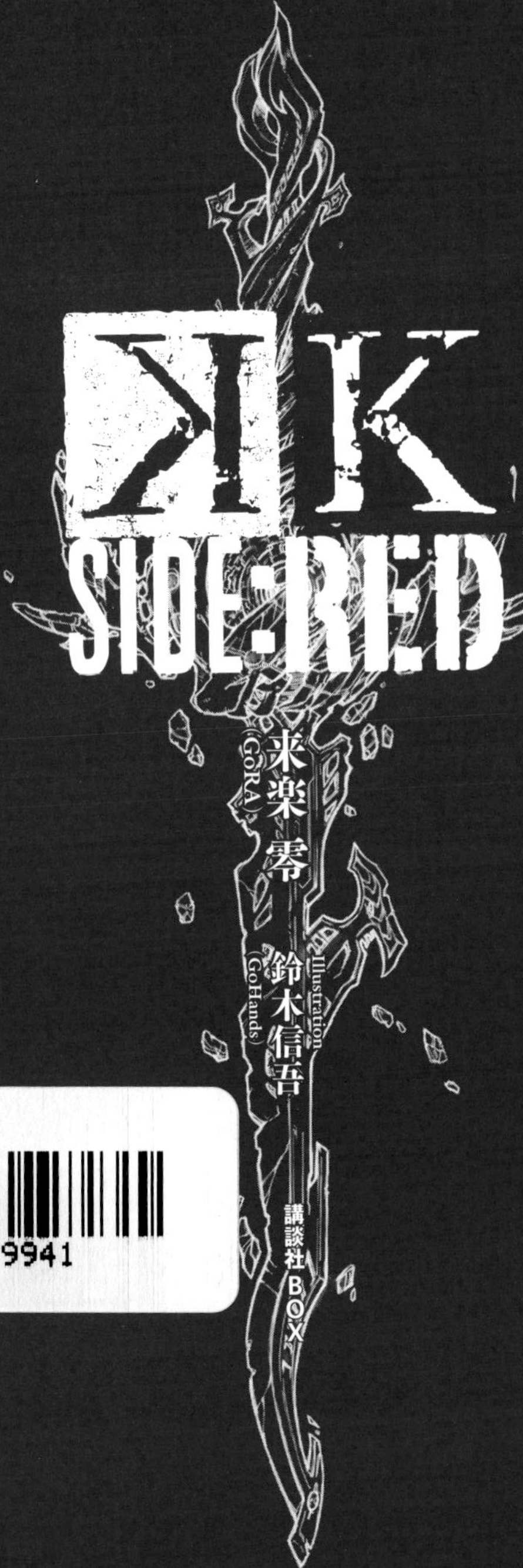

K
SIDE:RED

来楽零（GoRA）

Illustration 鈴木信吾（GoHands）

講談社BOX

櫛名穂波《くしなほなみ》
櫛名《くしな》アンナ
御槌高志《みづちこうし》
鎌本力夫《かまもとりきお》
八田美咲《やたみさき》

K SIDE:RED Contents

Book Design　芥 陽子 (note)

十年前と現在では、日本地図の形が少し違う。

十年前までは、関東南部はもっと広い土地を有していた。だが今、そこは丸くえぐり取られ、広大なクレーターとなって海の底に沈んでいる。

〝関係者〟たちは、そのクレーターを〝迦具都《かぐつ》クレーター〟と呼ぶ。

『あれ、先代の赤の王の力らしいで』

そう言ったのは草薙《くさなぎ》だった。

迦具都とは、先代の赤の王の名前らしい。周防《すおう》の前の代の——十年前にクレーターを生んで消滅した、王の名前。

あのクレーターは、王の破滅の形だという。

ふぅん、と周防は思った。

悪くない、とも思った。

狭い狭い世界で、自分で自分を縛りつけるようにして生きるよりも、身を焦がすほどの衝動に任せてすべてを焼き尽くして果てるのは、よほど魅力的に思えた。

そして、そう考えてから、吐き気がした。

1　青い服の少女

十束多々良《とつかたたら》は椅子《いす》に後ろ向きに座って、その少年の顔をじいっと見つめていた。少年はふてくされたふうを装いながらもだいぶん困惑しているようで、眼鏡《めがね》の奥ですがめられた目をさまよわせた。

「……………なんすか」

「うん？　ちょっと新入りさんの顔をよく見てただけ」

鎮目町《しずめちょう》の一角にある、バー『ＨＯＭＲＡ』の中。木の匂《にお》いがしそうな艶《つや》やかなカウンターに、板張りの床、ガラの悪い少年たちがたむろする場所としてはあまりそぐわない、上品にまとめられたインテリア。カウンターの内側の棚には、定番のものからなかなか手に入らない珍しいものまで、マスターの趣味で集められた様々な酒の瓶《びん》がびっしりと並んでいる。

行儀《ぎょうぎ》のよくない少年たちも、店の中で暴れて物を壊したり、店の中を汚したりは決してしない。そんなことをすればこのバーのマスター、草薙出雲《いずも》からどんな制裁を受けるかわかったものではないからだ。草薙はいつも飄々《ひょうひょう》とした笑顔を浮かべている人当たりが良く剽軽《ひょうきん》な優男《やさおとこ》なのだが、いざ怒るとその細腕一本で巨漢をもつり上げる。

バーの中には、今日も意味もなく少年たちがたむろしていた。くだらないことで笑い声をあげて騒ぐ声が響いている。このバーは、吠舞羅《ホムラ》のメンバーにとってのホームだ。

十束は、その少年たちの喧噪《けんそう》に背を向けるようにして椅子にまたがり、バーの隅《すみ》っこで一人皆を避けるように座っている少年を眺めていた。少年は黒縁《くろぶち》の眼鏡をかけて、そのレンズの向こうからいつもつまらなそうな目をして周りを見ている。

最近吠舞羅に入ってきた、中学卒業したての少年だった。一緒に入ってきた相方の八田美咲《やたみさき》はもうすっかりなじんでいるのだが、この少年――伏見猿比古《ふしみさるひこ》は、どうもいまだに吠舞羅のメンバーに心を許そうとする気配が見られなかった。

一応、新人の面倒を見るのは十束の役目になっている。面倒を見るといっても、教育というほどのたいそうなことはしない。人を見て、簡単なルールを教えて、あとは仲良くなるだけだ。

だが伏見は、十束にとってもなかなかの難敵だった。

「なあ、猿くん」

「…………」

その呼びかけに、伏見はものすごく嫌そうに十束を見やった。

猿くんという呼び方が嫌なら素直にそう言えばいいのに、伏見は口に出して拒否を示そうとはしない。

八田は初対面のときに「美咲くん」と呼びかけたら「下の名前で呼ぶな！」と素直に吠《ほ》えてくれたのでやりやすかったのだが。

十束はとりあえず、伏見が口に出して嫌がってくれるまで、その名前で呼び続けてみることにした。

「猿くん。俺の中で今、将棋がマイブームだ」

「…………そうすか」

「だけど、相手をしてくれる人がいない。八田は弱い……というか、いくら教えてもルールを覚えてくれないし、草薙さんは強いんだけど面倒がってなかなかつきあってくれない。一回だけキングとやったことあるんだけど、あの人も弱いっていうか、王将を守ろうって発想がないみたいでさ。一局指したあと、まどろっこしい遊びだな、ってつまんなそうに言われちゃったよ」

「……………」

再び、沈黙。

十束は気にせず続けた。

「というわけで、猿くん。俺の相手してくれないかな？」

十束はにこにこ笑いながら伏見の反応を見守った。

——ああ、苛立《いらだ》ってるなぁ。

伏見はあからさまな反抗はしないのだが、内面の苛立ちを隠しもしないので、心情はとてもわかりやすかった。

伏見は、こういう構われ方は嫌いだろう。無理にチームになじませようとしているように見えて、鬱陶《うっとう》しがってるに違いない。

伏見とは、ある程度の距離をとってつきあうのが正解だ。

それをわかっていながらも、なぜかつい構ってしまいたくなる。十束にとって、伏見は興味深い少年だった。

「十束！」

カウンターから、草薙が呼んだ。

顔を向けると、草薙がグラスを磨きながら、顎《あご》でバーの二階を指し示す仕草をした。

「ちょっと尊《みこと》呼んでき」

「なんで？」

「ここ数日、あいつろくに姿見せへんから、相談せなあかんことがたまっとるんや。ったく、他人《ひと》のバーの二階で引きこもりよって……」

十束は苦笑した。

さっきまで騒いでいたメンバーたちがいつのまにか黙り、なんとはなしに草薙と十束のやりとりを見守っている。彼らにとって、キングの機嫌は重大事項だ。

機嫌が悪い——というより、自分の精神のクレバスにはまり込んでしまったかのようになるときの周防は、仲間たちにとっても気軽に触れることのできない、さわっただけで祟《たた》られそうな存在になる。

別に、怒鳴られたり殴《なぐ》られたりするわけじゃない。

ただ、近づいてきた人間を一瞥《いちべつ》するだけだ。

ただそれだけで、若い仲間は立っていられないくらいに震え上がる。

十束は苦笑して軽く草薙に手を上げると、二階に向かった。

†

バーの二階の空き部屋に、周防尊は住み着いている。

住環境に興味がないのか、部屋の中にあるのは拾ってきたようなボロいソファーとベッド、あとは小さい冷蔵庫くらいのもので、殺風景を通り越して人が住んでいる気配というものを感じさせない空間になっている。

プライバシーもどうでもいいのか、十束や草薙が勝手に入っても特に文句も言わない。

十束は扉の前で少し迷ってから、一応ノックした。

案《あん》の定《じょう》、部屋の中からはなんの返事もなかった。

「キング、入るよ」

十束は軽く声をかけて扉を開けた。

周防は、ソファーで死んだように横になっていた。

靴を履《は》いたまま足をソファーの上に投げ出し、光のない目で茫洋《ぼうよう》と天井を見上げている。

十束はソファーの横まで歩み寄って、上から周防の顔をのぞき込んだ。

周防は面倒くさそうに、ゆるりと視線を十束の方に動かす。

「…………んだよ」

地の底から響くような声で周防が言った。

「最近、姿見せないじゃないか」

十束の言葉に、周防は小さく鼻を鳴らした。そのわずかな仕草すら、面倒でたまらないといった様子だった。

そのくせ、その場にいるだけで周りを威嚇《いかく》するようなオーラが漏《も》れている。

今にも何かを破壊しそうな危うさ。そしてそれを爆発させずにおくための、異常なほどの無気力さ。

だが十束は気にせず、にこにこと笑いながら声をかけた。

「草薙さんが、相談したいことがたまってるって」

「…………」

「たまには姿を見せないと。キングがいないんじゃ、みんな意気があがらないよ」

「…………」

「キングの機嫌が悪いって、みんなびびっちゃってるしさ。……とにかく、草薙さんから呼んでこいって言われたんで、とりあえず一緒に来てよ」

「…………」

何を言っても無反応な周防に、十束はむうと口を曲げた。

十束はソファーに背中を寄りかからせるようにして、床に座る。周防に背を向ける形になった。

その姿勢のまま、言った。

「悪い夢でも、見た？」

しばらく、沈黙が落ちた。やがて小さな舌打ちが響く。

「夢見が良かったためしなんざ、ねーよ」

低い周防の声に、十束は軽く目を伏せた。

「……どんな夢を見るのさ」

バーの喧噪が、二階まで微《かす》かに響いてくる。十束はそれを聞きながら、周防の反応をゆっくり待った。

突然、周防の手が十束の頭をわしづかんだ。驚いて、十束は「うお！」と声をあげる。

周防の大きな手は、十束の頭など楽につかめてしまう。そのまま、その手に力を入れられた。

「いだだだだっ！　何⁉　キング何⁉」

しばらくぎりぎり締め上げられたあと、唐突に突き放された。

「いったぁ……何すんの……」

またも攻撃されてはたまらないと、十束は這《は》うようにして周防が寝そべるソファーから離れ、痛みに涙がにじんだジト目で周防を振り返る。

周防は人の頭を締め上げておきながら、さっきと変わらない無気力な顔を天井に向けていた。

「キング？」

「……テメェの頭なんざ、片手で簡単に割れるんだよな」

物騒なことを、無感動な声で周防は言った。

周防がその気になれば、十束の頭を砕くことなど、卵を割るのと同じくらい容易《たやす》いだろう。

言葉の裏側の思いを正確に読み取って、十束は小さく苦笑した。

周防が寝そべっているソファーの横を、伸ばした足で軽く蹴る。

「大丈夫だよ」

十束は言ったが、周防の反応はなかった。

そのとき、階段を駆け上ってくる音が聞こえた。

十束はドアの方を見る。

足音は階段を勢いよく上ってきたものの、ドアの前でためらうように止まった。

それから、控えめなノックが鳴る。

「み、尊さん……？」

おそるおそるかけられた声に、周防はやはり反応しない。代わりに十束が立ち上がってドアを開けた。

ドアの外には縦にも横にも大きな鎌本力夫《かまもとりきお》の巨体があった。鎌本は周防の様子が気になってたまらないのか、及び腰になりつつもちらちらと部屋の奥をうかがっている。

「どうしたの」

「今、下に櫛名《くしな》の姐《あね》さんが来てんす！」

†

「穂波《ほなみ》センセ〜、あんま来《こ》んといてって言うたやないですかー」

草薙は、目の前のカウンターのスツールに座る櫛名穂波に、冗談っぽくも困惑の声をあげた。

「冷たいこと言わないでよ。教え子がこんな素敵なお店をやってるんだもの。来たくなって当然じゃない」

穂波は朗《ほが》らかに笑って言う。二十代後半なのだが、歳よりもずっと若々しく、時に幼くさえ思える人だ。色白の頬《ほお》に落ち着いた笑みをのせていて、物腰は非常に上品なのだが、出会った頃と変わらず、ちょっと抜けたところがある。さっきもいきなりお冷やのコップを倒してしまい、あらあらと自分で拭《ふ》いていた。

穂波の隣では、六、七歳くらいの人形じみた女の子が座っていた。顔立ちも人形のように整っているのだが、何より表情が動かないところが無機物めいている。服も、アンティークドールが着ているようなひらひらしたレースがふんだんに使われたものだ。

服の色は、深い青。

草薙は普段あまり見ることもない小さな女の子という物体を持てあまし気味に眺めながら、とりあえずオレンジジュースを出してみる。

「しかも、そない小さい子まで連れてきて……。子供なんていつ作らはったんですか」

冗談めかして言うと、穂波が苦笑しながら首を振った。

「いやね、違うわよ。この子は私の兄の娘よ。ね、アンナ」

穂波に顔をのぞき込むようにして言われ、アンナと呼ばれた少女は言葉は発しないまま、小さく顎を引いた。

年相応の人見知りとは違う、仮面のような表情をしている。草薙は気にかかって、目で問うように穂波の方を見た。穂波は草薙の目線での問いに、複雑な事情を感じさせる困惑げな微笑《ほほえ》みを返してくる。

草薙が次にかけるべき言葉を見つけるよりも前に、階段を下りてくる複数の足音が聞こえてきた。

視線を上げると、二階へ続くカウンター横の扉から、鎌本と十束が出てくるのが見えた。十束は穂波と笑顔で挨拶《あいさつ》を交わし合う。さらにその後ろから、周防がだるそうに姿を現した。

「周防くん！」

穂波が表情をさらに明るくして、周防を見上げた。周防はうんざりした目を穂波の方に向ける。

「……来るんじゃねぇっつってるだろ」

周防は心底嫌そうな顔をしながら、穂波から一席あけた隣にどかりと座った。

櫛名穂波は、周防の高校時代の担任教師だった。

当時はただの一高校生にすぎなかったものの、それでも十分周りから恐れられていた周防に対して、穂波は怖《お》じることなく接してきた人だった。

周防と同じ学校の卒業生である草薙も、穂波の世話になったことがある。

もちろん、穂波は周防たちの現状を正確には知らない。せいぜい、「鎮目町の裏社会で偉い人になったらしい」程度の認識だろう。

吠舞羅はそれなりに敵も多い。草薙たちは、こちらの世界とは関係ない相手とはあまり親しくしすぎないようにしていた。

だが、未熟だった頃を知られている弱みからか、どうにも穂波のことはうまく突き放しきれない。周防はそういう意味では穂波に弱く、そしてそれは草薙も同じだった。

そういう周防の穂波に対する甘さというのは、他のメンバーたちに誤解を与えているのだけれど。

「姐さん！　荷物こっち置きますよ！」

「姐さん！　膝掛《ひざか》け使いますか？」

穂波と周防の関係を勘違いしている鎌本と、その鎌本を見て勝手に何かを納得して、一生懸命慣れない気遣《きづか》いをしようとする八田がかいがいしく穂波の世話を焼いている。穂波の方は、自分が姐御《あねご》扱いされていることもよくわかっていないようで、心優しい生徒たちに対するような笑顔を見せて「ありがとう、大丈夫よ」などと言っていた。

自分の背後に目をやる。

けだるそうに頰杖《ほおづえ》をついていた周防が、ふと視線を持ち上げた。

「あら、アンナ……」

穂波が驚いたような声をあげた。

周防の後ろには、穂波が連れてきた無表情の小さな少女がいた。めずらしいものを見るように周防を凝視《ぎょうし》している。

睨《にら》んだといっても差し支えないほどに鋭い周防の眼光を受けても、アンナは少しも怖じることなく、ただただまっすぐに、周防を「観察」していた。

周防もしばらく、何も言わずにアンナを見返した。

しばらく、妙な間があいた。

周りも奇妙な雰囲気に呑《の》まれたように静まりかえる。

沈黙に周りの人間が息苦しさを覚え始めたとき、ふいとアンナは踵《きびす》を返した。

周防から離れて、とてとてと店の端っこへ行き、スカートが汚れることも構わずに床に座り込んでポケットからビー玉を出して一人で遊び始める。

「……めずらしいわ、アンナが人に興味を持つなんて」

穂波が目を丸くして、アンナの後ろ姿と周防を見比べた。

「なんや変わった子やな」

草薙は目を細めて、店の隅っこの床に座るアンナを見た。店にいる仲間たちは小さな女の子がめずらしいのか、遠巻きにしながらも興味深そうに眺めている。

ふと草薙は、まだ穂波に何も出していなかったことに気づき、ご注文は？　と訊《き》いた。穂波は黒板のメニューを見上げ、「特製カレーをいただこうかしら」と言い、そのまま床に座るアンナ

へ優しく声をかける。

「アンナ、カレー食べない？」

アンナは振り返らず、声も出さないまま首を横に振った。穂波は苦笑する。

「腹へってへんのかな」

草薙が、鍋から穂波の分の『ＨＯＭＲＡ』特製のトマトチキンカレーをよそいながら言った。

「ご飯、あんまり食べてくれないのよ……。でも、少しだけよそってもらえる？　残しちゃうかもしれないから、申し訳ないんだけど……」

「ええよ。そないなことは気にしいひんで」

草薙は小さめの皿に、アンナ用のカレーをよそった。穂波が立ち上がって受け取ろうとしたが、それを遮《さえぎ》る手があった。

「俺が持ってく。穂波センセイはキングと話してなよ」

穂波が小さなカレーの皿を受け取る前に、十束が手を出してそれをさらった。にこりと人好きのする笑顔を浮かべ、皿を持ってアンナのところへ向かう。

「今日はまた、どないしたん。あないな子つれて」

草薙はカウンターに軽くもたれかかって訊いた。穂波はどこか寂しそうに微笑んで、スプーンでカレーをすくいながら口を開く。

「今日ね……アンナの、仮退院日だったの」

「退院？　あの子どっか悪いんか」

草薙は、こちらに背を向けて床に座っているアンナに視線をやった。アンナの横では十束がカレー皿を差し出しながら何か話しかけているが、アンナは顔を上げようともせずに黙々とビー玉を転がしている。

「先生の話では脳の病気なんですって。難しい病気らしくて、特別な施設に入って検査と治療を続けているわ」

穂波がうつむくと、髪が肩口から流れ落ちた。伏せがちになった穂波の長いまつげを見つめ、草薙は眉を寄せた。

「そら大変やな……。どんな病気なん？」

「はっきりした病名はわかってないの。普段は普通に暮らせるんだけど、時々幻覚みたいなのを見たり、頭痛を起こしたりするみたい。施設の先生の話だと、脳に障害があって、放置しておくと命に関わるって」

「な、治るんスよね？」

側で聞いていた八田が、おろおろと言った。穂波は八田に向かって微笑みかける。八田は急に顔を赤くして、口をもぞもぞ動かした。

「きっと、治るわ。先生たちも、治療法を探して一生懸命になってくれているもの」

治療法を探している、ということは、今現在有効な治療法はわかっていないということなのだろう。

「まだ小さいのに、ずっと入院していなきゃならなくて、仮退院しか許されないものだから……

感情が表に出ない子になっちゃった。家でもずっとふさぎ込んでて、私もどうしてあげたらいいのか、わからなくて」

「親は、いねぇのか」

ふいに、それまで黙っていた周防が口を開いた。無気力な目をしたままではあったが、周防の意識はちゃんと穂波の話に向いていたらしい。

穂波は驚いたように目を瞬《しばた》かせ、周防を見た。

「あんたがあのガキを迎えに行って、面倒見てんだろ。親はどうした。……死んでんのか」

ぞんざいな口ぶりではあったが、冷たい言い方でもなかった。穂波はふうっと息を吐き出して頷《うなず》く。

「去年。……兄夫婦は、交通事故で亡くなったわ」

重い病気を患《わずら》っている上、両親まで亡くした不運な少女。

表情を浮かばせない人形のように固まった顔と、感情を映さないガラス玉のような目はそのせいなのだろうか。

「……いやぁね！　なんか湿っぽくなっちゃって！」

穂波は気持ちを切り替えようとするように、顔を上げて明るい笑顔を作った。

「せっかくアンナが仮退院できたんだから、暗いこと言っててても仕方ないわね。ねっ、せっかくだからあの子をどこかに連れていってあげたいんだけど、この辺りの案内をお願いできない？」

「オ、オレらが鎮目町案内してもいいっすけど……」

八田が穂波の顔を直視しないようにしつつ不明瞭な口調で言った。

穂波が嬉《うれ》しそうに八田に礼を言い、八田がたじたじとなる。その様を目の端に映しながら、草薙はもう一度アンナの方に視線をやった。

†

手強《てごわ》い。

十束は、トマトチキンカレーに見向きもせず、話しかける十束の言葉に一言《ひとこと》たりとも返してくれないアンナを前に、攻めあぐねていた。

冷たいだろうに、アンナはバーの板張りの床に座って、床に散らばせた赤いビー玉を指で突いて転がし続けている。その謎のビー玉遊びは、十束の目には特にルールがあるようにも思えず、ゲーム性は見出せない。

しばらくの間十束はそれを見守っていたが、やがて好奇心に負けて手を出してみた。

床のビー玉の一つを、指で弾《はじ》いてみる。そのビー玉はビリヤードの要領で他の玉を弾き、さらに弾かれた玉がまた他の玉を弾いて拡散した。

ビー玉の配列をめちゃめちゃにされたアンナは、一瞬固まった。それから、ゆっくり十束の方へ顔を上げる。

遊びを邪魔することでようやくアンナと目を合わせることができた十束は、大人げなくにっこり笑った。

「何してるの？」

十束の問いに、アンナはしばらく黙ったままだった。黙ったまま、じっと十束を見ている。表情は変わらないが、もしかしたら睨まれているのかもしれない。

「……見てたの」

「見てた？　何を？」

アンナは再び顔をうつむけて黙ってしまう。

十束は彼女の顔を静かに見つめた。

幼いのに、どこか老成した目をしている。ひどく口数が少ないのは、人見知りや引っ込み思案な性格のせいというわけではないように思える。

何かを見過ぎてしまったような、何かを諦《あきら》めて生きているような、そんな目だ。

予感めいたものを感じて、十束はそっと訊いた。

「……何か、人には見えないものが、〝見える〟の？」

アンナはゆっくりと視線を持ち上げる。

光のない目が、十束の顔の前で焦点を結ぶ。見つめられているのになぜかそんな気がしない。どこか違う場所を見ている目だと思った。

「俺のことは、どう見える？」

試しに、言ってみる。

アンナはしばらく黙って十束の顔を見つめたのち、ゆっくりと赤いビー玉の一つを指でつまみ、目の前にかざした。

アンナの左目と、ビー玉越しに目が合う。

そのとたん、十束は妙な感覚に襲われた。

ビー玉を通した彼女の視線に、体の内側を撫《な》でられたかのような感覚。

十束はわずかにたじろいだ。

アンナは無表情のまま、無機質な視線で十束を〝見て〟いた。

アンナの瞳が与える不可思議な感覚に、恐怖にも似た落ち着かない気分を覚えながらも、十束はただじっとアンナと向き合い続ける。

突然、アンナがびくりと体を揺らした。ビー玉が急に熱でも発したかに見える動きで、のぞいていたビー玉を弾かれるように手放す。

赤いビー玉はカツンと床で跳ね、転がった。

アンナは呆然《ぼうぜん》と床に落ちたビー玉を見下ろしていた。やがて、その無表情がくしゃりと歪《ゆが》む。

「どう……したの？」

アンナの不穏な反応に、十束は思わずごくりと唾《つば》を飲み込んで訊いた。

感情を表に出さないアンナが、わずかながらも眉間《みけん》にしわを寄せ、何かに耐えるように下唇《したくちびる》を嚙《か》んでいる。

アンナは黙ったまま、床に散らばったビー玉をかき集めた。そうしながら、何かを言おうとするように唇を緩《ゆる》めては、また噛んで、という動作を繰り返す。

十束は少しの間、彼女が何か話してくれるのを息を詰めて待ったが、やがてふっと肩から力を抜いた。

「……食べない？　おいしいよ？」

カレーの小皿を差し出して笑いかければ、アンナは驚いたように顔を上げた。

「よくわかんないけど、言いたくないことは、別に言わなくていいさ」

アンナは、差し出されたカレーの小皿に視線を落とし、小さく首を横に振る。

「食べられるだけでいいんだけど」

のぞき込むようにして言ってみたが、それでもアンナは頑《かたく》なに首を振った。

「そっかー。……あっ、じゃあこれは？」

十束はカレー皿を近くのテーブルに置くと、棚から飴《あめ》の缶を取ってきた。カラカラと音をたてて、自分の手のひらに飴を出す。三つほど転がり出てきた飴は、透き通ったレモンの黄色と、メロンの黄緑色と、ハッカの白だった。

十束は飴ののった手をアンナの前に差し出す。

「何色がいい？」

アンナは答えなかった。

ただ黙って、じっと十束の手の上の飴を見つめる。

「ごめんなさいね。アンナは、色が見えないの」

突然後ろから声がかかった。十束が反《そ》り返るようにして後ろを見ると、いつの間に近くまで来たのか、苦笑を浮かべる穂波の顔が逆さまに見えた。

「色が、見えない？」

反り返ったまま十束が首を傾《かし》げると、穂波は十束の横にやってきて膝をついた。そのままそっと飴の缶を取り上げ、中身をさらに十束の手の上に出す。転がり出てきたイチゴのピンク色の飴を穂波はつまみ上げた。

「色覚異常でね。赤以外の色を認識できないの。この飴の色なら……うっすら見えるかしら？」

赤に近い濃いピンク色の飴をアンナはじっと見つめ、わずかに顎を引いた。

穂波はイチゴの飴をアンナの口の前に差し出した。アンナは少しの間迷うそぶりを見せたが、おとなしく口を開けて飴を食べる。

「色が見えないせいなのか、食欲もあんまりわかないみたいで……ごめんね」

穂波に切なげに言われて、十束は目を丸くしたまま首を振った。

「これも、脳の病気と関係あるのかわからないんだけど」

「病気？」

「その子、入院してたみたいっす。今日仮退院だって」

八田がやってきて言った。なぜか目が潤《うる》んでいる。さっきまで病気の話でも聞いていたのだろう。

十束は穂波を見上げて訊いた。

「病院、どこなの？」

「七釜戸《ななかまど》の方よ。いつもは病院と家の往復以外なかなかできないんだけど、今日は八田くんと鎌本くんに鎮目町を案内してもらうことにしちゃった」

穂波の言葉に、八田は照れくさそうに鼻の下を指でこすった。

「これから鎌本と中央通りの方に姐さんたち連れてくんす」

八田が後ろにいる鎌本を親指でさして言う。しょっちゅう鎌本を引っぱって鎮目町の中央通りのゲームセンターで遊んでいる八田にとって、あの辺りは自分の庭のようなものだろう。

「十束さんも行くっすか？」

八田に訊かれ、十束は少し考えてからにこりと笑って首を横に振る。

「俺はいいや。センセイとアンナちゃん、ちゃんとエスコートしなよ。ゲーセンだけじゃなくて」

「あー、ゲーセン以外何あったっけ」

「女の子に人気のファンシーショップとか、有名なパフェの店とかあるじゃん。あそこのパフェ見た目もかわいいし、穂波センセイと分け合えばアンナちゃんも食べられるんじゃない？」

「えぇー……んな女々《めめ》しい店入れっかよ……」

渋い顔をする八田に、後ろから鎌本が呆《あき》れた顔をして言った。

「八田さーん、ちっちゃい女の子をエスコートするってわかってます？」

十束は笑って、手のひらの上の飴を八田と鎌本に半分ずつ押しつけ、立ち上がった。

八田と鎌本は幼少期にガキ大将とその子分という間柄だったらしい。八田はまだ吠舞羅に入りたてだが、八田と鎌本の間にはすっかりその頃の関係が復活しているようだった。とはいえ、鎌本は基本は八田の後ろをついて回りながらも締《し》めるところは締めるというか、八田を持ち上げつつも結構上手に操縦している。鎌本が一緒なら、きっとうまく穂波とアンナを楽しませてくれるだろう。

しょっぱい顔をしながらも腕を組んで、頭の中で彼女たちを案内するコースを考え直している様子の八田と、紳士的に穂波の荷物を受け持っている鎌本を見て、十束はうんうんと頷いた。

身支度《みじたく》を整えている穂波の背中を眺め、十束は結局アンナが手をつけなかったカレーを食べる。

スプーンをくわえながら、ぼんやりとアンナのことを考えた。

すると、ふいに小さな力で十束のシャツの裾《すそ》が引っ張られた。

視線を下げると、アンナが十束の服をつかんでいた。

「どしたの？」

アンナの、猫のような大きな瞳が十束を見据《みす》え、それからすいと動いて、カウンターに座る周防の方へゆっくりと向けられる。

「ん？　あの人がどうかした？」

十束はアンナと目線の高さを合わせてしゃがみ込んで言った。

アンナは、巫女《みこ》が託宣を告げるように、厳《おごそ》かに口を開いた。

「あの人の側にいると、あなたは、長くは生きられない」

周防を見つめたまま、アンナは言った。

十束は目を見開いた。

彼女が何を言っているのか、すぐにはわからなかった。

しばらくの間呆然とアンナを見つめ、それから、さっき彼女が十束を〝見た〟ことを思い出す。

「……〝見えた〟の？」

十束の問いに、アンナは答えなかった。十束は重ねて問う。

「君は、未来が見えるの？」

アンナは考え込むように少しうつむき、縦とも横ともつかない首の振り方をした。

「何かがはっきり、見えたわけじゃない。ただ——感じた」

アンナは、叱《しか》られるのを待つかのように、黙って目を伏せた。

十束は少しの間言葉を返せずにいたが、驚きの波を越えると次に表情に浮かんだ感情は、疑念でも不安でもなく、そうなのか困ったな、という苦笑だった。

「そうかぁ」

「怒らないの？」

「え、なんで？」

驚いたようにアンナに言われ、逆に十束が驚いてしまう。

アンナはことりと首を傾《かし》げた。

「じゃあ、信じてないの？」

「ん？　いや、そういうわけじゃないよ。でもまあ、想定したことがなかった事態でもないから」

十束は笑うと、アンナの頭を撫でた。

「忠告、ありがとう。……でも今のこと、他の人には言わないでね」

口の前に人差し指を立てて冗談めかした態度で言うと、アンナは透き通った瞳で十束を見つめた。

「アンナ、行くわよー」

穂波の穏やかな声がかかり、アンナはさっと十束に背を向け、穂波の方へ駆け寄っていく。

十束は手をつないで店を出て行く穂波とアンナ、それを先導する八田と鎌本を見送った。

カラン、と涼しげなドアベルの音とともに店のドアが閉まると、十束は周防と草薙に視線をやった。周防はだるそうに酒を飲んでいて、草薙は穂波が食べたあとの皿の片づけをしている。草薙と目が合って、十束は軽く手招《てまね》いた。

「キング、草薙さん、ちょっといいかな？」

草薙は周防とちらりと視線を交わし、カウンターから出てくる。周防も黙って席を立った。

二階へ続く階段の方へと移動すると、十束は他のメンバーには聞こえないよう少し声を落として言った。

「あの子、ストレインだと思う」


ストレイン。

それは、王によって力を与えられたクランズマンとは違い、自然発生的に現れた能力者を示す。

そもそも〝王〟とはなんなのか、というのは、本当のところは十束もよくわかっていない。草薙が収集した情報と、周防が面倒そうに話した説明からするに、大いなる力を持つ〝石盤〟がこの国に存在しており、その〝石盤〟が七人の王を選び力を与えるのだという。

周防は、その〝石盤〟に選ばれた、第三王権者――通称赤の王である。

王は、クランズマンと呼ばれる臣下《しんか》を選び、力を与える。十束も草薙も、周防によって力を付与された赤のクランズマンである。王とそのクランズマンで形成される集団は、〝クラン〟と呼ばれていた。

ストレインは、そのクランに属さない、王に力を引き出されたわけでもなく自然に力を手に入れてしまった、はぐれ能力者だ。

なぜストレインが生まれるのか。それは謎に包まれている。

〝石盤〟の力の漏洩《ろうえい》、平たく言えば誤作動のようなものだという説もあれば、ストレインは『王のなりそこない』であるという説もある。

いずれにせよ、クランにも属さずに力を得てしまったストレインは、自分の力に関する知識も乏《とぼ》しく、力に振り回されたり、力を使っての犯罪行為に走るケースが往々《おうおう》にしてある。

「あんな小さい子が、ストレインなぁ……」

草薙は、難しい顔をしながら煙草《たばこ》をくわえた。

「あの子、最初キングのことじっと見てたでしょ。穂波センセイが言ってた『赤以外の色を認識できない〟ってのを聞いて思ったんだけど……あの子、キングの〝色〟が見えてたんじゃないかな」

周防は〝赤の王〟である。力を持つ者なら周防がまとう赤みを帯びたオーラを視認することが可能だろう。

「それだけなんか？　あの子がストレインやと思った根拠は」

「いや……」

十束は少し迷ってから、口を開いた。

「赤いビー玉転がしてたでしょ。あれ、遊んでるんじゃなくて、何かを〝見て〟〝感じて〟いたんじゃないかと思う」

「どういうことや」

「あの子、予知とか千里眼とか、そういった類《たぐ》いの感応能力があるんじゃないかって気がしたんだ。ただのお遊びの占いって感じじゃなかった」

草薙は煙草の煙を長く吐きながら、何かを考えているように遠くを見た。

「なんや、それらしいことでも言われたんか」

「……まあそのへんは、プライバシーに関わる問題なので」

十束がおちゃらけた口調でごまかすと、草薙は不可解そうに眉を寄せた。

十束は表情を改めて、草薙に向き直る。

「穂波センセイ、病院は七釜戸の方だって言ってた」

「黄金のお膝元やな。……実態は病院やなくて、ストレインの教育・研究施設って可能性もあるわけか」

草薙は携帯灰皿に灰を落とし、小さくため息をつく。

「だとしたら、穂波センセはなんも知らずにおるわけや」

草薙は周防に視線を向けた。周防は壁に寄りかかったまま、黙っている。

「ストレインのことなんか、ウチは関係ないっちゃ関係ないんやけどなぁ。けど、他でもない、穂波センセの娘みたいな子のことやしなぁ」

わざとらしい草薙の言葉に、周防は小さく舌打ちした。

「……一応、あのガキに注意させてろ」

「了解。ストレインやなんやとか言うとややこしなるから、とりあえずアンナちゃんと穂波センセに護衛つける感じで見させせとくわ」

低い声での周防の命に、草薙は軽く応えた。

「あと、あの子が入院してたっていう施設のことも知っておきたいよね。草薙さん、ストレインの施設のこと知ってる？」

「噂《うわさ》程度やなあ。ストレインに力の制御を教えたり、犯罪に走らんよう教育するのと同時に、ストレインの発生理由なんかを探るために研究もしとるっちゅう話やけど……」

十束の顔を見て、草薙は眉間にしわを寄せた。

「……お前が何を心配してんのかはわかる。とりあえず調べとくし」

「ありがと。俺もできる範囲で調べてみる」

十束は、アンナのあの、諦めたような老成した目が気になった。

ストレインだから。常人とは違う力があるから。

アンナがストレインだという想像が正しければ、それは確かにそうだろう。

けれど、もしそれだけが理由ではなかったら。

「王のなりそこない、か」

ふいに、周防が鬱屈《うっくつ》した目をして小さくつぶやいた。

†

「新発売の豚骨ラーメン、マジヒットっすわ。インスタントなのに麺《めん》のこのシコシコ感！　そしてニンニクの香りも香ばしく、こってりしつつもしつこすぎない豚骨の風味！」

鎌本が一人でひとしきり新発売のカップラーメンを賛美しながら食っていた。八田はその隣で、真剣な目をしてアパートの一室を見つめている。

八田と鎌本がいるのは、夜の公園だった。二人はベンチに座り、鎌本の横には電気ポットと食料が入ったビニール袋が置かれている。

さっき、いちゃいちゃと腕を組んだカップルが公園に入ってこようとしたが、ラーメンを食う鎌本と、腕組みをして一点を睨むように見つめている八田が並んでベンチを占領しているのを見て、そそくさと去っていった。ざまを見ろと八田は思う。

「八田さんも食います？」

鎌本がラーメンの汁を最後の一滴まで飲み干し、新たな食料をあさってビニール袋をがさがさせながら言った。

「いらねーよ！　ってかお前いくつ食う気だよ！」

「にしても、また八田さんとこうして行動をともにすることがあるとは思わなかったっすよねー」

鎌本は今度は醬油《しょうゆ》味のカップラーメンに湯を注《そそ》ぎながら言った。

八田は苦笑して鎌本を見やる。

「まぁな」

八田と鎌本は、子供の頃の友達だった。というか、鎌本は八田の舎弟だった。

あの頃、近所の子供たちの中で八田は誰よりもケンカが強くてガキ大将を気取っていて、鎌本は八田より歳こそ一つ上だったものの弱っちいデブだった。

八田はよく鎌本を庇《かば》ってやり、よく顎で使った。八田を慕って追いかけてきた鎌本の姿は、八田を悪くない気分にさせた。

その鎌本が。

横にばかりでかい体をえっちらおっちら揺らしながら八田のあとをついてまわっていた鎌本が。

八田より先に吠舞羅にいて、なにやら吠舞羅の中で結構な地位を築き上げていた。

昔はなまっちろいチビのデブだったくせに、今の鎌本は横幅に負けない背丈《せたけ》を手に入れ、白豚のようだった肌は精悍《せいかん》な褐色《かっしょく》になっていた。

小さく気弱なデブは、押し出しのいいガラの悪いデブに成長を遂げていたのだ。

吠舞羅で再会し、互いの姿を認め合ったとき、八田は正直言うと少しばかりびびった。けれど鎌本が、強面《こわもて》の顔に子供の頃のような無邪気な表情をのせて、「八田さん⁉ 八田さんじゃないっすか！」と嬉しそうに言ってくれたから、八田はどうにか昔の調子を取り戻した。

八田が吠舞羅に入ってあっという間にこの場になじんだのは、鎌本がいてくれたおかげも――ほんの少しだけど、ある。吠舞羅の中でそれなりに尊敬されているらしい鎌本が八田を「八田さん」と呼んで慕ってくれたため、加入直後であるにもかかわらず、八田は吠舞羅の中で一目置かれる立場になった。

八田は昔の舎弟であり、現在の大事な仲間である鎌本に向き直り、最近ずっと考えていたことを披露《ひろう》せんと姿勢を正した。

「ところでさ、オレ、これから尊さんのために色々戦うわけじゃん？」

「ハア」

「したらさ、こう、敵の前で名乗りをあげたりとかするわけじゃん？ そういうときのためのカッコいい二つ名とか必要じゃね？」

「…………普通に八田美咲じゃダメなんすか」

鎌本の返答に、八田はムッと口を尖《とが》らせた。

「それじゃカッコよくねーだろ」

「ああ、八田さん下の名前好きじゃないんでしたっけ。女の子みたいだから」

むかっとして、八田は鎌本の頭をグーで殴った。鎌本は「ぐがっ」と大げさな声をあげて殴られた脳天を押さえる。その反応はチビの頃と変わっていない。

「痛いっすよ、八田さーん……。それで？　まさか自分の二つ名でも考えたんすか？」

涙目になりながら頭をさする鎌本に、八田はころっと機嫌《きげん》を直して「おうよ！」と答えた。ベンチから立ち上がり、鎌本の前で決めポーズを取るように腰に手を当て、親指でグッと自分を指さす。

「ヤタガラス、ってどうよ⁉」

鎌本は半眼になって八田を見た。

「……………イインジャナイスカ」

「んだよ、反応薄いな」

「それより、ちゃんと見張りしないでいいんすか」

鎌本は言って、背後のアパートを顎で示した。八田は自分の役目をハッと思い出して気を引き締め直す。

——オレたちは、草薙さんから重大な任務を与えられてたんだった。

「でも、変な命令っすよね」

意気込んだ八田の出鼻《でばな》を挫《くじ》くように、鎌本が気の抜けた声で言った。

「あ？」

「いや、だって、櫛名の姐さんとその姪《めい》っ子ちゃんを守れ、なんて、なんか妙じゃないすか」

穂波とアンナの様子を見て、もし何か異変があったら彼女たちに危険が及ばないようにして、すぐに報告するように。

それが草薙から命じられた内容だ。

確かに少しばかり漠然《ばくぜん》としてはいるが、穂波は周防の大事な人だ。きっといろんな危険がついて回るのだろうし、その敵を倒すのが自分の役目なのだと、八田は誇らしさに胸をふくらませながら張り切っていた。

「櫛名の姐さんの護衛を任されたんだぜ!?　オレたちは全力でやるだけだろ！」

「つっても……」

鎌本は釈《しゃく》然《ぜん》としない顔をして、カップに残っていた麵を一気にすすった。

「もしも本当に櫛名の姐さんらに危険が及ぶ可能性があるなら、護衛のつけ方がなんか適当じゃないすか。草薙さんの言い方だと、姐さんたちを守れってより、異変がないか一応様子見とけって感じに聞こえたし。……なぁーんかすっきりしないっつーか……」

八田はこめかみをひくつかせた。

「細けぇことを言うヤローだな……デブならもっとおおらかにいけ！」

「だいたい、命令されたの八田さんと伏見じゃないすか」

鎌本の言葉に八田は一瞬詰まって、小さく舌打ちした。

「……………あいつが、面倒だとか言いやがるから。……なんか最近、つきあいわりぃんだよな、猿比古の奴」

ここのところの伏見の態度が、学校でつるんでいた頃とは違っていることに八田は気づいている。なんとなくおもしろくなくて、八田はスニーカーのかかとで地面を蹴った。

「ん？　ちょっと、あれ……」

鎌本の声で、八田は顔を上げた。鎌本の太い指が、アパートの穂波の部屋のドアを指している。見ると、小さな人影が部屋から出てくるのが目に入った。

アンナだ。

「あの子、何やってんだ……？」

八田はベンチから腰を上げ、目を細めた。アンナは、レースがたっぷりついたひらひらした服に似合わぬ、無骨なリュックサックを背負っていた。

すべり出るように外に出ると、音を立てないよう気をつけているらしい慎重な動きで、そっとドアを閉める。

鎌本が眉間にしわを寄せて首をひねった。

「あんな小せぇ子が夜遊びっすかね？」

「ってか……あれ、家出じゃね？」

小さな子供が、夜に荷物を背負って一人で家を出る理由など、他に思いつかない。

八田と鎌本は顔を見合わせ、立ち上がった。

アンナは早足でアパートの階段を下りてくる。八田は、アパートの下でアンナを捕まえようと駆け寄っていく。

だが八田たちがたどり着く前に、アパートの階段下をふさぐように人影が現れるのが見えた。軍服にも似た、青い服に身を包んでいる。その格好には見覚えがあった。

――青服⁉

アパートの階段を一階まで下りてきたアンナが、階段下に立ちふさがる青服の姿を見てびくりと体を震わせ、足を止めた。

八田の頭の中で警報が鳴った。スイッチが切り替わる。

八田は走りながら小脇に抱えていたスケボーを地面にすべらせ、飛び乗った。ウィールが唸《うな》りをあげ、地面と擦《こす》れ合って小さな火花を散らす。

八田はそのまま、鎌本を置いてアンナと青服の方へ猛スピードで迫った。

青服が、アンナに向かって何かを言いながら、一歩詰め寄る。アンナは真っ白な顔色で一歩後ずさる。

なんだか知らない。が、こいつはアンナを怯《おび》えさせている。

青服の手が持ち上がり、アンナの方へ伸ばされた。

「待ちやがれテメェ――！」

八田が吠えながら、スケボーで飛んだ。

スケボーは八田の力を受けてほの赤く発光しながら宙を舞い、青服に迫る。

青服が、飛びかかる八田を振り返った。

その目は鋭い光を帯びていたが、驚きは見られなかった。青服は軽い動きで後ろに跳び、八田のスケボーから逃れ距離を取る。

着地した八田のスケボーがギャルッと音を立て、アンナの前で急停止した。八田はアンナを後ろに庇う位置に立って、青服を睨みつける。

「テメエ、誰だ。この子になんの用だよ」

「その力の色……第三王権者のクランズマンだね。……そっちこそなんの用だ」

青服は、二十代前半くらいの男だった。細面《ほそおもて》で、目もやたら細い。伸びた黒い前髪の下から、青服の男はじっと八田を見据えた。

八田は襟元《えりもと》をぐいと広げて見せた。

「オレは吠舞羅の八田だ」

八田の鎖骨《さこつ》には、吠舞羅の〝徴《しるし》〟がある。

「この子は、オレたちの身内みたいなもんだ。得体《えたい》の知れねぇ野郎が近づくのを見過ごすわけにはいかねぇな」

誇らしげに見せられたその〝徴〟を、青服は冷ややかに一瞥して、感情の浮かばない瞳をまっすぐ八田の顔に向けた。

追いついてきた鎌本が、息を弾ませながら八田の隣に立つ。

二対一になっても、青服に動揺はなかった。

八田は、白く細い青服の顔を睨《ね》めつける。体の内側には、血がふつふつとわき立つような高揚《こうよう》感が生まれていた。体が戦闘態勢になっている。肌からにじみ出すように、八田にとって唯一無二の王、周防尊の色である赤い光が浮き上がった。

「知ってるぜ、青服。お前、青のクランズマンだろ。お前ら、王がいないんだってな？」

この世界に踏み込んだばかりの八田でも聞き知っている。この国には、異能を持つ七人の王が存在しうる。が、青の王は十年前の事件の際に死去し、新たな青の王はまだ誕生していない。つまり、現在存在する青のクランは、王なきまま組織の形だけをどうにか保ち続けている、特殊な能力を持つ者の集団にすぎない。

本来、青服たち——セプター４《フォー》と呼ばれる、青い制服に身を包んだ青のクランは、治安を乱す能力者たちを取り締まる役目を負っている。八田たち赤のクランとは、その性格上相性がいいとは言えない集団だ。

八田の挑発めいた態度にも、目の前の青服の男は眉一つ動かさない。ただ、薄い唇を開いて平《へい》坦《たん》な声で言った。

「控えろ、赤のクランズマン。僕に逆らうのは、第二王権者に逆らうものと思え」

八田は至極《しごく》真剣な目で青服を睨みつけたまま、こそっと隣の鎌本に耳打ちした。

「第二王権者……って誰だっけ？」

「七釜戸の御前っすよ！」

鎌本がささやき声で怒鳴るという器用なことをしたが、八田はそう言われてもまだピンとこなかった。

「ゴゼン？」

「ほら、七釜戸にバカデッケータワーあるっしょ！　あれの主《あるじ》が黄金の王！　戦後から王として存在してるっつー、一番すげー王っすよ！」

鎌本の解説に反射的にムカッとして、八田は鎌本の頭をグーで殴った。

「いでっ！　ちょ、なにす……」

「バッカヤロ！　一番すげー王は尊さんに決まってんだろ！」

「いやそういう意味じゃ……」

だが、鎌本の話で、八田も思い出していた。第二王権者だなんだというからどれだかわからなくなるだけで、「金色のヤツ」と言われたら、八田だってすぐわかる。

七釜戸は、この国の政治、経済の中心地だ。そこにそびえるひときわ巨大な建物——御柱《みはしら》タワーのことなら、当然八田も知っている。

國常《こくじょうじ》路大覚《だいかく》。

それが、七釜戸の御前と呼ばれる男。第二王権者——黄金の王の名だ。

彼は異能者の王であると同時に、この国の実質的な王だ。その力によって経済を回し、政府をも動かし、この国を強い国に作り上げてきた。

七釜戸にそびえる御柱タワーは、そのシンボルであり、彼の城だ。

だが八田にとっては、そんな王の城に対しても単なる「目立つビル」以上の感慨はない。

「ハッ、第二王権者だかゴゼンだか知らねーが、オレが恐れ入る道理はどこにもねぇな！　第一テメェは青のクランズマンだろーが！　王が死んだからって別の王にしっぽ振んのかよ！」

嘲《あざけ》る――というには、純粋な苛立たしさが勝《まさ》っていた。

王として仰《あお》ぐ人を思い決めたにもかかわらず、別の王の命令で動き、あまつさえその王の名を振りかざすなど、八田にとっては軽蔑《けいべつ》の対象でしかなかった。

だが、八田が言葉を吐き捨てたと同時に、青服の顔色が変わった。

細い目と薄い唇と感情の浮かばない頬の、能面じみた顔が、一筋《ひとすじ》の亀裂《きれつ》が走るように歪み、目尻がつり上がった。

次の瞬間、青い風が巻き起こった。

青服が、ほとんど予備動作もなしに、こちらへ向かって突っ込んできたのだ。

驚きはほんの半瞬だけで、八田はすぐに迎え撃つべく身構えた。が、青服の突進する軌道が、自分に向かってではないことに気づく。

鎌本だ。

青服は、弾丸のように鎌本に向かって突き進み、抜刀《ばっとう》した。

鎌本も反応は遅くなかった。さっきまでいくつもラーメンを食っていた鈍くさそうな巨体を素早く翻《ひるがえ》し、軽く後方に飛び退《の》いて、振り抜かれた青服の剣筋を避ける。鎌本の全身からも、赤い光が放出される。

だが次の瞬間、青服の剣をかわした鎌本の背後に、もう一つ別の影が現れた。

「危ねぇ！」

考えるより先に八田は叫び、スケボーで跳躍した。

スケボーに足をつけたまま、宙返りの要領で体をひねる。

ギィン、とスケボーの底面に、刃が当たる音がした。赤と青のオーラが弾き合う。

着地と同時に、スケボーのウィールが路面との間で激しい音を立てた。

八田はすかさず鎌本のジャージの背中をつかみ、第二の襲撃者から引き離すように、ぐいと自分の方へ引き寄せる。

鎌本は八田に庇われながら目を見開いて、いつの間にか自分の背後を取っていた第二の襲撃者を凝視した。

最初、八田は青服が分身の術でも使ったのかと思った。

第二の襲撃者は、やはり青服に身を包み、しかも最初に八田たちの前に立ちはだかった男とそっくり同じ顔をしていた。

「お前ら……」

違うのは、髪の色が最初の男は真っ黒で、第二の襲撃者は淡い茶色をしていたくらいのものだ。

双子、なのだろう。黒と茶の髪の青服の二人は、そろって抜刀したまま、八田と鎌本を見据えた。

八田は大きく舌打ちする。

「汚ねー野郎どもだな。こそこそ隠れてたのかよ。こっちもそっちも二人ずつなら、正々堂々とかかってこいよ!」

八田が吐き捨てると、青服の双子はそろって首を傾げて笑みを浮かべた。

「残念ながら、それは」

「僕らの流儀じゃないんでね」

「ケッ！」

仲良く二人でセリフを分け合うようにしてしゃべる双子に胸くそ悪さを感じて、八田は苛立ちのままに、ガンッとスケボーのテールを蹴って跳ね上げた。ボードの切っ先が相手に向く。

「いーだろーよ！　相手してやる。まとめてかかってきやがれってんだ！」

「やめて」

八田の苛立ちと闘志に静かに水を注いだのは、小さな女の子の声だった。

八田ははっとして、声の主に視線をやる。

アンナだった。

青服に対するむかつきのあまりに、八田はうっかり存在を失念しかけていた。

青服の双子も八田と同様だったのだろうか。アンナを見て何かを思い出したような表情になり、顔を見合わせる。

「……今、僕たちに君らと争う理由はない」

黒髪の青服が言った。八田は思い切り眉を寄せた。

「何言ってんだテメェ。先に仕掛けたのはそっちだろが！」

「侮辱《ぶじょく》に対して報《むく》いただけだ」

茶髪の青服が言い、黒髪の青服はアンナの方に視線を向け、問う。

「心得ているね？」

アンナは微かに震えながら、頷いた。

「こいつらは君のなんだ？」

「……ホナミの、友達」

茶髪の青服の問いに、アンナは言う。子供にとって、知り合いというのはすべて「友達」という言葉でくくられてしまうものなのかもしれないが、八田はキングの大事な人である穂波との関係を「友達」と言われてしまったことに、落ち着かない気分を感じた。

「君が一体誰の管理下にあるのか、忘れないように」

黒髪の青服が冷ややかに言った。言葉の不穏さに、八田は眉をつり上げる。

「おい！　んだそれ、どういう意味だよ！」

「君には関係ないことさ。そうだろう？」

茶髪の青服に含みのある声で振られ、アンナは黙って頷く。八田は不愉快さに反吐《へど》が出そうだった。

「子供脅《おど》してんじゃねぇよ！」

「脅してなどいない」

「ただの事実確認だ」

双子の青服はかわるがわる言って、そろって剣を鞘《さや》に収めた。

八田は気をそがれる。さすがに、武器をしまった相手に攻撃を仕掛ける気分にはなれない。

「……やんねーのかよ？」

「ちょ、ちょっと、むやみに挑発しない方が……」

「黙っとけ」

うろたえる鎌本を八田ははねつけ、双子を睨む。

こいつらは、どうにも怪しい。何がなんだかわからないが、草薙さんが警戒していたのはこいつらのことで間違いないのだろうと思う。

今ここで、ぶちのめした方がいいんじゃないのか？

そう考えながらも、「やめて」と言ったアンナのことを思うと、実行に移すことはためらわれた。

青服の双子は、細い目をさらに細めて笑みのようなものを作った。

「こちらはこちらの任務で動いている。その妨《さまた》げになると判断したら、今度は殺すまでやるよ」

「黄金のクランは僕らの主ではないが、仕事の依頼主ではある。黄金のクランに軽はずみに楯突《たてつ》く行為は、君らの王の立場を悪くするだけだ」

青服の双子は淡々とした声でそう言うと、アンナにもう一度視線をやった。冷ややかに、目だけで何かを言い含めるようだった。

二人はそのまま踵を返し、襲いかかってきたときの風のような動きとは対照的なあっさりした様子で、立ち去った。

八田はその後ろ姿が見えなくなるまで臨戦態勢を解かずに見送る。

「……八田さん……やっぱパねえっすわ……！」

やがて青服が見えなくなると、鎌本が興奮のにじんだ声で言った。

「いや、ガキの頃はよく助けられてたっすけど……またこんなふうに助けられるなんて思ってなかったっつーか……いや、八田さんはきっと吠舞羅でも強《つえ》ぇんだろうなって予感はあったんすけどね！　マジちょっと、ヤタガラスとか言っちゃっても許されるレベルでしたよ！　あ、ってかさっきの名乗りのとき、ヤタガラス言い忘れたんじゃないすか？」

テンション高くしゃべる鎌本の横で、八田は別のことで頭をいっぱいにしていた。

「……鎌本」

「ん？」

子供っぽい顔の上に精悍な表情をのせていた八田は、くるりと首だけを回して鎌本を見た。

その八田の顔には冷や汗が浮かび、目はちょっと泣きそうである。

「かまもとぉ」

「ど、どうしたんすか」

いきなり情けない声を出されて、鎌本はうろたえた。

「大丈夫かな？」

「なにが？」

「オレ、尊さんの立場悪くするようなことしてねーかな？」

八田は、青服が残していった言葉を気にしていた。『君らの王の立場を悪くする』という、その部分だけが頭の中で何度も回る。

八田にとって周防は強くてカッコいいヒーローで、彼のために何かができることは八田の誇《ほこ》りであった。

それなのに、もしも自分の行動が周防の足を引っ張るようなことになったとしたら。

鎌本は一瞬唖然《あぜん》とした顔をしたが、すぐに苦笑を浮かべて八田の肩をバンと叩《たた》いた。

「大丈夫っすよ！　あんなん、ただの捨てゼリフだって！」

「だっ、だよな？　だよな？」

「それより……」

鎌本は低い真面目《まじめ》な声で言って、後ろのアンナを振り返った。八田も彼女に目を移す。

実はこれマネキンじゃないか、と思わず八田が不安になるくらいに、アンナは無表情で固まっていた。

「あの青服ども、結局なんだったんだ。お前、アイツらのこと知ってんのか？」

八田はおそるおそるアンナに聞いてみる。

無反応。

「ってかお前さ……家出しようとしたわけ？」

やはり、無反応。

八田は困って、助けを求めるように鎌本を見た。鎌本も困惑げな顔をした。

「ま、まあ、家なんか飛び出しちまいたいって思うことあるよな！　櫛名の姐さんいい人だけど、でもやっぱセンコーだし、うるせーなって思うことだって……」

今度は、反応があった。

八田の言葉を必死に否定するかのように、アンナはぷるぷると首を横に振る。

とりあえずマネキン状態から脱してくれたことには安堵《あんど》しつつも、八田はますますわからなくなった。

「……櫛名の姐さんが嫌だったわけじゃねぇって言いたいのか？」

アンナは、小さく顎を引いて頷いた。八田は頭を掻《か》く。

「じゃあ、学校で嫌なことがあったとか？　……って、お前ずっと入院してたんだっけ。学校とか行ってないか」

アンナはうつむいてしまう。八田と鎌本が途方に暮れていたら、アパートのドアが開いて、アンナがいなくなったことに気づいたらしい穂波が血相を変えて飛び出してきた。

†

「本当にいいの？」

穂波が、申し訳なさそうな顔をして言った。

「ええよ。うちの店なら自由に遊ばせとけるし、子守の人手にも困らんしな」

朝の早い時刻。草薙は十束と一緒に穂波の家に来ていた。

昨夜の顚末《てんまつ》は八田と鎌本から聞いている。草薙は夜のうちに穂波に電話をして、昼間は草薙が責任をもってアンナを預かることを申し出ていた。

穂波には、アンナが家出を図《はか》り、そこに偶然八田と鎌本が通りかかった……ということにしてある。アンナの家出未遂は穂波にとってショックだったらしく、穂波が仕事に行っている間アンナをつききりで面倒見るという草薙の申し出を、あっさりと受けてくれた。

十束にアンナをつれて先に行かせてから、草薙は声を落として穂波に聞いた。

「……アンナちゃん、家出の理由、何か言いはりました？」

穂波は沈痛な面持《おもも》ちになって、ゆっくりと首を左右に振る。

「一言も」

言葉を発することに痛みを伴っているかのように、穂波は何かに耐える様子で言った。

「昨夜《ゆうべ》から、一言もしゃべってくれないの。もともと、すごく口数の少ない子ではあったけど……。昨夜は、何を聞いても体を硬くして、まるで何も聞こえない、見えない、しゃべれない――本当にお人形にでもなっちゃいたいって思ってるみたいだった」

静かなため息をついた穂波の肩に、草薙は軽く手を置いた。

「ま、あんな小さいのにずっと入院生活とか、そら気むずかしゅうもなるやろ。ウチならいつも賑やかやし、十束とか子供の面倒見るの得意やろうし、俺も手があいたときに勉強教えてやることできるし。穂波センセは気ぃ楽に持っとき」

穂波は微笑んで草薙を見た。

「ありがとう。仕事が終わったらすぐに迎えに行くから……」

「そのことなんやけど」

草薙は穂波の言葉を遮るように言った。

「アンナちゃんの仮退院の期間な、穂波センセとアンナちゃん、ウチのバーで暮らさへんか？」

「え、ええ？」

穂波が驚いたように目を見開いた。

穂波の家を、青のクランズマンが張っていた。草薙はこのことを重く見ている。

こうなった以上、アンナがストレインであることはほぼ間違いなかった。そして、アンナに監視がついているということは、アンナが「危険度の高い」ストレインであると見なされている可能性が高い。万一のことを考えて、アンナと穂波を守れる場所においておきたかった。

八田と交戦しかけた青のクランズマンはアンナに対して、「君が一体誰の管理下にあるのか、忘れないように」と言ったらしい。穏やかではない。

さらに言えば、彼女たちの身に不穏な事態が起きる可能性を考えるのと同時に、アンナが他人を、特に一番身近にいる穂波を傷つける可能性も考えていた。アンナが未熟なストレインであるとしたら、アンナに悪意がなくともそういった事態は発生しうる。

「ウチのバーの二階、人が住めるようになってるんや。今は尊の奴がおるけど、少しの間追い出して、センセたちが住めるようにしとくし。センセの学校への行き帰りも、俺が車で送ってもええしな」

穂波はしきりに恐縮した。草薙自身、穂波を説得しながらも、我ながら行き過ぎた申し出だと思っていた。今まで穂波がバーに来ることもいかがなものかと思っていたくせに、そこで子供を預かり、あまつさえ住むことを勧《すす》めるなど。

だが穂波は、申し訳なさそうにしつつも、不審には思っていないようだった。

正直、ガラの悪い連中が集う『HOMRA』は、子供の教育にいい場所ではない。なのに教師である穂波はそうは思っていないようで、草薙や周防を信じ切っているらしかった。

草薙はほんのりと罪悪感を抱きながらも、自分たちへの信頼と、アンナを心配する思いにつけ込んで彼女を説き伏せた。

†

十束とアンナは、穂波のアパートからすぐの公園で待っていた。二人で並んでブランコに座っている。

草薙は十束に目だけで首尾を聞いた。十束は小さく首を振る。

草薙が穂波を説得している間、十束はアンナから事情を聞き出す役目になっていた。だがこの様子だと、アンナはまた人形のように黙ってしまったのだろう。

「アンナちゃん。君、しばらくウチに泊まることになったよ」

草薙の言葉に、アンナは顔を上げた。ガラス玉のような目が草薙を見る。

「心配せんでも、穂波センセも仕事が終わったら来《き》はる。……ほんで俺らは、君の味方や」

無表情だったアンナの顔に、一瞬不思議そうな表情がよぎった。

草薙は十束に目配《めくば》せする。

十束は頷いて、アンナに向かって手を差し出した。

手のひらを上にして、何か物をねだるみたいな形。アンナはますます不思議そうに、十束の手のひらを見つめた。

そのとき、十束の手のひらの上に、赤い、小さな炎の塊《かたまり》が生まれた。

アンナは目を見開いた。彼女の大きな瞳と、白い頬が炎の照り返しでほの赤く揺らめく。

十束は、手のひらに発生させた炎の塊を地面に落とすかのように、手のひらをパッと下に向ける。するとそのとたん、小さな炎の塊だったそれは、突然大きくなって十束の手を包んだ。

アンナが息を呑む。

そのまま炎は広がり、十束の腕を舐《な》め包んだ。

アンナの瞳が心配と不安にわずかに陰《かげ》るのを見て、十束は炎に包まれた腕を持ち上げる。すると、十束の腕を包んでいた炎が一層ふくらむように大きくなったかと思うと、炎の中から一対《いっつい》の翼が広がった。

赤い、炎でできた羽。その炎の翼が羽ばたき、熱風と火の粉《こ》が散る。

さらに炎の中から、鳥の頭が形作られ持ち上がった。炎の鳥は、空の彼方《かなた》を見つめるように顔を上げ、助走をつけるがごとく二度、炎の翼を羽ばたかせ――

飛び立った。

不死鳥を思わせる鮮やかな赤い炎の鳥が、十束の腕を離れて舞い上がる。アンナが口を開けてそれを見上げる。

次の瞬間、飛び立った炎の鳥は、ふわりと空気に溶けるようにして消えた。

あとには、炎に暖められた空気の名残《なごり》と、赤い炎の残像がまぶたの裏にわずかの間残っただけだった。

十束の腕は、どこも焼けていない。アンナはさすがに驚いた顔で、さっきまで炎の鳥を宿していた十束の腕を見つめた。

十束はおどけた仕草で、炎を作った腕を胸に当てて一礼した。

「種も仕掛けもありません。……って言うと、逆に手品くさいか」

「相変わらず器用なやっちゃなあ」

草薙が呆れと感心半々に言うと、十束は力が抜けたようにブランコの鎖にもたれかかった。

「でも疲れたよ草薙さん……」

「……器用やけど、軟弱なやっちゃな……」

草薙はため息をつくと、改めてアンナに向き直った。

アンナは小さな手のひらで、ブランコの鎖を固く握りしめていた。

「今十束がやったんは本当に、種も仕掛けもないんや。そしてそれは、十束だけやない、俺も、昨日会った周防尊ってやつも、あの店にいた連中みんな、こういう普通とは違う力があるねん」

アンナは呆然としたように草薙を見ている。草薙は、女を口説《くど》くときのような甘く優しげな笑顔をアンナに向けてみた。なぜか十束から冷ややかな視線をもらった。

「アンナちゃん、俺たちを信用してくれへんか?」

「信用?」

アンナが、小さな声でおうむ返しにした。

「そう。……十束からもう訊かれたと思うけどな……もう一度訊くわ。アンナちゃんにも、不思議な力があるんやろ?」

アンナは答えなかった。ただ、ブランコの鎖を握る手に、さらに力が入った。

「アンナちゃん、病気で入院しとるって言うてたやん。でも本当は病気ちゃうんやないんか? その力のことを知られて、特別な施設で力の使い方を教わったり、力の検査をされたりしてるんとちゃうんか?」

アンナは頑なに黙ったままだった。穂波が言っていたように、何も聞こえないし見えないし口もきけない人形になろうとしているみたいに思えた。

けれど、アンナがそんなふうに黙り込むことこそが、答えだ。

「……君みたいなんを、俺らは『ストレイン』て呼んでる。ストレインにいろんなことを教えて、本人や周りの人間が危ない目に遭《あ》わんようにするために、施設は存在してるはずや。けど君が俺らを頼ってくれたら、もう施設に戻らんでもええかもしれんで」

アンナはまだ、人形のように固まったままだった。気長に返事を待ってみたが、アンナが口を開こうとする気配は一向に見られず、ただ気まずい沈黙だけが流れた。

草薙と十束は、弱った顔を見合わせる。

「……草薙さんの話、わかったかな？」

なにせ相手は幼い女の子だ。普段子供を相手にしなれていない草薙も十束も、どんな言葉で説明すれば通じるのかよくわからない。

けれどアンナは、静かに頷いた。

「わかった」

「じゃあ……」

十束が続けようとした言葉を遮るように、アンナは小さく首を横に振った。

「施設に、帰る」

草薙と十束は再び顔を見合わせた。

アンナがそうと言い張るのなら、これ以上自分たちにできることはない。

十束は苦笑すると、ブランコから立ち上がり、アンナに手をさしのべた。

「わかった。でもとりあえず、仮退院の間は、仲良くしてよ」

アンナは十束を見上げ、少し迷うような間をあけてから、十束の手を取った。

「……もし気が変わったら、いつでも言ってよ」

つけくわえた言葉には、アンナは返事をしてはくれなかった。

インターバル

「あっはっは！　ホントに！　キングが！　女の先生に！　怒られたの！」

息も絶え絶えに笑い転げる十束の頭を、周防は素手でつかんだ。

「あっ、痛い！　痛いよキング！」

片手で頭を締め上げられて悶《もだ》える十束を見て、草薙は深くため息をつく。

「やめてやり、尊。ただでさえ足りてへん頭のネジがなおさら抜けるわ」

周防は舌打ちして、十束の頭を放した。十束は痛みのせいなのか笑いすぎのせいなのかでにじんだ涙を拭《ぬぐ》いながら、性《しょう》懲《こ》りもなくにこにこ笑っている。

「ってか十束お前、中坊のくせにバーに入《い》り浸《びた》るなや」

「草薙さんだって、未成年のくせにバーで働いていいの？」

草薙の苦言に、十束は口を尖らせて言い返す。

バー『HOMRA』は草薙の叔父が経営している店なのだが、ちゃらんぽらんな叔父は気まぐれにしか店を開けずに放蕩《ほうとう》していて、見かねた草薙がなんとなく店を手伝うようになるうちに、草薙は十八歳にして半分この店の責任者のようになってしまっていた。

「十八ゆうたら未成年でもほぼ大人や」

「えええー」

十束が不満とからかいが半々に混ざり合った声を漏らす横で、周防はふてくされたようにカウンターに頬杖をついている。

「で、キングなんで怒られたの？　ケンカ？」

「うるせえよ」

「そうそう。まあ、ふっかけてきたんは向こうさんらしいんやけどな。尊、頭ごなしに叱ってきよるのや、親切の押し売りみたいな熱血教師は相手にせんけど、ああいうゆるふわ系のセンセには弱いんやなあ、意外と」

草薙の言葉に、十束は興味深そうに目を輝かせた。周防がこの上なく苦々《にがにが》しげな舌打ちをする。

「ゆるふわ系なの？」

「天然やな、あれは。しかも新任教師で若い、美人さんやで」

「おおーー！」

十束が楽しげな声を上げたとき、バーのドアベルがカランと鳴った。

草薙は顔を上げて「いらっしゃいませ」と言いかけ、一瞬止まる。

噂をすればなんとやら、だ。

草薙はすぐに気を取り直して、全開の営業スマイルでその来客を迎えた。

「穂波センセ、喫茶『ＨＯＭＲＡ』へようこそ」

「こんにちは」

今まさに話題に上っていた、周防の担任教師、櫛名穂波だった。整った顔立ちの上に柔らかな微笑みを浮かべている。なんとなく太陽の匂いがしそうな、暖かく優しげな雰囲気の人だ。

「いつからこの店、喫茶店になったのさ」

十束がこそっと耳打ちした。

「センセの前で、未成年がバーで働いてるっていうのはよろしうないやろ」

「十八はほぼ大人なんじゃなかったの」

「お前みたいな中学生を入り浸らせてるのんがまずいんや」

「……カウンター、すごいいっぱいお酒並んでるけど」

「大丈夫やろ、センセ天然やから」

十束と草薙がこそこそやっている間に、穂波は店の中に入ってきて、周防の隣に腰掛ける。

周防は嫌そうに穂波を一瞥した。

「何の用だよ」

「ちょっと近くまで来たから寄ってみたの。草薙くんがここで働いてるって小耳に挟《はさ》んだから」

「あ、そ」

周防はうんざりしたため息とともに顔を逸《そ》らした。

「穂波センセ、何飲みはります？　紅茶ならアッサムとアールグレイがありますけど」

穂波はにっこりと笑って、考えるように顎に手を当てた。

「そうね、今日はもう仕事もおしまいだから、生をいただこうかしら」

「……草薙さん、バレてるよ。ここバーだってバレてるよ」

「せやな。……まあ、そらそうやな」

草薙は十束とひそひそ言葉を交わすと、ごまかし笑いを浮かべながら「かしこまりました」と言った。

冷えたグラスに、生ビールを静かに注ぐ。白い泡がくすぐったい音をたてて盛り上がった。

「草薙くん、ここのバイトはどう？」

「まあ、この店のマスター身内なんで、ゆるーくやってますわ」

綺麗《きれい》な泡をかぶせたビールのグラスを穂波の前に出しながら、草薙は笑って言う。十束は草薙を見上げて首を傾げた。

「草薙さん、このバーを継いだりするの？」

「どうやろなぁ……まあ、あのマスターのいい加減さやと、俺が継がんとつぶれるやろうしな……」

草薙は思案げに唸り、ふと十束を見下ろした。

「そういや十束、お前は今年高校受験か」

「んーん。うち金ないし、高校行かないよ」

「……そうか。ま、お前はやたら器用やし、なんでもできるやろ。いっそここで働くか？」

「いいの？」

「従業員雇う余裕ができたらやな。……けど、高校行かへんにしても勉強しといて悪いことはないし、やる気あるんやったら勉強教えたってもええで」

「え、ホント？」

草薙と十束のやりとりを見ていた穂波が、生ビールを上品な仕草で（けれど案外に豪快な速度で）飲みながら、「よかったら私にも協力させて」と笑顔で言った。

そのまま、穂波は周防の方に視線を移す。

「周防くんは？」

穂波の柔らかな声での問いに、周防は片眉を上げて穂波を見た。

「周防くんは、将来何になるとか、ないの？」

面倒そうに口を歪めて、周防は椅子の背もたれに寄りかかった。

「ねーよ」

「そうなの？　その気になったらなんにだってなれそうなのに」

穂波は微笑みとともに言う。周防が鬱陶しそうに顔を背《そむ》けると、必然的に反対側に座っている十束と顔を合わせることになった。周防の顔を見て、十束はにまりと笑う。

「だよね！」

十束はカウンターに乗り出して、周防を挟んだ向こう側に座っている穂波に言った。

「そうよね。なんにでもなれそうなのに、もったいないわ」

「大丈夫」

十束は持ち前の明るい無責任さで言った。

「きっとこの人、王様にだってなんだってなるよ」

「あら」

十束の笑顔につられるように、穂波も笑う。

「いいじゃない、王様」

「ね！」

両脇から笑顔で攻められた周防は深いため息をついた。

楽しそうにしている穂波と十束に挟まれて辟易《へきえき》しきっている周防に、草薙は同情の視線を送った。

2

金色の檻《おり》

アンナは、カウンターの陰からじっと周防を見ていた。

小さな手足を折りたたんで、膝を抱えるようにしてしゃがみ込んだ体勢で、カウンターの角に半身を隠したまま、そっと周防の方をのぞいている。

その小さな監視者を無視することに、周防は持てる力のすべてを注ぎ込んでいるようだった。

「おい……」

低く地を這うような周防の声が響いた。草薙はカウンターの内側で料理の仕込みをしながら、あえて白々《しらじら》しく微笑んだ。

「なんや？」

「あれは、どういうことだ」

「どうもこうも、お前に興味があるんやろ。モテモテやん。ええなぁ、かわいい女の子に注目されて」

へらへら言えば、射殺されそうな目で睨まれた。

周防は、普段は他人のことなど基本気にしない。人に注目されるのは当然慣れているし、顔色をうかがわれるのも、自分の一挙手一投足が気にされていることも、当たり前のこととして受け入れている。

だがさすがに、幼い女の子が陰から顔を半分だけのぞかせて凝視してくることには非常に落ち着かない気分になるらしい。

アンナを気にしまいとしているのかわざとらしいくらい別の方を向いて、イライラと足を揺すりながら頬杖をついている周防と、そんな周防を無表情ながらも興味深げにじいっと見つめ続けるアンナ。

草薙は口元を緩めた。特に微笑ましい光景ではない、が。

「ははっ、ええやんええやん。そんな素直にイライラを出すお前、久しぶりに見たわ」

「うるせぇ」

最近の周防は、喜怒哀楽を摩滅《まめつ》させることで精神と力の均衡《きんこう》を保っている節があった。その周防が、子供相手に大人げない顔を見せるのは、草薙にとって愉快なことだった。

気がつけば、さっきまでカウンターの陰に体の半分を隠していたアンナが、少し前進していた。相変わらず膝を抱えて小さい体をさらに小さく丸めた格好だったが、少し周防の方に近づいていて、今度は椅子の陰に隠れて周防を見ていた。

周防の頬が引きつる。

「おい、十束たちはどうした。面倒見させろ」

「あー、十束は八田ちゃんらと一緒にちょっと野暮用《やぼよう》や」

草薙のその一言で、周防は察したらしい。ふんと鼻を鳴らした。

そのとき、アンナのポケットから赤いビー玉が転げ落ちた。アンナがはっとして、そのビー玉を目で追い、立ち上がる。

ビー玉は床の上を転がって、周防の足下に来た。

周防は軽く身をかがめて、転がってきたビー玉を拾い上げる。

十束から、アンナに感応能力があるのではということは聞いていた。草薙にも、もちろん周防にも、アンナが持つ赤いビー玉が彼女の力の媒介物《ばいかいぶつ》であるだろうことは察しがついていた。周防は、興味を持ったというほどには大げさでない何気ない仕草で——ビー玉をのぞき込んだ。

赤いガラスを通して、周防の目がアンナを見る。

ビー玉越しに二人の目が合ったと感じた次の瞬間、草薙の全身がざわりと震えた。

——つながった。

わけもわからず、草薙はそう感じた。赤いビー玉を通して、櫛名アンナと周防尊という別の人間の間のチャンネルが合ってつながった。

突然、アンナの体がびくりと引きつった。そのまま、小さな体が倒れる。

アンナが床に打ちつけられる前に、椅子を蹴って立ち上がった周防の腕が、彼女の体をすくい上げた。

「なんや!?」

草薙は慌《あわ》ててカウンターの内側から出た。アンナは周防に抱き上げられた状態で、引きつけを起こしたかのように小さく何度か体を痙攣《けいれん》させたのち、ぐたりと力を失った。

「救急車……は、呼んでも仕方ない、か……？」

「だろうな」

草薙は、緊張した体からゆっくり力を抜いた。背中に嫌な汗がにじんでいる。

「……なんやねん、今の」

周防がやったことは、拾ったビー玉越しにアンナを見ただけだ。だがその瞬間、草薙は二人が〝つながった〟と感じた。

周防は舌打ちした。

「迂闊《うかつ》だったな」

草薙は眉を寄せ、周防に抱きかかえられているアンナの白い顔と、周防を交互に見た。

「今、何があったんや」

「多分、コイツは感じやすすぎる」

周防は仕草でアンナを示し、草薙にどうするか問うような視線を向ける。草薙は黙ったまま天井を指さすことで答えた。

周防は素直にアンナを二階に運び、普段周防が使っているベッドの上に横たえた。

意識を失っているアンナは、よっぽど注意して見なければ呼吸をしているかどうかもわかりづらく、本当に生きている人間なのか不安になる。

草薙はアンナの体の上に丁寧《ていねい》に毛布を掛けてから、周防を振り返った。同時に、周防は手の中に握り込んでいた赤いビー玉を放ってよこす。

危なげなくキャッチして、草薙はそのビー玉を光にかざした。

赤いガラス玉を通して、世界が赤く染まる。

アンナは赤い色しか認識できない、と言っていた穂波の言葉を思い出した。アンナはこのビー玉を通して世界を見ているのだろうか。

「これは……」

「そいつはただのガラス玉だ」

周防は放り投げるように言って、ソファーに腰を下ろした。

「だが、そのガキにとっては、世界とつながるための鍵なんだろうさ」

「鍵、な……とすると、さっきのは……」

周防はポケットから煙草を取り出し、一本くわえた。煙草をくわえたままの、少しくぐもった声で言う。

「うっかり俺とつながっちまったんだろ」

アンナには、何かを〝見て〟〝感じる〟力があるのではないかと十束は言っていた。その力が、人の内面や記憶などにまで及ぶとしたら。

周防の内側など、七歳の女の子が見て平気でいられるものではないだろう。

草薙は深いため息をついて、自分も煙草を取り出した。

「どないしょうかねぇ……」

「とりあえず、奴らが戻ってきてからだろ」

我らが恩師から預かっている小さな姫君《ひめぎみ》の行く末を思って、草薙は煙と一緒に再びため息を吐きだした。

†

七釜戸化学療法研究センター。

というのが、アンナが入院していた施設だった。

表向きはただの医療研究所。そこには付属病院が併設されていて、そちらは一般人も多く出入りする総合病院だ。

だが実際は、病院側は異能がらみの事件の負傷者を治療することを主な目的としていて、一方研究棟側は、ストレインを収容し、その教育と調査・研究が行われている場所である。

黄金の王の表の顔と裏の顔の融合体のような場所だった。

「胡散《うさん》くせぇよな、陰でこそこそストレイン捕まえやがって」

すっかり敵陣に乗り込むような意気込みの八田に、十束は苦笑した。

「まあそうは言っても、ストレインって自分がなんでこんな力を持ったのかわからない場合がほとんどだし、一般人に力のことがバレて混乱したりすることを防ぐためにも、ストレインに知識を与えたり社会から隠したりする機構は必要……らしいんだけどねぇ」

草薙からはそう言われている。だが、この〝センター〟に対する不信感がどうにも拭えないのは十束も一緒だった。

昨夜の、八田と鎌本が青のクランズマンと接触した事件から、八田は頭に血が上りっぱなしだった。

昨夜の時点では、八田たちにはアンナがストレインであることは伏せていたのだが、事情を話すや否や、八田は「ぜってーアイツら、裏でストレインに人体実験とかしてるぜ！」と決めつけ、鎌本まで「そうっすね八田さん！　アイツらとっちめに行きましょう！」と息巻いている。

だが今日するべき仕事は、センターの調査だ。決して殴り込みではない。

十束はいわば八田たちのお目付役だったが、非戦闘員である十束一人では心許《こころもと》ないので、伏見を引っ張ってきている。伏見はあからさまに嫌そうではあったが、結局逆らいはせずについてきた。

十束、八田、鎌本、伏見の四人は、総合病院の広い玄関ホールを通り抜けた。患者が行き来する受付カウンターを横目に、病院の奥へと進んでいく。比較的おとなしい格好をしている十束と伏見はともかく、スケボーを小脇に抱えている八田と、ヤンキーの見本のような金髪にサングラスをした恰幅《かっぷく》のいい鎌本は、非常に病院内にそぐわず視線を集めていた。

「……悪目立ちしてるけど、いいんすか」

十束の斜《なな》め後ろから、伏見がぼそぼそと言う。

よくはないが、まあもう仕方ない。

「へーきへーき、なんとかなるって。それより猿くん、センターの研究棟へはこっちでいいんだよね？」

「……この奥にある階段を上って下さい」

伏見は自分のタンマツに目を落としながら答えた。

ここに来る前、伏見はハッキングでセンターの見取り図を手に入れていた。病院側の見取り図は普通に壁にも貼ってあるが、当然ながら研究棟側のことは一切公にはされていない。

伏見の案内に従って、初めての人間には迷路のように思える大きな病院の中を進んだ。奥まで進むと人気《ひとけ》は一気に少なくなり、伏見が言った階段には、「関係者以外立ち入り禁止」と書かれた立て札があったが、無視して脇をすり抜ける。

階段を四階まで上り、廊下に出ると、静寂がシンと耳を打った。

保管室や機械室などの、人の出入りがほとんどない場所を通り抜け、いくつか廊下を曲がりくねった先に、その扉はあった。

「この先が、研究棟へつながる渡り廊下のはずだ」

伏見がタンマツを見ながら言った。

鍵のかかった白い無機質な扉に八田はいきなり手をかけ、無理やりこじ開けようとした。その八田の尻を、横合いから伏見が蹴る。

「いでっ！　何すんだよ！」

「そんなんで開くかバカ」

呆れたような伏見に、八田はむっとした顔をして、スケボーを床に落とし、片足をのせる。

「こんなもん、簡単にぶっ壊してやらぁ」

言うなり、八田の体から赤いオーラが漏れ出した。十束は慌てて八田の肩を押さえる。

「こらこら、待って！」

「なんすか！」

八田の後ろで伏見はこれ見よがしなため息をついた。そのまま八田の前に出て、スケボーのノーズを足で押さえ、八田が飛び出せないように阻《はば》む。

「やめとけよ単細胞」

「んなっ」

呆れ果てたように伏見に言われて、八田は顔を赤くした。十束はその隙に八田をボードから引き離す。

「騒ぎにはするなって草薙さんに言われたろ。障害物があったらぶっ壊そうっていう発想はやめろって」

十束が言うと、八田はだだっ子のように口を尖らせた。

「じゃあ、どうするんすか。諦めるのかよ？」

十束はおどけた仕草で肩をすくめた。

「いや。ここで帰ったんじゃ来た甲斐《かい》がない。けど、騒ぎを起こして人に集まってこられたら、やっぱり意味ないだろ。俺がやるよ」

「え、できんの？」

八田は失礼なほど素直に驚きを見せた。

十束は笑うと、扉の前に立った。扉に手をかけて軽く引き、施錠《せじょう》されている場所を確認する。

幸い、鍵自体は単純なもののようだ。

十束は扉と壁の隙間――錠がかかっている部分をじっと見つめた。そのまま、視線に力を込める。

とたん、十束の体が薄赤く発光した。頭の中が熱され、その熱で頭の回路が焼き切れそうな感じがする。その苦痛には奥歯を噛みしめて耐え、ひたすら自分の視線に力を集中させた。

体の中の力を細く、鋭く引《ひ》き絞《しぼ》り、瞳から対象物へ照射するようなイメージ。

そのまま、数十秒。

横で八田が待つのに飽きてそわそわする気配を感じながらも集中を続け、自分の中の細い力のすべてを視線にそそいだ。

バチッ、と音がして、十束が熟視していた部分から小さな火花が散った。そのとたん、十束の体から糸が切れたように力が抜けて、体がわずかに傾いだ。だが、半歩よろめいただけで踏みとどまる。

「成功……かな？」

少し息を上げて笑い、十束はドアに手をかけて引いてみる。錠の部分を綺麗に切断できたようで、扉はすうっと開いた。

「……これはぶっ壊したうちに入らないんすか」

呆れたような声で言う八田に、十束はしらっと答えた。

「静かにぶっ壊す分には構わないさ」

鎌本が錠の切断面を指で撫でながら感心したように唸る。

「にしても、器用っすねー」

今朝草薙に言われたことを、鎌本にも言われてしまう。

赤のクラン——吠舞羅において、ほとんどのメンバーが破壊的な力を持っている。その中にあって、十束は戦闘面では飛び抜けて弱いが、その代わりに単純な破壊のためではない、妙に「器用な」力の使い方をすることができた。

今朝アンナに見せた、手品のような炎の鳥然《しか》り、今やったような、瞬間的な高熱で小さな対象物を切断する技然り。

どちらも静かに集中する環境と時間が必要な上、力の容量もめっぽう少ないため、戦闘の役にはほとんど立たない。が、まあ便利ではある。

「けど疲れた……ごめんちょっと休ませて……」

力を使ったあとの虚脱感に泣き言を漏らし、十束はしゃがみ込んだ。

「まだなんも始まってないっすよ」

すでに疲れ切っている十束に八田が呆れた顔をしながらも、少しの間待ってくれた。十束が息を整え、落ち着いて再び立ち上がろうとすると八田は手を貸してくれる。

鍵を壊したドアから研究棟に入り込むと、八田はぐるりと肩を回し、鎌本は腹の上で腕を組み、伏見は眼鏡を押し上げた。

「さぁて、悪事を暴きに行くか！」

八田の気合いとともに、四人はセンターの研究棟の廊下を踏み出した。

†

また、うんざりするようないつもの夢だった。

周防は焼けただれた荒野の中に立っていた。辺りには崩れ落ちた建物の残骸《ざんがい》などがわずかに見えるだけで、あとはただ薄く煙が立ちのぼり、焦げたにおいが漂うだけの更地《さらち》となっている。

周防はその中心に、一人で立っていた。自分の他に、生きているものは誰もいない。

——いや。

「人の夢、入ってきてんじゃねーよ」

軽い口調で言って、周防は振り向いた。

周防の背後に、ひらひらした青い服を着た、人形じみた少女がいた。

それが、自分の夢が生み出した存在ではないことは、一目でわかった。目の前に立つ小さな女の子には、周防の意識・無意識から離れた、別個の人格がくっきりと存在していた。

少女——アンナは、無表情のまま少し首を傾げた。

「ごめんなさい」

申し訳なさは欠片《かけら》も見せずにアンナは言った。周防は軽く息をついて、煙草を取り出して一本くわえる。

「……別に。むしろ、変なもん見せて悪いな」

おそらく、アンナの力によってビー玉を通して周防と〝つながって〟しまったことの一環なのだろう。お互いの夢が共有されてしまっている。

アンナは、焼け跡がくすぶる荒野をゆっくり見回した。

「ミコト」

ふいに、アンナが周防の名を呼んだ。

周防はわずかに目を見開く。アンナに対していまだ名乗ったことはなかったはずだが、穂波が教えたのだろうかと一瞬思い、すぐにそんな思考はバカバカしいと気づく。

アンナと自分は〝つながった〟のだ。名前どころか、周防の過去のすべてをアンナが知っていたとしても不思議ではなかった。

「これ、ミコトがしたの？」

たどたどしいしゃべり方のくせに、妙に大人びてアンナが言う。周防は答えず、焼け残っていたがれきに腰を下ろし、紫煙《しえん》をくゆらせた。

そういえば、アンナの声を聞いたのは初めてだったかもしれないと思う。

「お前、迦具都クレーターって知ってるか？」

周防の問いに、アンナは首を傾げた。

「お前が生まれる前の話だが、昔はちっとばかり地形が違った。それがある日、関東の南が消し飛び、クレーターだけが残った」

アンナは黙って周防を見上げていた。

「そいつは、一人の人間の力の暴走が引き起こしたらしい」

正確には、先代の赤の王の力だ。

王となった者は人智を超えた力を持つが、ひとたびその力を制御するためのバランス感覚を失えば、力は暴発し、王は〝ダモクレスの剣《つるぎ》〟によって粛正《しゅくせい》される。

その粛正は、王を滅ぼすのみならず、周りに甚大《じんだい》な被害を与える。ダモクレスの剣が堕《お》ちる事態だけは、なんとしても防がなければならない。

「……ミコトも、そうなるの？」

小さな少女の率直な問いに、周防は自嘲《じちょう》ぎみに笑った。

「さあな」

正直、それも悪くないと思う瞬間がある。

すべての力を出し切る高揚に身を委ねてしまいたいと思う瞬間が。

だがその先に待っている光景は、このくそったれな夢の中の光景だ。

ここは、周防の力によって破壊しつくされた鎮目町なのだ。そしてこれは、周防にとってあり得《う》べき未来だった。

アンナはしばらくの間、黙って周防の目をまっすぐに見つめていた。そして、ゆっくりと口を開いた。

「捨てられないものが、あるんだね」

アンナの言葉に、周防は眉を寄せた。生意気なガキだ、と思う。

時折、抑えがたい破壊衝動に襲われることがある。自分の中に渦巻《うず》く力を外に出したくて、血がたぎるような瞬間を味わいたくて、自分を縛る枷《かせ》をはずしてしまいたくなる。

けれど一度そうしてしまえば失われるもののことを、周防はちゃんと自覚していた。だから、その衝動に襲われたときは、それを殺すため、自分の感情も覇気《はき》も極限まで削《けず》って、生ける屍《しかばね》のようになる。

それは、自分の周りの人間を自分から守る、手段だった。

「ミコト」

ふいに、アンナが言った。

「ミコトは、綺麗」

今までの人生で使われたことのない形容をされて、周防は怪訝《けげん》な顔をした。

そういえば、アンナは赤しか認識できないこと、周防の力が帯びている赤い色が見えているのだということを思い出した。

周防は軽く息をつく。

「テメェも難儀《なんぎ》なガキだな」

目を開けると、周防のベッドの上に上半身を起こしているアンナが目に入った。

周防はソファーに寝転んだ体勢のまま、アンナに顔を向けた。

ビー玉越しに周防と感応して倒れたアンナをベッドに運んだあと、周防も暇《ひま》を持てあましてソファーで居眠りを決め込んでいた。そこでうっかり、夢を共有してしまったのだろう。

「……元気か」

アンナはもう、倒れたときのような蒼白《そうはく》な顔色ではなくなっていた。周防の問いに、こくりと小さく頷く。

「そうか」

妙な子供だ、と思いながら、周防は再び目を閉じた。

†

パソコンに向かう伏見の眼鏡が、画面を反射して光っていた。その後ろから、十束と八田が伏見の作業をのぞき込む。

センターの研究棟に侵入を果たした八田たちは、資料室に潜り込み、そこのパソコンのセキュリティを破ってデータをのぞき見ようとしていた。

「おい、まだかよ。早くしねーと人来ちまうぞ」

「うるさいな。黙ってろよ」

イライラと急かす八田に、伏見が鬱陶しそうに答えた。鎌本は資料室の入り口で人が来ないか見張りをしている。何度か廊下を人が通りかかってひやりとすることがあった。

「……これか」

伏見の小さなつぶやきとともに、検索画面が開いた。伏見はそこに、「櫛名アンナ」と入力する。該当一件、の文字の明滅とともに、アンナの顔が現れた。

人形のようなアンナの写真と、プロフィールがまず表示される。そのプロフィールの中に、アンナの両親が死亡した日の事柄もあった。

櫛名哲哉《てつや》・アユリ夫妻、自動車事故で死亡。ブレーキの不具合により、塀に激突。両名とも、脳挫傷《のうざしょう》により即死。

淡々と書かれた事実に、八田は顔をしかめた。年不相応に表情のないアンナを思い出して気分が暗くなりそうになり、慌てて頭を振る。

伏見は画面をさらにスクロールする。プロフィールの下に続く記述は、ごちゃごちゃと小難しい書き方をされていたが、ストレインとしてのアンナの能力の記録であることは八田にもわかった。

アンナの能力は、「高度の感応能力」。さらにそれには「危険度高・要監視」と記されている。

八田は眉を寄せた。

「あの子の力ってそんな危ねーもんか？　要は、なんか色々見えるってだけだろ？　別に危なくなくね？」

八田の言葉に、伏見は画面に目を走らせながら小さく鼻を鳴らした。

「つまり、単なる千里眼なんかじゃない危険性があるか、あるいは、『危険だから』って理由をつけておきたいかの、どっちかなんだろ」

八田が意味を問いただそうとしたとき、鎌本が動いた。

見張りをしていたドアから飛び退き、ひそめた声で「人、こっち、来ます！」と言った。

伏見は舌打ちして、アンナの情報を表示させていた画面を閉じると、パソコンを強制的にぶち切る。

四人が机の陰に身を沈めるのと、部屋のドアが開くのはほぼ同時だった。

がらりと音を立ててドアが開き、白衣を着た男が入ってくる。

「ん？　誰だ、片づけずに行った奴」

白衣の男は不審そうな声を出して、こちらに近づいてきた。パソコンは切ったものの、デスクの上にはいくつものファイルが開きっぱなしになってしまっている。

近づいてくる男の顔をデスクの陰から見ながら、八田は考えた。

床を這って逃げるか。――けどさすがに、四人の男が動いたら気づかれるだろう。

実力行使しかない。

ボコって黙らせよう、と八田が決意して立ち上がりかけたとき、いち早くその気配を察した十束が取り押さえてきた。『なんすか!?』『落ち着け！』というような雰囲気のやりとりが無言のまま行われ、十束は八田を押さえたまま、片手で伏見を拝むような仕草をした。

伏見は小さくため息をつき、床を這うように移動して、白衣の男がデスクまで来た瞬間素早く立ち上がって男の後ろに回り込んだ。

伏見の手刀が、男の首の後ろに落とされる。

軽い動作だったが、白衣の男はそれだけで声もなく崩れ落ちた。

八田はむすっとして、取り押さえていた十束を振り返る。

「なんでオレのことは止めたのに、猿比古にはやらせたんすか」

「だって八田、普通にボコる気だったっしょ？　騒ぎになるとマズいんだってば」

十束の言葉に、八田はふてくされた気分でそっぽを向く。

確かに言うとおりなのでぐうの音も出ないが、これではなんとなく、自分よりも伏見の方が信頼されているような感じで気に入らない。

「それでも、こうなると俺たちの侵入がバレるのも時間の問題だよなぁ」

十束はふてくされている八田をよそに腕組みして言った。

「あと、調べたいところと言ったら……」

十束は伏見を見る。伏見はつまらなそうな顔で言った。

「当然、実際ストレインが収容されている場所じゃないんですか」

伏見がハッキングしたセンターの見取り図を元にたどり着いた場所は、意外なほどに平和な光景だった。

収容施設というよりは、学校の寮といった雰囲気で、ストレインらしい人間たちが普通にうろうろしている。

ここまで入り込んでしまうと、いっそ病院側にいたときよりも八田たち四人は浮いていないように思えた。

自由な格好で歩き回るストレインの中なら、八田たちはこそこそ隠れる必要もなく、案外自然に紛《まぎ》れ込むことができる。

「案外、自由っぽいっすね。もっと刑務所みたいな感じかと思ってたのに」

鎌本がせわしなく周りを見回しながら言った。八田は鎌本の頭を片手で押さえつける。

「きょろきょろすんな！　変に思われんだろ！」

「お前もうるさいよ」

伏見がしらっとした目で八田を一瞥して言った。手元のタンマツに目を落として、伏見は独《ひと》り言《ごと》のようにつぶやく。

「……ここが開放的なのは、単にここには大した力のあるストレインがいないからだろ。もっと重要だったり危険な力がある奴は、ちゃんと厳重に隔離されてるさ。……これを見る限り、そっちは多分地下だろうな」

伏見は横目で十束を見た。

「どうするんですか。もしそっちに入り込むつもりなら、騒ぎを起こさず……ってのは無理だと思いますけど」

熱のない、どうでもよさそうな伏見の言葉に、十束はのんきににこにこ笑っている。

「それはマズいねぇ。さすがにそこまではできない。今回は極力トラブルを起こさない範囲に留めておかないと」

これより深くは進めないという状況で、できるかぎりの情報を集めようと思うのなら、できることは——

八田が腕組みをして考え込むのと同時に、後ろから気軽な声がかかった。

「ん？　お前ら見ない顔だな。新入り？」

声をかけてきたのは、人の良さそうな十七、八くらいの少年ストレインだった。

ちょうどいい。

八田は笑顔を浮かべた。白々しいほどに朗らかな表情で、八田は声をかけてきたストレインの少年に近づくと、親しい友達に対してそうするように、ガッと肩に腕を回す。

「わりぃんだけど、ちょーっと、話聞かせてくんね？」

至近距離に迫った八田の笑顔に、ストレインの少年の顔が引きつった。

「だーかーらぁ、オレらはオマエらがなんか理不尽な目に遭ってないかっつー調査に来てるわけよ。な？」

人気のない廊下に連れてきたストレインの少年に、八田は肩を組んだまま凄《すご》むように言い聞かせていた。

一見、カツアゲの現行犯である。

完全にチンピラの風情《ふぜい》で親切ごかしに話しかけてくる八田と、その横から巨体でもって無言の威圧感を与えてくる鎌本、窓枠にだるそうに寄りかかって何を考えているのか知れない顔で外を眺めている伏見、さらに何を考えているのかわからない、にこにこ顔の十束。

ストレインの少年は、完全にびびっていた。

「……え、いや……なんも理不尽なことはないっすよ……。案外飯《めし》もうまいし……」

「なんかあんだろ！　検査と称してひどい人体実験されたとか、家畜のように扱われたとか、ちょっとでも逆らったらボコボコにされたとか！」

「いや……別に……」

少年はすっかり困り果てた顔で、逃げ道を探すように視線をさまよわせながら顎を人差し指で搔いた。

「むしろ、検査に協力すればちょっとばっかしの謝礼をもらえるから、それ目当てで定期検診みたいにセンター通ってくる奴もいるくらいだし……ってか俺もそうだし……」

「あぁ？」

センター悪者説がどうも当てはまらなそうな雲行きに、八田はつい脅すような声を出してしまう。

おかしい。昨夜アンナの前に現れた青服はいかにも悪そうな雰囲気を見せていたのに。

「あんたはそうでも、もっと強い力を持ってるストレインがどういうふうに扱われてるかとかは、知らない？」

十束が笑顔のまま訊いた。

「さあ……まあ、色々変な噂とかはあるっすけど」

もぞもぞと言ったストレインの少年の言葉に、八田は「それだ！」とばかりに飛びついた。

「なんだなんだ、あんじゃねーか！　話してみろよ」

「いやでも、なんも根拠ない噂っすよ。……ここの地下には、犯罪やって捕まってるストレインがいて、そいつらは密《ひそ》かに実験とかされて人間兵器みたいになってるって……」

「来た来た来た来た」

八田がテンションを上げて目を輝かせた。話すストレインの少年は、反比例するようにテンションを下げる。

「……マジでただの噂っすよ。本気にしてる奴とかほとんどいないし」

「いいや、絶対ストレインの実験は行われてるね。オレのカンがそう言ってる」

八田は腕を組み、一人でうんうんと頷いている。

「他には何か、変わったこととかない？」

十束が訊くと、ストレインの少年は困ったように首を傾げた。

「っていっても、何が変わったことで、何が変わってないんだか……。〝ウサギ〟の総回診とかは異様な光景だし最初は面食らったけど、今はすっかり慣れたしなぁ」

「ウサギの総回診？」

妙な響きの言葉に、八田は眉を寄せた。

「〝ウサギ〟って、知らないっすか？　変な仮面を被《かぶ》った連中ですよ。なんかウサギの耳みたいなのが生えた不気味な仮面を被ってて、着物みたいな服着てて……。奴ら、定期的に来て、このセンター内を見て回るんだ。気味悪い光景っすよ。何しろ連中、そろって仮面に着物の奇妙な格好してて誰が誰かなんてさっぱりわかんねぇ。人間の集団ってより、なんか別の生物みたいに思える感じで……」

「――御前の親衛隊だ」

十束が言った。

「決して顔を見せることのない、正体不明の一団。黄金の王の側に侍《はべ》っていて、密命を受ければなんでもする。……異能の王たちが大して世間に騒がれることなく存在できているのも、〝ウサギ〟の中にいる情報統制部隊が、異能が原因で社会に混乱が起きそうになった際、まずいものに関わってしまった人たちの記憶を曖昧《あいまい》にさせてしまうからだって話らしい。……総回診っていうのは、このセンターが適切に運営されているかの査察、ってとこなのかな」

記憶をたどるようにして宙を見つめながら言った十束の言葉に、伏見はふんと鼻を鳴らした。

「親衛隊の査察がそんな仰々《ぎょうぎょう》しく入るってことは、このセンターは黄金の王の配下の施設とはいえ、さほど王に信頼されてはいないらしいな」

嘲るように言った伏見の言葉に、十束も頷いた。

伏見と十束のやりとりに、八田はふーんと鼻から抜けるような声を漏らした。

「自分の仲間が信じられないとか、黄金の王サマも大変だな」

吠舞羅では考えられないことだ、と八田は思う。

ふと、八田はなぜか伏見が冷えた目でこちらを見ていることに気づいた。

十束は取りなすような苦笑を浮かべる。

「まあ、黄金のクランは他とは比べものにならないくらい大規模なわけだし、ウチみたいなのとはワケが違うさ」

「あんたら、赤のクランズマン……っすか」

ストレインの少年が、八田たちを順番に見ながら言った。鎌本がずいと一歩、威圧的に少年に詰め寄る。

「俺たちのこと、誰にも言うなよ？　……で、さっきの〝ウサギ〟の総回診？　それが来るとき、ここの連中がなんか隠そうとしてるそぶりを見せたりとか、そういうことはねーのか？」

ドスのきいた鎌本の言葉に、少年は必死に思考を巡らせる様子を見せた。

「あぁー……まあ……センターの連中、〝ウサギ〟が来る前は浮き足立ってますね。そういや、御槌《みづち》さんも――」

少年の言葉の途中で、八田の首筋にぞくりと悪寒《おかん》が走った。

状況を認識するより先に、八田は本能が命ずるままに、しゃべっていた少年を突き飛ばし、その場から横っ飛びに跳んだ。

さっきまで八田と少年がいた場所に、鋭く空気を裂く音と共に銀色のひらめきが走った。

八田の頬がちりっと痛む。

八田は振り返った。隣で、伏見が懐《ふところ》から数本のナイフを取り出して構えるのが目の端に映る。

八田たちの背後には、抜き身のサーベルを下げた青服が立っていた。黒く長い前髪の下からのぞく細い目に、薄い唇。のっぺりとした印象の白い頬。

「テメェ……」

八田は、青服の顔を睨みつけた。頬に血が伝う感触がある。皮膚が浅く切れたのだろう。背後から警告もなしに斬りつけられたのだ。

「こんなに早く再会することになるとは思わなかったね」

青服は、能面めいた顔の上にうっすらと笑みを浮かべて言った。

昨夜、八田と鎌本が接触した青のクランズマンだった。

「僕らの任務の妨げになると判断したら、次は殺すまでやると言ったはずだね」

黒髪の青服の後ろから、薄茶色の髪をした、顔はそっくりの青服が、のっぺりした声に愉悦《ゆえつ》を

にじませて言いながら現れる。

「……八田」

「こいつらが、昨夜会った胸くそわりぃ双子っすよ」

静かな十束の問いかけに、八田は双子の青服から目を離さないまま言った。

八田の背中に嫌な汗が浮いていた。八田はクランズマンになりたてで経験は浅いが、力に恵まれている。その自分が——おそらく様子を見る限り伏見も——青服が斬りつけてくる瞬間までまったく気配に気づかなかった。

「ハハッ」

と黒髪の青服が笑った。

「フフッ」

と茶髪の青服も笑った。

「君たちは、侵入者だな？」

「僕たちにとって、排除対象だな？」

十束がさすがに焦《あせ》りの見える笑顔で、交互にしゃべる青服の双子を見比べる。

「……おとなしく投降したら、話し合いに応じてくれるのかな？」

「無理っすよ、十束さん。下がってた方がいいぜ」

八田はスケボーを足下に落とし、片足をボードの上にのせて身構えた。

どう見ても穏便《おんびん》に話し合いができそうな相手には見えない。さっきから、二人からは殺気がダダ漏れになっている。

十束は素直に数歩後ろに下がった。

「忠告には従うけど、現状、非は俺たちにあるんで、無茶はしないでよ。目的はここからの退避だ」

「それが可能なら、ぜひそうしたいですけどね」

ぼそりとした声で伏見が言った。

茶髪の青服が、ゆっくりとサーベルを抜き、二人一緒に正眼《せいがん》に構えた。

「セプター4、湊《みなと》速人《はやと》」

「同じくセプター4、湊秋人《あきと》」

「剣をもって剣を制す」

「我らが大義《たいぎ》に曇《くも》りなし」

青服の双子は、感情のこもらない声で順番にそう言った。

「……後学のために訊きたいんだけど、あんたらの『大義』って、何？」

十束の問いに、二人は口角《こうかく》をより深く持ち上げた。

「ルールを犯す者への、制裁」

双子は声をそろえて、そう言った。

八田と伏見が双子と対峙《たいじ》するように前に出ていて、その後ろに十束と鎌本がいる形だった。

その陣形でなければ、あるいは最初に狙われたのは十束だったかもしれない。

黒髪の青服——速人が動いた。八田の方に突っ込んでくる。頭上から振り下ろされる剣を、八田はスケボーで横に滑ってかわした。同時に、右の拳に力をみなぎらせる。拳に集まった力が赤く発光し、八田はそれを剣を振り下ろした直後の速人の脇腹に叩き込もうとした。

が、そのとたん背後に気配を感じる。

いつの間に移動したのか、茶髪の方の青服——秋人が八田の背後にいた。速人の攻撃に気を取られていた八田の背中に、音もなく秋人のサーベルが振り抜かれようとする。

——しまった。

こいつらは、二人で一人を狙う。

昨夜の時点でわかっていたことだ。迂闊さに舌打ちしそうになった瞬間、赤いオーラを帯びたナイフが飛来した。

八田の背中を切り裂くはずだった秋人のサーベルは、すぐさま軌道を変え、飛んできたナイフを弾き飛ばす。

キィン、と刃と刃がぶつかり合う音が響いた。

伏見だ。伏見は、自分の力を移して赤く輝くナイフを手にしていた。普段の無気力な姿からは想像できないほどに据わった目で、剣呑《けんのん》に双子を見ている。

「……弱い方から二人がかりで倒すのが、お前らの流儀か？」

伏見の言いように、八田はかちんときた。こいつらが一対一の真っ向勝負をしないのは経験済みだが、『弱い方から』というのは納得できない。

が、双子は肯定の笑みを浮かべた。

「そうだよ」

「ちょっと待て！　じゃあなんだ⁉　オレのが猿比古より弱ぇって言いたいのか！」

「十束さん」

吠える八田を無視して、伏見が冷静な声で十束を呼んだ。

「あんたを庇うのはしんどい」

端的に言い放たれた伏見の言葉に、十束はすぐに頷いた。足手まといだと言われたことを理解し、八田に突き飛ばされたまま床で腰を抜かしているストレインの少年の腕を取って立ち上がらせると一緒にその場から離脱する。

「猿くん、八田、目標は？」

にわかに戦場となった場所から遠ざかりながらも、十束は言った。伏見は面倒くさそうに答える。

「ここからの脱出、でしょ」

「そう。やられないでよ！」

「早く行って下さい」

鬱陶しげに言う伏見に苦笑して、十束は駆けだした。

「鎌本、オメーも行け！」

八田が横目だけで鎌本を見て言った。

「八田さん……」

鎌本は、青服二人と対峙している八田たちと、遠ざかっていく十束の両方に心配そうな目を交互に向けて迷っていた。

「他にも青服がいるかもしれねぇ。十束さんと行け！」

「う、うす！」

八田の言葉に、鎌本はようやく決心がついたのか、すでに先を走っている十束を追って駆けだした。

「さぁて」

八田は額に青筋を立てながら、双子の青服を睨んだ。

「テメェらの卑怯《ひきょう》な戦法は改めてよくわかった。いいぜ、まとめてかかってこいよ！」

スケボーに片足をのせ、八田は全身から流れ出るように見えるほどの赤のオーラを噴《ふ》き出させた。赤のオーラは熱を持ち、室温が一気に上昇する。握った右手の拳のオーラは具現化して炎の形を取った。ちりちりと炎の毛先が音を立てる。

苛立ちと、戦闘への高揚感が相まって、八田はぎらぎらした目を双子に向けた。

「一人で粋《いき》がるなよ。助けてもらったくせに」

「うるっせ！　恩着せがましいこと言うんじゃねーよ！　一人でも避《よ》けられたってのに！」

「ふぅん。……まあ、そういうことにしてやってもいいけど。美咲一人じゃ荷が重そうだから、加勢してやるよ」

「名前で呼ぶなっていつも言ってんだろ！　こっちこそ、しょうがねーから共闘してやるよ！」

言い合う八田と伏見を前に、双子はそろって首を傾げた。

「話は、ついた？」

八田と伏見は双子の方に向き直ると、同時に地を蹴った。

†

後ろから鎌本が追ってくるのに気づいて、十束は走りながら振り返った。

「あ、鎌本こっち来たんだ」

のんきそうな声に、鎌本は「もう！」と呆れた声をあげた。

「八田さんが、他にも青服とかの戦闘員がいるかもしれないから、十束さんの方行けって！」

「そっか、心配させちゃったわけか。ありがと。……でも、これからわざわざ危ない方行くけど、いい？」

「はい!?」

十束は、半《なか》ば引きずるようにして連れて走っていたストレインの少年を見た。

「さっき言いかけた『御槌さん』って、このセンターの責任者だったりする？」

十束の問いに、ストレインの少年はまだ何がなんだかわかっていない様子で目を白黒させながらも頷いた。

「そうだけど……」

「じゃ、その御槌さんのとこに連れてってくれない？」

「十束さん!?」

鎌本が素《す》っ頓狂《とんきょう》な声をあげた。

「逃げるんじゃないんすか！」

「そうだねぇ」

「そうだねぇ……じゃなくて！」

焦る様子の鎌本に、十束は笑顔を向けた。

「鎌本は、先に脱出しててくれない？」

「嫌っすよ！」

理由を訊くよりも先に、鎌本は眉間にしわを寄せて怒鳴った。十束はそれを見つめ、ふっと軽く息を吐き出して笑う。

「……あの双子と伏見八田の力は、拮抗《きっこう》してると思うんだ。二人の性格を……特に八田の性格を思うに、そんな敵と相対して、逃げに徹してくれる気があんまりしない。けど、戦いが長引けば、他の戦闘員だって駆けつけてくるはずだ。そうなれば、いくら伏見と八田が強くても、捕まっちゃうのは時間の問題だよ」

「だから、ここのボスと直接話をつけるってんですか？」

渋い顔をする鎌本に、十束は朗らかな笑みで応えた。

「そんな大げさなものじゃないよ。ただ、向こうの出方を見てみるだけ。……ってなわけで、もし向こうが攻撃的な態度だったとしても抵抗する気はないから、守ってくれるには及ばないんだけど……それでも先に脱出しててくれる気はない？」

鎌本はふてくされたような顔で、口を尖らせた。

「そう言われて、はいわかりましたって仲間を置いて一人で逃げるのは、吠舞羅の流儀っすか」

十束は思わず目をぱちぱちと瞬かせ、隣を走る鎌本の顔を見た。

二秒ほどの間をおいて、十束は口元をほころばせて言う。

「ごめん」

話しながらも、廊下を通り抜け階段を上り、三人は最上階に達していた。

案内して走ってくれているストレインの少年は、いまだ混乱の中にいるような顔をしていたが、二人を放り出して逃げ出すようなそぶりはなかった。

「あんたも、巻き込んじゃって悪いね」

十束が声をかけると、ストレインの少年ははっと我に返ったような顔になった。

「まったくだよ！　なんで俺、素直にあんたら案内してんだよ！」

「あはは、ごめんごめん。センターから出たらバー『HOMRA』においでよ。お酒でもおごるから」

「俺、未成年だし！」

「『HOMRA』はカレーもおいしいよ」

「なんか割に合わないな！」

状況にそぐわない会話をしながら、ストレインの少年は廊下の先の角を指さした。

「その先に、センターの職員が集まってる部屋がある。そこに御槌さんがいるかどうかはわからないけど……」

言いかけたところで、十束たちは廊下の角に達した。

曲がる。

いきなり、目の前に青い色が飛び込んできた。

青服だ。

そう認識すると同時に、十束の体が宙に浮いた。

軽く腕を取られて投げ飛ばされたのだと理解したのは、床に叩きつけられたあとだ。

叩きつけられた体はすぐに引き起こされ、床に膝をつかされた状態で右腕を後ろにねじり上げられる。

「十束さん！」

鎌本が声をあげた。

十束は、片手を封じられた不自由な体勢で顔を上げた。

焦ったような鎌本の顔が見える。首を巡らせると、黒い革靴《かわぐつ》を履いた足が目に入った。

そのまま視線を持ち上げていく。黒いスラックス、汚れのない白衣、首に下げられた金色のネームタグらしきネックレス、そして、三十代くらいと思われる、彫りの深い男の顔にたどり着く。

「侵入者があったと知らせを受けた」

その男は静かな微笑を浮かべてそう言った。口調は穏やかだが、優しげな口調の裏側に、しんと冷え切った温度を感じた。

「首謀者は、誰かな」

その問いに、十束は跪《ひざまず》かされて押さえ込まれたまま、笑みを返した。

「一応、俺かな？」

白衣の男は柔らかな表情のまま、傲然《ごうぜん》と言った。

「名乗りなさい」

「第三王権者、周防尊がクランズマン、十束多々良」

優しげな表情を作っていた男の頬に、わずかに侮蔑《ぶべつ》がよぎった。

「……ああ、名は知っています。確か、最初期のクランズマンであるにもかかわらず、著《いちじる》しく能力値の低い……」

「はは、嫌な覚えられ方だなあ」

十束は苦笑してから、すっと表情を切り替えた。いつもの笑顔から、素の表情へ。

「そちらは、御槌さんかな？」

男は目を細めた。彫りが深い顔立ちのせいで、目元に暗い影が落ちる。

「いかにも。私はこのセンターの所長、第二王権者、國常路大覚がクランズマン、御槌高志《こうし》だ」

名乗りをあげてから、御槌はちらりとストレインの少年に視線をやった。押さえ込まれている十束からはストレインの少年の様子は見えないが、呼吸が乱れる気配から、彼がひどく動揺していることがわかる。

「そこのストレインは、俺たちが脅してここまで案内させたんだ」

十束が言うと、御槌は小さく顎をしゃくるような仕草をした。

「行きたまえ」

ほんの少し迷うような間があってから、駆けだしていく足音が聞こえてきた。

「それで？　何か弁解があるのなら話すチャンスは与えるが」

「櫛名アンナって子、知ってるよね？」

率直に切り込むと、御槌の眉がわずかに跳ねた。

「……彼女が、どうかしたのかね」

「その子、ウチにとって他人とは言えない子なんだ。……昨夜、その子を見張ってたらしい青のクランズマンと、ウチのメンバーが衝突したんだよね」

「報告は聞いている。だが、それがどうした？　危険のある幼いストレインを一時的に社会に返す場合、有事の際対処できるよう監視をつけている。当然の危機管理だ」

「けど、俺たちは不信感を抱いた」

一瞬、沈黙が落ちた。

御槌は、それが彼の無表情だとでもいうように、常にうっすらとした微笑を浮かべている。その表情のまま、御槌は十束のすぐ後ろに目をやった。十束の腕をねじり上げている人物を見たのだろう。

「……櫛名くんの昨日の監視担当は、湊兄弟だったね」

「はい」

十束の背後の人物が短く答えた。角で鉢合《はちあ》わせて投げ飛ばされた瞬間は、ほとんど青の制服しか目に入らずどんな人物だったか確認できなかったのだが、声を聞く限り、若い人間ではないようだった。

声に芯《しん》はあるのだが、カラカラと乾いて覇気がない。

御槌は、十束を押さえている青服の答えを聞くと一つ頷いた。

「昨日、そちらのクランズマンと接触したのは、こう言ってはなんだが少々性格に難がある者たちでね。君らはそのせいで不快感を覚えたのだろう。……が、だからといってこのセンターを疑うのはお門違《かどちが》いも甚《はなは》だしい。使っている警備員の質が悪かったからといって、その雇い主の仕事まで疑うのは理にかなっていないだろう？」

十束を押さえている人物の手が、ほんのわずかに揺らいだ。

十束は心の中で共感する。クランズマンが、よそのクランの人間に警備員扱いされて貶《おとし》められ、心穏やかであるわけがない。

「――あの子は赤のクランが預かりたい」

十束の言い放った言葉に、御槌が固まった。

「……何？」

「と言ったら、どうする？」

御槌は吐き捨てるように笑った。

「バカな。彼女は難しいストレインだ。暴力を信条としているような赤のクランに、彼女が導けるはずがない。彼女の未来は、私が守る」

「でも、あの子が俺たちを選んだら、そちらさんにそれを阻止する権利はないよね？」

「彼女は君らのことなど選ばない」

御槌の断定口調に、十束は少しの間口をつぐんだ。

「そもそも、君たちは他の王権者属領を侵犯した咎人《とがにん》だ。そのような戯《ざ》れ言《ごと》を言うより、自分の身を案じた方がいいのではないかね」

背後で、鎌本が唾を飲み込む音が聞こえる。鎌本の緊張が伝わって、十束は逆に気持ちの糸を緩めた。

「俺たちを、裁く？」

ことさら柔らかな声で問うた十束に、御槌は一瞬返答に詰まったように見えた。

「……そうすべきだろうな」

その返答に、十束はゆっくり頷いた。

「いいですよ」

十束は御槌に向かって、にこりといつもの笑顔を向ける。

「別の王のクランズマンを裁くには、それ相応の手続きがいる。……俺が知りたいのは、あんたが白日の下でそれができるくらいに後ろ暗いことがないかどうかだ」

御槌のこめかみが、ひくりと小さく引きつった。

十束さん、と鎌本が押し殺した声で咎めるように呼ぶのが聞こえる。

少しの沈黙が流れた。

御槌は微かなため息をつくと、十束を取り押さえている青服の男に目配せした。

次の瞬間。

十束の腕を後ろにひねり上げていた青服が、その手に力を込めた。

みしり、と、体の内側から音が響く。

肩に走った激痛に、十束は思わずあげそうになった声を噛み殺す。唇を噛んでしまい、血の味が口内に広がった。

「十束さん！」

駆け寄ってこようとした鎌本を、十束は自由な方の手で制す。

みしみしと関節はきしみ続けている。肩がねじり上げられ、おかしな方向に歪められている。

加えられる力に耐えかねて、肩の骨と腱《けん》が悲鳴をあげている。

ギリギリの力加減で靱帯《じんたい》を引きちぎる一歩手前の力を加えられ続ける痛みと、じりじりするような恐怖感に脂汗《あぶらあせ》を浮かせながらも、十束は苦痛をこらえて御槌を見上げた。

御槌は感情のない、計測器のメモリを見るような目で十束の様子を見守っていた。頬に愛想笑いのようなものを貼り付けたままのその目に、寒気がする。

別の王のクランズマンを裁くには、手続きが必要。

建前上、それは確かに協定で決められている事実だ。だが実際のところは、当事者の胸三寸《むねさんずん》でどうにだってできることでもある（そもそも、吠舞羅なら絶対にそんな七面倒くさいことはせずに自分たちのルールで落とし前をつける）。

それでも、黄金のクランはその性質上、七王の規範であらねばならない。他のどこよりも確実に、協定を遵守《じゅんしゅ》する義務があるはずだ。

だからこそ、こうして無言のまま苦痛を与え、十束が非を認めて助けを請《こ》う言質《げんち》を待っているのだろう。

十束は肩の一つは覚悟して、だんまりを続けた。

根比べのような、関節のきしむ音だけが聞こえる耐えがたい沈黙が流れた。肩から肘《ひじ》にかけての激痛が、痺《しび》れるようなものに変わっていく。

その沈黙がもう少しでも長く続いていたら、十束の靱帯や骨の強度か、鎌本の我慢のどちらかが限界を迎えていただろうと思われた。

が、先に口を開いたのは、御槌だった。

「……私は、最大にして最強の、黄金の王のクランズマンだ。後ろ暗いところなどあるはずもない。このセンターも、〝ウサギ〟の監査の下、適切に運営されている」

御槌は、片手を軽く振って十束の肩を壊さんとしていた青服に合図した。青服は、すぐに十束を解放する。

瀬戸際にあった痛みからの解放に、十束は詰めていた息を吐き出して肩を押さえた。激痛が鈍痛に代わり、心臓の音に合わせて、肩がずくずくと波打つように痛む。

「君たちが何を思ってそうまで我々に不審を抱いているのか知らないが、疑いをかけられるようないわれはどこにもない。……が、赤のクランズマンを処断するとなれば、多少なりとも我が王のお手を煩《わずら》わせることになる。このような些事《さじ》に、それは好ましくない」

御槌は、十束を見下すような目で見て言うと、踵を返した。

「去りたまえ」

御槌の後ろ姿を見送ってから、十束は深くため息をついた。鎌本が駆け寄ってきて、側に膝をつく。

「十束さん！　もー無茶しないで下さいよ！」

「へーきへーき、なんとかなるって」

「って、肩壊されるところだったでしょうが！」

「それより、八田と伏見を回収しないと……」

十束が顔を上げると、さっきまで十束の腕をひねり上げていた青服が、インカムで指示を出しているところだった。

「湊速人、湊秋人、停戦だ。侵入者とはこれ以上交戦せずに外へ出せとのお達しだ。繰り返す……」

十束は床に膝をついたまま、自分の肩を破壊しかけた青服の姿を眺める。

こうして初めて正面から見た青服の男は、四十過ぎくらいに見えた。声から想像していたよりも若い。背後から声だけを聞かされたときは、もっと老人に近い人物を想像していた。

「……あんた、青のクランズマンだよね？」

青服の男は答えず、ただ十束を一瞥した。感情の見えにくい目ではあったが、それは御槌の冷徹さとは違い、感情を〝殺している〟のだとわかった。彼の倦《う》んだような目の奥に、何か忸怩《じくじ》たる思いを噛み殺している揺らめきが感じ取れた。

「名前、訊いてもいい？」

「……塩津元《しおつげん》」

その名には聞き覚えがあった。確か、現状の青のクランのトップだ。

「あんたは……」

「黙れ」

塩津は、切り捨てるように言った。

「これ以上お前と言葉を交わす気はねぇ。去れ。二度目はない」

†

戻って来た十束たちを見て、周防は顔をしかめた。

「あはは……」

十束はとりあえず、ごまかすように笑ってみる。

四人それぞれ、ぼろぼろのなりだった。特に、抜刀した相手と立ち回りを演じた八田と伏見は、あちこち服が破れ、浅い切り傷を作っている。

周防は、十束を上向けた指でちょいちょいとまねいた。

十束はへらへら笑いながら周防に歩み寄る。

すぐ側まで近づいたとたん、周防の手が持ち上がって十束の右肩をつかんだ。

「だっ……！」

今までごまかしていた鈍痛が激痛に代わり、十束は思わず声をあげた。

周防が呆れたようなため息をつく。

「……へらへらしやがって。靭帯やってんじゃねぇのか、これ」

「え、マジすか⁉」

八田が驚いた顔で身を乗り出した。浅いながらも切り傷を負っている八田と伏見と違い、十束はケガをしていないように見えていたのだろう。

十束は無事な方の手をぱたぱた振る。

「いやいや、腱が切れたりとかはしてないよ。そのへん向こうさんもプロっぽかったから。ほら、それより八田と猿くんもそんななりじゃん。とりあえず上のシャワーで体と傷、洗ってきなよ」

八田は迷うようなそぶりで伏見と顔を見合わせた。伏見は少しも動じることなく、いつもと同じどこか不機嫌な顔で顎をしゃくる。

「先行け」

伏見の言葉に、八田は迷うように十束と周防を見て、おずおずと「でも、上は……」と言った。バーの二階は周防のスペースだ。遠慮する八田に、周防は「いいから使え」とぞんざいに言った。

「うす！　じゃあ失礼します！」

八田はぺこりと頭を下げ、気がかりそうな視線を十束に投げながらも、二階へ上っていく。

「上でアンナちゃん寝てるから、起こさんときよ！」

草薙が二階へ上がる八田に向かって声をかけた。そのまま草薙はため息をつきつつカウンターから出てくる。

「十束、伏見、そこ座れ。応急処置したるわ」

草薙は救急箱を取り出して、十束と伏見を椅子に座らせた。

「あの……スンマセンした」

十束の横に遠慮がちに歩み寄ってきた鎌本が、突然頭を下げた。十束はぽかんとする。

「え？　何が？」

鎌本は恥じ入るようにうつむきがちになりながら、足下に向かって言葉を落とす。

「一緒にいたのに、ケガさせちまって……」

十束はまた数秒意味がとれずに目を瞬かせてしまい、それからようやく鎌本が言う意味がわかり、思い切り眉尻を下げた情けない苦笑を浮かべた。

「いやいやいやいや……やめよーよそういうの……。もう、完全に、自分の身を守れない俺の責任だから」

「でも……」

状況のいたたまれなさに、十束は弱り果てた顔で頭を掻く。

〝吠舞羅〟であるのに〝戦えない〟。

十束は基本、細かいことは気にしない質《たち》だし、普段は特にコンプレックスも持っていないのだが、こういうときはさすがに少々心に堪《こた》える。

「ええねんええねんて。コイツ弱いけど、案外打たれ強いし、気にすることないて」

草薙が、鎌本と十束双方に対する助け船を出した。

十束はそれにのって、「そうそう」と頷く。

伏見がしらけた目で鎌本と十束を眺めたとき、突然二階から絹を裂くような――というには少々太い、悲鳴があがった。

「きゃあああああ！」

男の声だった。というか、率直に言えば、八田の声だった。

声変わりはとっくに済ませた少年の声が、まるで女の子のような「きゃあああ」という悲鳴をあげていた。

十束はまず、顔を合わせたままだった鎌本と視線を交わした。お互いの瞳の中にあったのは「?」だけだった。

それから、十束は隣に座る伏見に目をやった。

伏見は怪訝でたまらないように眉を寄せ、二階を見上げている。

「なんや……？」

草薙が、救急箱を開けようとした手を止めて、やはり怪訝な顔で周防と目を見合わせた。

駆けつけなきゃ、という気分には誰もなれないまま、けれど放っておくには気になりすぎて、まず伏見が嫌そうに立ち上がった。それに、十束、鎌本、草薙、周防も続く。

階段を上り、シャワールームへ向かう。

五人の目にまず飛び込んできたのは、脱衣所のドアを開けてたたずむ小さな少女の背中だった。

そして、視線を奥にずらせば、湯気が立ち込める脱衣所の中で赤面する、全裸の八田がいた。

カラスの行水《ぎょうずい》よろしく、さっさとシャワーを浴びて出てきたらしい。全身が濡《ぬ》れていて、髪の毛もぺたんと頭に張りついているせいか、なんとなく雨に濡れて一回り小さくなった犬を彷彿《ほうふつ》とさせる。

一同は事態を理解した。

「な……なに!?　なんですか!?」

ひっくり返った声と妙な言葉遣いで、八田がアンナに言った。

アンナは、若干《じゃっかん》八田が哀れになるほどに関心も動揺の欠片も見られない完璧《かんぺき》なる無表情で八田の裸体に目を留め、

「手、洗いに来た」

と言った。

トイレにでも行ったのだろう。その後手を洗おうとして洗面所兼脱衣所のドアを開けたら風呂上がりの八田と鉢合わせしてしまったという展開らしい。

「ちょっ……ええっ⁉」

だが八田はまだ混乱の極みにいるらしく、要所を隠すことにすら思い至らず、意味を成さない声を漏らしながら変なダンスでも踊るみたいに無駄に手を動かしている。

「……童貞さらけ出すのも大概《たいがい》にしとけよ」

世にもくだらないものを見た、とでも言いたげな、うんざり顔の伏見が言った。

「だっ、だって、女がいきなり入ってくるとか……！」

「コレは女じゃねーだろ。ただのガキだろ」

「きょっ、教育に悪いだろ！」

「だったらその教育に悪い猥褻物《わいせつぶつ》を早くしまえ」

伏見と八田のやりとりの間に、十束は無事な方の手でアンナの体を反転させて、八田に背を向けさせてあげる。

「はー、くだらんことやと思たけど、想像以上にくだらんかったな」

草薙がため息をつき、肩を回しながら脱衣所を出て行った。周防にいたっては何も言わず、つまらん出来事など何も目に入らなかったような顔で踵を返した。

「八田さん……」

鎌本だけが、哀れみの目とともに八田にそっとバスタオルを差し出した。

†

八田が全裸ついでに脱衣所で鎌本に傷の手当てをされ、伏見が入れ替わりにシャワーを浴びている間、十束は閉店にしたバーで肩の処置を受けた。

肩の関節の中が内出血を起こしているようで、右肩周辺が腫《は》れてひどく熱を持ってしまっている。

タオルをかぶせた上から氷水が入った袋をのせて、熱を持った肩を冷やしながら、十束はアンナにたわいない話を振り続けた。センターでの出来事については、センターを出た直後に電話で草薙に報告してあったたし、アンナの前で話すつもりは毛頭なかった。

「昼、何してたの？」

「……寝てた」

「昼寝かー、いいね。よく眠れた？」

「ミコトの夢、見た」

「えっ、何それ。いつの間にそんな距離が縮んだの⁉　しかもミコト呼び⁉」

「……タタラ」

「うっ、やばい、今ときめいた。さすがにアンナちゃんの歳は守備範囲外なのに」

「お前、それ冗談でも穂波センセの前で言うなや。アンナちゃんの身の危険を感じられたら困るわ」

「いやー、センセイはおっとりしすぎなんで、もうちょっと色々危機感持った方がいいと思うけどねぇ」

十束の質問に、アンナは初対面のときのような頑なさを見せることなく答え、十束や草薙の軽口に、笑いはしないものの気を許しているような空気を見せた。

悪くない、と思う。

昼間、周防とアンナの間に少々不慮の事態があったらしいことは十束も草薙から聞いていたが、それが逆にいい方に働いたのか、アンナの中にあった、周防をはじめとする吠舞羅の面々に対する心の壁がかなりの程度低くなっているようだった。

それに——

十束は、こっそりと周防を盗み見た。

最近、鬱屈を募らせがちだった周防が、今日はずいぶん楽にしているように見える。

アンナと周防の間にはきっと、互いにしか共有できない何かがあるのだろう。

それが互いを少しでも癒《い》やしてくれたらいいと、十束はひっそり願った。

氷のおかげでひんやりとした十束の肩に、草薙は湿布を貼って、テーピングで固定してくれた。

「ほら、とりあえず間に合わせの処置や。でもこれ、多分靭帯傷ついてるで、病院行きや」

「ありがと。いやー、いいよ。このままにしときゃ治るって」

「お前な。もし変なふうになっても知らへんで」

手当てが終わって、十束がシャツを着ようとしたとき、ふいにアンナが十束の背中に目を留めた。

「それ」

「それ、なに？」

十束の背中を見たまま、アンナは言った。

アンナの視線をたどるように、十束は首をひねって自分の背中を見ようとした。自分では見づらい。が、アンナが何を言っているのかはすぐにわかった。

十束の背中――左の肩甲骨の上には、吠舞羅の〝徴《しるし》〟がある。これは、赤の王、周防尊のクランズマンである証《あかし》だ。

「ミサキにも、あった」

脱衣所騒動のときに見たのだろう。十束は笑って、〝徴〟がよく見えるように、アンナの前で後ろ向きにしゃがんでみせた。

「これは、俺らが周防尊のクランズマンだって証明だよ」

アンナは無表情のまま、ことりと首を傾げた。

「クランズマンってのは、王より力を与えられ、王とともにある存在のことだ」

十束はアンナのガラス玉のような目をのぞき込んだ。

「……君も、クランズマンになる？」

言ったとたん、後ろから頭をはたかれた。スパン、と小気味いい音が響き、十束は頭を抱える。

「いったー」

「くだらねぇこと言ってんじゃねーぞ」

周防が呆れた顔で十束を見下ろしている。

「とっとと服着ろ」

「はいはい」

十束はシャツに袖《そで》を通しながら、そっとアンナに顔を寄せた。

あいかわらず表情の動かないアンナに、内緒話をするように耳打ちする。

「さっきの、俺は本気で言ったよ？」

アンナは十束の顔を見上げ、それからすっとうつむき目を伏せた。

†

「やっぱり悪いわ」

穂波は戸惑うように部屋の中を見回した。

「ええってええって。それより、むさい部屋ですんませんね」

「とんでもない、シンプルで素敵な部屋よ。……でもここ、周防くんが使ってる部屋なんでしょ？」

「気ぃ遣わんで下さい。他にもあいてる部屋あるんで、こいつはそっちで寝ますから。物置とか」

周防の部屋の入り口で遠慮がちに首を傾げる穂波に、草薙は笑って言った。周防はその言われように微妙な顔をしながらも、文句は言わずに廊下の壁に寄りかかって煙草を吸っている。

穂波は真新しいシーツが敷かれたベッドを眺めながら、周防の方を振り返った。

「周防くんもこの部屋で寝る？」

至極真面目な様子で、穂波はそう提案した。

周防は苦虫を嚙《か》み潰《つぶ》したような顔で穂波を見た。

「バカか。襲うぞ」

ぞんざいに言って、周防は向かいにある、物置と化している部屋に入っていく。

目を丸くする穂波に、草薙は苦笑した。

「若い男たぶらかさないで下さいよ〜」

「やぁね、そんなことするわけないでしょ」

穂波は笑って言う。別にカマトトぶっているわけではなく、信頼と、アンナも一緒にいるという気安さゆえなのだろう。どちらにせよ、周防にとっては苦々しいものだろうが。

穂波が仕事を終えてバーにやってきてからずっと、アンナは穂波にぴたりと寄り添っていた。今も穂波と手をつなぎ、穂波の脚の後ろに半分隠れるようにくっついている。

吠舞羅の面々にも少しは壁が薄くなってきたように思えたアンナだったが、やはり穂波の側が一番落ち着くのだろう。こうしていると、親に甘える普通の子供のようだった。

「じゃ、今晩は十束も置いてくんで、なんか足らんものとか困ったこととかあったら気軽に言うて下さいね。尊じゃそういうとこ気ぃきかせてくれへんやろから」

おどけるようにして言うと、穂波は柔らかな笑みを浮かべた。その優しげなだけではない、どこか儚《はかな》げに思える笑い方に、草薙は少しだけ動揺した。

「本当に色々、ありがとう。私、先生のくせに、あなたたちには助けられてばっかりね」

「……そんなことないですよ」

答えながらも、草薙は初めて穂波の弱いところを見たような気がしていた。

草薙にとっての穂波は、高校時代からずっと、ふわふわしていてつかみどころがないながらも、決して揺るがない存在だった。

周防を叱ることができて、天然で間は抜けているけど懐が深くて強い。そういう人だった。

今だって、それは変わらないだろう。

けれど多分、この人も不安だったのだろうと草薙は思った。

兄夫婦が亡くなり、独身で仕事を持つ身の上で、突然、難しい病気持ちらしい七歳の女の子の保護者になって、不安を感じていなかったはずはない。

穂波のアンナに対する愛情には、一片《いっぺん》の嘘《うそ》もないと思う。

それは、〝見る〟力を持つアンナがここまで純粋に穂波になついていることからもわかる。

けれど愛があるゆえに、アンナを守り育てていくことに対する心細さはあったはずだ。

「……穂波センセ」

草薙が声をかけると、穂波はたった今垣間《かいま》見せた儚さを消し、いつもの包容力のある微笑みに戻って首を傾げた。

「俺らで助けになれることがあったら、いつでも言うて下さい」

穂波は嬉しそうに表情をほころばせ、「ありがとう」と言った。

穂波にくっついていたアンナが、つないだ手をくいくいと引く。

「あ、ごめんねアンナ。もう眠い？」

穂波がアンナの目線の高さに合わせて身をかがめた。アンナは穂波の目を見て口を開く。

「本、読んで」

口調こそいつもの平坦なものと変わらなかったが、そう言うアンナは年相応に甘えた雰囲気を漂わせていた。

アンナの要望に、穂波は笑顔で応えた。大きな鞄《かばん》から数冊の本を取り出す。

アンナは穂波が差し出した中から絵本を一冊選び出した。穂波はそれを持って、ベッドに移動する。

二人並んでベッドの上に腰掛けて、穂波は絵がアンナに見えやすいように絵本をアンナの膝の上にのせて、読み始めた。

穂波の声は、柔らかく流れるようだった。

草薙はふと、学生時代のことを思い出す。穂波は英語教師だった。彼女が英文を読み上げる声は耳に心地よく、英語が嫌いだった生徒の間でも、穂波が教科書を朗読する声は人気があった。

歌のような声だと思う。

絵本の内容は、ありがちなファンタジーのようだった。姫が魔王にさらわれる物語。

アンナは体をそっと穂波の体に寄り添わせ、あどけない顔で穂波の声に聞き入っていた。その

アンナの顔は、普段の、他人との間に高い壁を築いている人形じみた無表情ではない、幼い子供の素の表情だった。

ベッドで寄り添って本を読む女性と少女を見ていることに、まるでのぞきでもしているかのようなそこはかとない罪悪感を感じて、草薙は穂波の朗読を邪魔しない小さな声で「おやすみ」と言うと部屋を後にした。

†

閉店後のバーの中で、草薙と十束はカウンター越しに今日の出来事と今後の方針について話した。

十束の前には、今度店で出す予定の新作のオリジナルカクテルが置いてある。感想を聞かれたのだが、基本十束は「おいしい」としか言わないので参考にならんと呆れられていた。

「お前らがセンターに行ってる間、こっちも情報屋使って調べさせたんやけど、まあ、黒い噂は色々あるけど、噂レベルを超えるもんは出えへんかったな」

「じゃあ、こっちとだいたい一緒か――……」

草薙はカウンターの内側で、グラスに自分のためのウイスキーを注いだ。綺麗な琥珀《こはく》色のそれをゆっくり口に含みながら、草薙はカウンターに軽く寄りかかる。

「御槌高志。黄金のクランズマンにして、ストレイン研究施設の所長……」

草薙がつぶやくように言うと、十束はカクテルをジュースのように飲みながら目を上げた。

「所長について、何かわかったの？」

「いや、簡単なプロフィールを聞いただけや。御槌が黄金のクランズマンになったのはだいたい十年くらい前。それ以前は医師──研究医をしていたらしい。……黄金のクランの〝インスタレーション〟のことは知ってるか？」

〝インスタレーション〟。王によって力を付与され、そのクランズマンとなるための儀式のことだ。吠舞羅ではその用語はほぼ使われず、ただ〝テスト〟と呼ばれているが、吠舞羅の場合は周防の炎を宿した手を取らせ、その炎を身の内に受け入れることができれば、クランズマンとなれる。赤のクランズマンは大抵の場合、炎の力と高い身体能力──そして〝徴〟を得る。

「黄金は……『才』を引き出す、だっけ？」

「せや。黄金の〝インスタレーション〟は人間の中の才能を最大限まで開花させるって聞いてる。戦後、黄金の王によって『才』を開花させられた人間たちの活躍によって、今の日本ができてるっちゅー話や」

草薙は言いながら、煙草を一本取り出してジッポで火をつけた。ジジ、と微かな音を立てて煙草の先に小さな赤い火がともる。

「……せやから、黄金のクランは強大やけど、そん中で戦闘能力を持つんはごく一部やし、そもそも世間一般でいうところの『才能』のみで、いわゆる『異能』は持たへんクランズマンも多いねん」

「だからこそ、センターでもセプター4の人たちを警備員みたいに使ってるんだろうね。……センター所長は？」

「異能は持っとるらしいわ。回復とか再生とかの能力やて。まあ異能事件がらみの患者を治療する病院を併設してるセンターの所長としては、ふさわしい能力やろな」

「それだけ聞けば、穏やかな能力だよね。……黄金の王によって開花させられた『才』が人を癒やす力だっていうなら、悪い人じゃなさそうに思えるけど」

グラスを揺らして氷をカラカラと鳴らしながら十束が言うと、草薙は十束の目を見た。

「お前の印象は、どうなんや」

草薙に問われ、十束はいつも通りの笑顔で答えた。

「クロかな」

「そうか。はな、そういうことで対処するで」

「俺の印象一つで決めちゃっていいの？」

ためらいなく頷いた草薙に、十束は苦笑した。

「ええやろ。お前が『これはダメだ』って感じた人間は大抵ダメや。多少のダメ人間程度なら、お前普通に仲良くなるからな」

「ええー……。俺にだって人の好き嫌いくらいあるよ」

「だから、そのお前が嫌いやと思うたなら、それまでってことや」

信頼されている、ということになるのだろうか。十束は複雑に笑った。

「でも、あっちとはもう一度話してみたい感じかな。……青のクランズマンの人」

「八田たちが交戦した双子か？」

「じゃなくて、俺が肩壊されそうになった人。塩津元さん」

「ああ……」

草薙は思い出そうとするように視線を巡らせた。

「その名前、青のクランの司令代行やな」

「だよね」

二人の間に、微妙な間があいた。

「王を失って、代行とはいえその空席に座らなあかんのは、きっついやろな」

「うん。……しかも、黄金のクランズマンから警備員扱いされてさ」

草薙はため息をついて、カウンターに視線を落とした。

「青の王が死去して、十年やろ」

王のいないクランで、十年。

その年月のことを思うと、やるせなさを禁じ得ない。

十束は、今さらながらにふと気づいて顔を上げた。

「あ、そういや、青の王が十年前に亡くなってるっていうのに、あの双子はやたら若かったな」

「いくつぐらいや」

「たぶん、俺よりちょい上程度じゃないかな。俺、迦具都クレーターのとき九歳だよ」

つまり、先代の青の王は十歳そこそこの子供をクランズマンにしたということだ。

「ふぅん。……けど、お前も人のこと言えへんやろ。アンナちゃんを赤のクランで預かるとか言うたんやろが」

「あはは。とりあえずあのときは相手の反応見たかっただけだったんだけど……でも、本気でそれ、どうかな？」

「……お前、アンナちゃんを吠舞羅に入れたいんか」

やや非難がましい視線とともに言われ、十束は笑いながらも困ったように頬を掻いた。

「まあ、それも選択肢の一つでしょ」

「お前な、あんな小さい子をグレさす気か。穂波センセに顔向けできひんわ」

「けど、吠舞羅に入っちゃえば、黄金のクランズマンとはいえ手出しはできないだろ。穂波センセイに病気での入院と偽って、センターに拘束されることもなくなる」

「そんなん言うても、アンナちゃん自身がセンターに戻る言うてはるしなあ。そもそも俺らに、ストレイン教育施設以上に的確にあの子を導ける保証があるかってゆうたら、自信ないやろ」

「けどその施設が怪《あや》しいわけで……」

「十束」

草薙が、たしなめるような口調で十束を呼んだ。十束はぴたりと口をつぐむ。

「建前抜きで、ほんまのところ言うてみぃ」

十束は一瞬言葉に詰まり、「まいったな」と苦笑した。

「……アンナちゃんを心配してるのは本当だよ。けど、俺のエゴで、あの子がウチにいてくれたらいいな、と思ってるのも事実だ」

あの子が周防の側にいてくれたらいい。アンナのためを語りながらも内心でそう考えている自分の身勝手さを思い知らされて、十束は気まずく頭を掻いた。

草薙は息をついた。ゆっくり胸ポケットから煙草を取り出し、一本くわえる。

「……尊のクランズマンにするのが一番あの子のためやと判断できる状況になったら、尊に相談するわ。それまでは、あの子を惑わすようなことを言うなや」

「わかった」

十束は頷いた。

「あとな」

草薙は半目になって十束の肩を見た。

「お前、無茶すんなや。自分でも言うとったけどな、お前は基本、自分の身を守れへんやろ」

重ねて痛いところを突かれて、十束は苦笑の苦みを深めた。

「あー……だよねー……」

十束はため息とともに言って、カウンターに顔を突《つ》っ伏《ぷ》した。さっき鎌本に謝られたことが、いまだに少し心に痛い。

「なんや、気色悪いな。腹立つくらい落ち込み知らずなんがお前の取り柄やろ」

草薙の呆れ声に、十束はカウンターに片頬をくっつけたまま、口を尖らせて草薙を見上げた。

「俺だって思うところくらいあるさー」

「やめろや。お前がヘコむと、なんや俺までヘコむわ」

「なんでさ」

十束は苦笑した。そういえば、昔もそんなことを言われたことがあったっけ、と思い出す。

十束は手を持ち上げ、店のライトに掲げるようにした。光を透かして、手の輪郭がほの赤く光って見える。

「……俺もみんなと同じようにキングに力を与えられたはずなのに、戦いの役にはほとんど立たない」

十束は力の容量が少ないだけでなく、身体能力も普通の人間だった頃とほぼ変わらない。火と熱を使ったちょっとした手品ができる一般人、と言ってもいいようなレベルだ。

「お前、ホンマは吠舞羅《ウチ》には向いてへんのかもしれへんな」

あっさり言われてしまった言葉に、十束は情けなく眉尻を下げた。

「草薙さん　さすがにそれは多少傷つくよ」

「いや、別に悪い意味とちゃうで」

草薙は笑って、カウンター越しに手を伸ばしてくる。

「だからこそ、必要なんやろ」

草薙の手が、十束の頭をわしわし撫でた。十束は苦笑しながらその手から逃れる。

出会った頃——十束が今の八田たちより年下の中学生だった頃は、よくこんな扱いをされていた気がする。あの頃の十束にとって草薙は大人に見えたが、吠舞羅が生まれ、多くの少年が入ってきて、いつのまにか十束も草薙と同じ「大人」の分類になっていた。

「とにかく、今日はお前はここに泊まり。明日の朝は俺は来ぃひんから、店は臨時休業にしてええ」

「……どこか行くの？」

「まあな」

草薙は煙草の煙を細く吐き出し、十束に向かって企《たくら》んだような笑みを浮かべた。

「十束、明日余裕あったら、アンナちゃん連れて尊引っぱって、どっか出かけえ」

「え？」

草薙はカウンターから身を乗り出し、十束に耳打ちした。

†

溺《おぼ》れる夢を見た。

息ができねぇな、と思って周防は目を開ける。覚醒《かくせい》と同時に息苦しさは消え、呼吸が戻って来た。

いつもとは方向性の違う悪夢だったらしい、という冷静な認識があっただけで、とりわけ焦るほどの夢ではなかった。

だが、目を覚まして飛び込んできた光景には、少し焦った。

「……おい」

周防は、二階の物置になっている部屋で寝ていた。

棚や段ボールで狭くなった空間の隅に置かれた、破れて中身の綿がはみ出したソファーで横になって眠っていたのだが、なぜか今、周防の腹の上には穂波と寝ているはずのアンナが突っ伏していた。

「おい。……何してんだ」

しかも、アンナは震えていた。小刻みに、激しく。

周防は眉を寄せ、アンナの肩をつかむと無理やり顔を上げさせた。

アンナは蒼白な顔色をしていた。目は大きく見開かれ、唇はわなないている。

「……アンナ」

周防はアンナの名を呼んでみた。アンナの瞳が、ゆるりと周防の方を向く。

すがるような目で見られ、周防は戸惑った。

今にも引きつけでも起こしそうなアンナの様子に、他に術《すべ》が思い浮かばず、周防は彼女を抱き寄せるように胸に抱えた。

アンナの異様に速い心音が伝わる。だが、その駆け足の心音は、徐々に徐々に周防の心臓の音と溶け合うようにして落ち着いていく。

冷え切っていたアンナの体も、周防の体温が移って温まる。震えが小さくなる。

「怖い夢でも見たか」

アンナは、周防の胸に顔を伏せたまま頷いた。

「俺のせいか」

周防と〝つながって〟しまったせいで、アンナは倒れた。さらに、周防の悪夢まで共有してしまった。

その影響かと懸念《けねん》したが、アンナは周防の胸に鼻をくっつけたまま、今度は首を横に振った。

「ミコトの夢は、平気」

「じゃあ、どうした」

「…………」

アンナは黙ってしまう。

周防は戸惑いを深めた。悪夢に震える子供をなだめるやり方など周防にはわからない。

とりあえず抱き寄せてしまったが、この状態のまま落ち着かれてしまっても、対処に困る。

周防はここ数年来感じたことのない類いの困惑を抱きながら、アンナを小脇に抱えて立ち上がった。

わざわざこっちに来たということは、穂波のところへ連れていかれたくはないのだろう。周防はアンナを荷物のように抱えたまま階段を下りた。

暗いが、外はもう白み始めているらしく、バーの中の様子は見てとれた。ソファーの上に、ふくらんだ白い毛布があるのを見つける。

周防はそれに近づき、毛布の上に運んできたアンナを下ろした。

「うぐっ！」

毛布が呻いた。

もぞもぞと白い塊がうごめいて、中から十束が顔を出した。

「え、なに……？」

寝ぼけた顔が周囲を見回し、自分の上にアンナがのっているのを見つけて目を見開く。

「アンナちゃん？　どしたの」

「起きたらいた。なんとかしろ」

押しつけると、十束は眠そうな顔に呆れた表情を浮かべて周防を見て、それからアンナを落とさないように気をつけながらもそもそと起き上がった。

「眠れないの？」

何気なく聞きながら十束は手を伸ばし、アンナの肩に触れた。そのとたん、十束の指が何か熱いものに触れたかのように跳ねる。

「つっ……」

わずかに顔をゆがめてアンナから手を離した十束の指は、まるでやけどをしたように赤くなっていた。

周防は眉をひそめた。

アンナは十束の指を見て、さっきまでのように顔色を蒼白にする。

十束の反応はすばやかった。

怖じ気づいた顔のアンナを、何も怖がることはないと言い聞かせるかのように抱きしめる。

「あー大丈夫大丈夫。多分今の、なんかの力の漏洩だと思うけど、よくあることだから。アンナちゃんのなんてかわいいもんだよ」

力の漏洩。それは確かにそうだろう。

だが、それにしてはおかしかった。炎を身に宿す赤のクランズマンである吠舞羅の連中が力のコントロールに失敗すれば、今みたいなことも起こりうる。

だが、アンナの力は感応能力のはずだ。なぜ十束は「やけど」をした？

十束も同じ疑念は抱いているようだった。アンナを抱きしめたまま、十束は周防とアイコンタクトを取る。

十束はしばらく考えたあと、アンナを抱き寄せたまま、テーブルの上に置いておいたタンマツに触れた。タンマツが表示した時刻は、午前四時半。早すぎはするが、まあ朝の範疇《はんちゅう》だ。

「アンナちゃん、寝直す？」

十束の問いに、アンナは首を振った。

「じゃ、ちょっと早いけどもう起きちゃおっか。朝ご飯何食べたい？」

アンナを下ろして、十束は笑顔でソファーから立ち上がった。

ことさら明るくアンナと接する十束の後ろから、周防は静かにアンナを見つめた。

†

夢を見た。

悪夢、なのだろう。

だがそれは、周防の見ていた夢のように不安を映したものではなく、現実に起こった出来事をそのままなぞった夢だった。

穂波の側にいてはいけないと思った。

あの人のところなら、大丈夫なんじゃないかと思った。

とても、綺麗な赤を持つ人。

アンナが唯一、その存在を確かに感じ取ることができる色を持つ人。

アンナは、静かに目を伏せた。

――ダメだ。期待しちゃいけない。手を伸ばしちゃいけない。

アンナは広い世界を〝見る〟ことができる。

だが、アンナが〝触れる〟ことができる世界は、とても狭い。

アンナは、パンをトースターにのせている十束を見上げた。長く細い指をしている。さっき、自分に触れた指だ。十束は何でもない顔をしているが、その指は赤く腫れている。

ここの人たちは、あたたかい。

この人たちに、自分の中身をさわらせてはならない。
アンナは目を閉じた。
静かに、意識して、自分の中にある世界を自分の中に閉じ込める。
自分の中にあるものが、誰かを傷つけてしまわないように。
声を、漏らしてしまわないように。

インターバル

電話を切った草薙の難しげな顔に、十束は眉を寄せた。

「草薙さん？」

「……十束、しばらく一人で人気《ひとけ》のないところうろつくな」

草薙の言葉に、十束は表情を曇らせた。

「また何か、あったの？」

「下の連中が数人、襲撃に遭《お》うて、病院に運ばれたそうや。あとで様子見に行ってくるわ。お前も来るか？」

「うん」

十束は神妙に頷き、窓の外に視線をやった。

外は雨だ。水滴が窓を叩く音が、静かな店の中に響いている。この天気のせいか表通りは人気も少なく、どんよりと空気が停滞しているように思える。

「……最近、治安悪いね」

「せやな」

「草薙さんを頼って来る人たちも、増えたよね」

「なんで俺んとこ来るんやろな。なんもでけへんっちゅーに」

「そう言いながらも、草薙さん、放り出さないで助けてあげるじゃん。情報通だし、顔も広いし。それに――」

「尊がおるし、な」

十束の最後の言葉を引き取るようにして、草薙は苦笑した。

現在、周防を『キング』と呼ぶのは十束だけじゃなくなった。

なんのからかいの色も含まず、純粋に、一心に、周防をキングと呼ぶ人たちがいる。

社会からはみ出してストリートで生きる不良少年たちにとって、最近の治安の乱れた鎮目町は常に危険と隣り合わせな状況になっていた。

彼らは、自分たちを庇護《ひご》してくれる者を求めた。そしてそんな彼らの目に映ったのは、周防尊という、強さとカリスマを備えた男だった。

今では、周防の意思にかかわらず、半自然的に周防を中心とする一つのチームが形成されてしまっている。

「キング、か……」

頬杖をついて外の雨を眺めながら、十束は独りごちた。

王様にだってなれる人。

そう言ったのは、十束だった。

本気でそう思って口にしたし、迷惑がられながらもあとをついて回っていた。

今の状況を、自分のせいだと思っているわけじゃない。そこまでうぬぼれてはいない。だが、それでも、意思と無関係にキングの座に祭り上げられた周防の状況を見るに、罪悪感に似た心のうずきを感じることがある。

ふいに、草薙の手が十束の頭を軽く叩いた。見ると、草薙は困ったような苦笑を浮かべていた。

「ヘコむなや。お前がヘコむと、なんや俺までヘコむわ」

「ごめん」

自分たちで名乗った覚えはないのだが、周防を中心として形成されてしまったチームは、このバー『HOMRA』の名前から、チーム・ホムラと呼ばれるようになっていた。バー『HOMRA』は、元の所有者である草薙の叔父の死後、草薙に相続されたのだが、今では普通のバーとしてよりもホムラの集会所としての意味が強くなってしまっている。

ホムラは、周防という強烈な求心力を持つキングと、草薙の知略と、ぎらついた連中の混ざったバラバラのメンバーたちをまとめて人間関係の潤滑剤となっている十束によって、どうにかチームとしての形状を保っている状態だった。

「現状、俺らは特に狙われやすいはずや。気ぃつけろよ」

「うん。……キングは？」

訊くと、草薙は苦虫を噛み潰したような顔になった。

「一応忠告しとくけど……聞くとも思えへんな」

オーバーな仕草で嘆《なげ》きのため息をついた草薙に、十束は少し笑った。その笑顔の鼻先に、草薙は指を突きつけた。

「十束。お前は無責任に笑っとけ。それが一番、気ぃ休まるわ」

十束は言われた通りに、いつもの楽天的な笑顔を浮かべ、いつものように言った。

「へーきへーき、なんとかなるって」

草薙も笑みを返して、答えた。

「せやな」

3

虹色の夢

東京法務局戸籍課第四分室。

その看板を見て、草薙はつい失笑した。いつ見ても奇妙な名目だと思う。

このお堅い役所の皮を被った建物の正体は、青のクラン――セプター4の屯所《とんしょ》だ。

戸籍課を名乗っているのは、「特殊な外国人の戸籍を扱う部署」という表向きの理由のためらしい。

「特殊な外国人」というのは、隠喩《いんゆ》のようなものだ。彼らが問題にしている相手は、国籍が違う人間ではなく、能力の違う人間――つまりは、異能者だ。

その中でも特に、王によって力を付与されたわけでもなくクランにも所属していない、自然発生的に生まれた異能者であるストレインを相手にすることが多い。所属する組織も従うべき王も持たないストレインは、その力を使って犯罪に走るケースが往々にしてあるからだ。

セプター4は未登録のストレインを発見し次第保護し、黄金の王の管轄《かんかつ》下にあるストレイン教育・研究施設である〝センター〟に送る役目を帯びている。

そういう間柄であるため、もともと黄金のクランと青のクランの間には密接な関係があった。

とはいえ――

「片や、工サマ不在のクランじゃ、対等な関係なんか保てるわけあらへんよな」

昔はどうだったのか知らない。が、少なくとも今の青のクランは黄金のクランが便利に使う雇われ警備員にしか見えない。

「……悲惨なもんやな。王を失った臣下なんて」

独りごちて、草薙は第四分室の門をくぐった。


青い制服を着たセプター4の人間たちから、痛いほどの剣呑な視線を浴びせかけられながらも、草薙は奥の応接室に通された。

曲がりなりにも、セプター4は異能者たちの中の「法」を守ることを理念としている組織のはずだ。まあ大丈夫だろうとは思うが、もしここで赤のクランの幹部なんぞ潰しておこうと思われたら、果たして一人で生還できるかしらんと、草薙は戯《たわむ》れ半分に考えた。さすがに多勢に無勢すぎて厳しいだろうか。

応接室の古いソファーに腰掛け、待たされたのは、ゆっくりと煙草を一本吸う程度の時間だった。

重いノックの音が響き、ドアが開く。

草薙は短くなった煙草を灰皿に押しつけ、立ち上がった。

現れたのは、四十過ぎの男だった。顔立ちからはそのぐらいの歳《とし》だと推察できるのだが、そこ

に浮かぶ疲れを通り越したような虚《うつ》ろな表情と、一歩を踏み出すことさえおっくうそうな動きからは、もっとずっと歳を食った、老人のようにも思えた。かっちりしたデザインの青い制服も、あまり手入れをしていないようでよれよれとくたびれている。

「……あんたか。赤のクランの参謀、草薙出雲ってのは」

重たく、だるそうな口調で男は言った。草薙は笑みを浮かべる。

「いやぁ、参謀なんてそんなごたいそうなもんやありませんよ。……そちらはセプター4司令代行、塩津元さんですよね」

草薙の言葉に、なぜか塩津は「ハッ」と吐き捨てるような嘲笑《ちょうしょう》を浮かべた。

「司令代行、だとよ」

「……違うんですか？」

「違わねぇよ。あいにく、今うちにはこんなポンコツよりマシなのがいねぇんだ」

やさぐれたしゃべりをする司令代行は、ローテーブルを挟んで向かいのソファーに身を投げるようにして腰を下ろした。ばひゅ、と間の抜けた音を立てて、古いソファーから空気が抜けた。

「茶、いるか？」

「いいえ」

「だろうな。敵地で出されたものなんか、むやみに口にするもんじゃない」

「おや、ここは俺にとって敵地なんですか」

「違うのか？」

ソファーの背もたれにだらしなく沈み込んだ体勢で、塩津は下から睨め上げるように草薙を見た。

草薙は肯定も否定もせず、笑みだけを返す。

「……今日は、お詫《わ》びにうかがったんです。昨日、ウチの子たちがご迷惑をおかけしたみたいで」

塩津はすぐには返事をしようとしなかった。口をつぐんだまま、倦んだ目で草薙を見上げていた。

「他のクランの属領の侵犯は、協定違反だ。しかるべき処置をするのがセプター4の役目になる」

口の中で砂を噛むようなぼそぼそした口調で塩津が言った。草薙は頷く。

「わかってます」

「……が、状況をろくに確認もせずに斬りかかったうちの部下にも非はあったようだ。それに、御槌所長は今回の件を騒ぎ立てる気はないらしい。あんたが俺に詫びる必要はない。用件がそれだけなら帰れ」

草薙は、塩津の表情を少しの間無言で眺め、ポケットから煙草を取り出した。

「吸ってもええですか？」

「……帰れと言ったんだがな」

面倒くさそうに言いながらも、塩津は顎をしゃくって許可した。

草薙は箱から一本煙草を取り出してくわえ、ジッポで火をつける。小さな炎が煙草の先をちりりと音を立てて焼いた。煙が一筋立ち上る。

「昨日、ウチの子らとトラブったそちらの双子さん。結構若い人みたいですね。俺よりも年下と違いますか」

「だったらどうした」

「いや。ただ……先代の青の王が亡くなりはってから、もう十年経つでしょう。せやのにそんな若いクランズマンがいるっちゅうことは、クランズマンになった当時はまだ子供やったんやないかなって、ちょっと興味を持っただけですわ」

塩津は小さく舌打ちして、自分のポケットからも煙草を取り出した。草薙がタイミングよくジッポの火を差し出すと、塩津は一瞬だけ停止したのち、おっくうそうに背もたれから起き上がって身を乗り出し、草薙の火を受けた。

「特例だったんだよ」

親指と人差し指で煙草をつまんでまずそうな顔で吸いながら、塩津は言った。

「あいつらの両親が、セプター4のメンバーでな。それが、ある事件のときに殉職《じゅんしょく》した。残されたあいつらはそのとき十二歳。他に身よりもなかったんで、セプター4全体であいつらの面倒を見ることになったんだが……あいつら、自分たちもセプター4のメンバーにしてくれって先代に迫ったんだよ。自分たちは両親の遺志を継ぐんだってな」

先代の青の王のことを語る瞬間だけ、くたびれた代行の瞳に光が宿った。先代の王が生きていた頃は、彼も希望あふれる隊員だったのだろうと、その目からは感じ取れた。

「それで……」

「先代が折れた。まだ子供だったあいつらを自分のクランズマンにしてやった。もちろん当面は隊員として働かせるつもりなんかなかったろうさ。ただ、あいつらの思いを尊重して、長い目で育てていく気だったんだろう」

だったんだろう、ということは、それは果たされなかったということだ。

その後何が起きたのか、草薙もわかっている。わかっていて、訊いた。

「それで、どないしはったんです」

「……あいつらが青のクランズマンになってから二週間後だよ。――迦具都事件が起きたのは」

迦具都事件。十年前に起きた、日本の地形が変わった事件だ。

円形にえぐり取られて消し飛んだその場所を、事情を知る者たちは爆心地となった男の名を取って〝迦具都クレーター〟と呼んでいる。

草薙は、軽く息をついた。

「確か、先代の青の王は、迦具都事件の際に亡くならはったんでしたね」

草薙の言葉に、だらしなくソファーに沈み込んで弛緩《しかん》していた塩津の体にわずかに力が入り、強《こわ》ばった。眉間にしわを寄せて、塩津は短く答えた。

「ああ」

「青のクランズマンになりたての、子供やった兄弟にとっては、とんでもないショックやったでしょうね。両親の志を引き継いで、ついて行くべき背中を定めたとたん、それが消失したんやからら」

塩津は、じろりと草薙を睨み上げた。

「……同情を寄せているわけじゃあるまい」

「ええ」

「何が言いたい？」

草薙は、バーで客に向けるような笑顔を浮かべて言った。

「十年前のことはそりゃあ悲劇やったでしょうが、それにしたって、最初はきっと抱えとったやろう正義感なんかは、どこにいったんかなぁ、と思いまして」

塩津は、ソファーにだらしなくもたれた姿勢を変えることはなかった。ただ、瞳だけが剣呑に光った。

「……挑発してるつもりか？」

「無礼は承知です。けど、話聞く限り、ウチの子らと揉《も》めたセプター4のご兄弟が、正義やとか大義やとかを重んじてはるようには思えませんでねえ」

「自分の仲間の非を棚に上げての非難か」

「俺が言いたいのは」

草薙は声音を強めて言った。目を細め、塩津を見据える。

「あんたらは、自分らの行動に恥じることがないと、自分らの王に誓えるかってことや」

部屋の空気が張り詰めた。草薙は、目の前に座る弛緩した体勢の男の体から、殺気が立ち上るのをはっきりと感じ取った。

草薙は指に挟んだままの煙草に意識を向ける。もしも相手が「その気」になったらすぐに対応できるように。短くなった煙草の火が、静かに身構えた草薙の思念に呼応して揺らめいた。

「……即答、せんのやな？」

「俺たちに、もう王はいない」

草薙は、細く息を吐いた。

「それが、答えか」

塩津は嘲るような笑みを薄く浮かべたが、その目はいまだ殺気を映してぎらついていた。

「今のウチに、恥じるところがないと王に誓える人間なんざ一人もいねぇよ。……俺たちは、迦具都のときに王の側に侍ることもできなかった腰抜けの集団だ」

ぞんざいに吐き捨てられた言葉に、草薙は軽く眉を寄せた。

「そないな自嘲は、格好悪いで」

「うるせえよ」

「あんた、格好悪いけど、別に悪い人間やないかもな」

言いながら、草薙は短くなった煙草を灰皿に押しつけた。じり、と微かな音を立てて火が消えた。

草薙は姿勢を正し、ふてくされたような顔をしている塩津の目を真正面から見つめる。

「あんたの自嘲の言葉、『信じるな』という警告と受け取らせてもらいます。あんたは、俺らがどういう懸念を抱いているのか悟っているはずや。せやのに、そのことに対して一言も弁解をせえへん。……あんたは、自分が守っているものを擁護《ようご》する気ぃもなければ、自分たちの今の仕事が正当なものだとも思ってへん」

塩津は返事をせず、ただ鬱陶しげに草薙を一瞥した。草薙は微笑を浮かべた。

「あんたは自棄《やけ》になってはるみたいやけど、誇りを取り戻す気はあらへんのですか？　俺たちは、センターと御槌所長を信用する気はなくなりましたし、もしあの少女を巡って争いになるなら、受けて立つ気です。……あんたは、それでも俺たちの敵にならはりますか」

「それが、俺たちの仕事だ」

感情を押し殺したような低い声だった。それまでの、斜《しゃ》に構えたようなやさぐれた雰囲気さえなくなり、すべてをシャットアウトするような壁が生まれた。

潮時だな、と草薙は判断した。

「……失礼しました。お詫びにうかがっただけやったのに、つい長話してしもうて」

草薙は一礼して腰を上げた。ドアへ向かって歩いて行く途中、塩津の声がかかった。

「セプター4《ウチ》はともかく、黄金のクランに敵対行動を取るのは、おすすめできることじゃねぇぞ」

「ご忠告、痛み入ります」

「お前は」

塩津の声が一瞬熱を帯びて高くなった。草薙は思わず、塩津を振り返った。ソファーにもたれかかったままの、塩津の白いものが混ざった後ろ頭が見えた。

「――お前は、迦具都の話、どう思う」

「どう、とは？」

「他人事《ひとごと》のつもりか？」

瞬間、草薙の体がわずかに震えた。

震えてしまったことに、内心舌打ちする。

「お前の王、周防尊は、先代の赤の王、迦具都玄示《げんじ》とは違うと——誓って言えるのか」

——嫌なことを訊く。

草薙は、苛立ちと苦笑の混ざった、複雑な表情を浮かべた。

だが、嫌なことを訊いたのはお互い様だ。それでも草薙は塩津のように自嘲的な言葉を吐く気にはならなかった。

「違いますよ。ウチの王サマは」

塩津はふんと鼻を鳴らした。

「俺は、赤の王ってのが嫌いだよ。王としての性質が危うすぎる。……周防尊も、ささいなきっかけで、迦具都になりうるぜ」

「……きっかけとは？」

「なんだってある。精神のゆらぎ、力への耽溺《たんでき》、他の王との強い接触——特に、王殺し」

最後の言葉に、草薙の頭にふと以前聞きかじった話がよぎった。

「先代の青の王は、迦具都の暴発を止めようとして亡くならはったんでしたね」

「……ああ。本当なら、迦具都があぁなる前に、先代が迦具都を殺すべきだった。が、もしそうできていたとしても、クレーターの名前が迦具都クレーターから先代の名……羽張《はばり》クレーターに変わっていただけだったろう。先代は、暴発寸前の迦具都に引きずられて、自身のヴァイスマン偏差を狂わせてしまっていた。迦具都を殺せば、今度は先代のダモクレスの剣が堕ちていただろうさ」

煙草の匂いが部屋に漂っていた。ここは妙に静かだと、草薙は脈絡もなく考えた。ふいに、自分のバーの騒がしさが妙に恋しく思えた。

「それでも、王に万一の事態が訪れたとき、それを止める王は必要なんだよ。今はもう、青の王はいない。……お前は、自分の王が崩れたとき、自分にできることがあると思うか？」

草薙は答えなかった。失礼します、と平坦な声で言って部屋を出た。

†

「本日は遊園地に行きたいと思います」

十束の宣言に、周防は眉を寄せた。

十束の後ろからは、アンナが体を半分隠れさせてこちらをじっと見つめている。無遠慮なほどにまっすぐ凝視してくるくせに、十束の腰の陰からのぞき見るようにしているのがなんとなく忌々《いまいま》しい。

「本日は遊園地に行きたいと思います」

周防が返事をしなかったせいか、十束は同じセリフをもう一度繰り返した。

「あ、そ」

他に言いようもなくて周防がどうでもよさそうに返すと、十束はにこりと笑った。

「よかったねアンナちゃん！　キング嫌がらなかったよ！」

「あ？」

「じゃ、行こうか！　キング、すぐ出られる？」

周防は十束の顔面をわしづかんだ。頬が押し潰され、端正な顔が間抜けに歪むが、十束は気にせず顔を潰されたままにこにこしている。

「だ、れ、が、一緒に行くと言った？」

「やだなぁキング、幼い少女の無垢《むく》な期待を裏切る気？」

頬を潰されているためにくぐもった声で十束はもごもご言った。

アンナは、じっと、じぃぃっと周防の顔を見つめ続けていた。何かを期待しているようなその瞳に、周防は十束の顔から手を放し、居心地悪く目を逸らす。

「アンナちゃんね、遊園地行ったことないんだって」

「そうかよ」

「だから、行ってみたいんだって」

「行けよ」

うんざりして言うも、アンナからの無言の視線の圧力は強かった。大きなガラス玉みたいな瞳を、一心に周防に向けている。

笑顔の十束は、周防がアンナの瞳に負けるだろうことを確信しているようで、そのこともまた腹立たしい。

「前に」

アンナが、ぽつりと口を開いた。

「お父さんとお母さんが、遊園地連れていってくれるって言ったことがあった。……でも、行けなかったの」

アンナの両親は、交通事故で死んでいる。行けなかった理由が両親の死によるものなのかどうかは知らないが。

別にアンナは事実を述べただけで、周防の同情を引こうとしたわけではないのだろう。が、ここで周防がなおも断れば、十束の方は「人でなし！」と罵《ののし》る準備ができているようだった。

そしてアンナは、無表情のくせに視線にだけはやたら熱を込めて周防を注視し続けている。ろくでもない日だ、と周防は内心で舌打ちした。


楽しげな声と愉快な音楽が響き渡る園内を、一行は歩いていた。

「尊さん尊さん！　ジェットコースター乗りますか⁉」

はしゃぐ八田が周防を振り返って言った。

「あぁ？」

周防はこの上なく不機嫌そうな声と、射殺しそうな眼光で八田を見た。

八田は「スンマセンっした！」と敬礼する。

「キング、遊園地に来る人の顔じゃないよそれ！」

「テメェが連れ出したんだろが」

周防のドスのきいた声と睨みも、十束は笑顔で右から左へ流す。

八田の横を、伏見が「何で俺まで」とぼやきながら歩いていた。

鎌本はすっかりアンナと打ち解けたようで、二人並んでクレープをかじっている。アンナのはイチゴが、鎌本のはチョコとバナナがくるまれたもので、鎌本はアンナに「食い切れなかったら代わりに食ってやるからな」と、優しいのだか食い意地が張っているだけなのかわからない言葉をかけている。

「遊園地なんて、うんとガキの頃以来っすね！」

そわそわと楽しそうな八田に、十束も笑顔を返した。

「俺は初めてだなー」

「そうなんすか？　一回も来たことないの？」

「機会なかったなぁ」

結局、アンナを連れていってあげるという名目の下、大の男が五人で遊園地の園内を歩いている。シュールな光景だった。

一番後ろを不機嫌そうに歩いていた周防は、喫煙所のベンチの前を通りかかるや否や、どかりと座った。

「ちょっとキングー」

「うるせぇな、好きに遊べよ」

面倒くさそうに言って煙草に火をつける周防に、十束は苦笑した。

「先に帰らないでよ？」

十束は言って、ぴっと周防を指さした。

そのままアンナを連れてアトラクションの方に向かう。

八田が後ろ髪引かれる顔で一度周防を振り返りながらも、十束たちを追っていった。

周防は、ベンチの背もたれに両腕をのせて、空を仰ぎ見た。

雲さえほとんどない、青く澄《す》み渡った空。そこへ、周防がくわえている煙草の煙が細く揺らめきながらのぼっていく。

いい天気だった。

そういえば、こうやって空を眺めるようなことも、えらく久しぶりな気がした。

最近は天気のことを気にかけることもなかった。外界から自分を切り離している時間が長かったから。

——あのガキが来てから、なんだかんだで引きずり出されっぱなしだな。

表情の乏しい、人形めいた少女。うっかり自分の中に踏み込んで来てはぶっ倒れたり、倒れたくせに「ミコトの夢は平気」などと本当に平気そうな顔で言ったりする。

「バカバカしい」

情を移しかけていることに気づいて、自嘲した。

気持ちよく晴れ渡った平日の遊園地で、ふんぞり返るようにしてベンチに座っているガラの悪い男を、通りかかる親子連れがびくつきながらちらちら見ていく。

まったく、バカバカしい。

†

コーヒーカップを死ぬほど回すのが、アンナのお気に入りだった。

赤いカップに乗り込んで、鎌本の膂力《りょりょく》で限界までスピードを上げてぶん回す。

降りたあと、男連中はグロッキーになっていたが、アンナは変わらぬ無表情の上に、非常にわかりづらくはあるが確かに喜々とした目の輝きをのせていた。

人形みたい、という印象しかなかったアンナが、どうやら楽しんでいるらしい。

ジェットコースターに乗る際にも、アンナは眉一つ動かさないまま目だけを爛々《らんらん》とさせていた。

夕方近くまでアグレッシブな乗り物に立て続けに乗り続けたあと、遊び疲れたアンナを休ませて、八田は鎌本とともにジュースを買いに行った。戻って来ると、アンナは噴水の縁にちょこんと座っていた。青い布をふんだんに使った、ひらひらした服の裾をふんわりと広げ、手を膝の上にのせておとなしく座っている姿は、誰かが置き忘れた人形のようだ。

アンナの前には十束が立っていて、めずらしく笑顔を引っ込めて、周りの何かを気にしているような様子だった。

「十束さん？」

八田が声をかけると、十束ははっと我に返った顔を見せた。

「どうかしたんすか」

「いや、ごめんありがと」

十束は笑って、八田が差し出したジュースを受け取った。

「ほらよ」

鎌本は、ブラッドオレンジジュースをアンナに手渡す。トマトジュースみたいな赤い色をしたオレンジジュースだ。

「あれ、猿比古は？」

八田は、姿が見えない友人を探して辺りを見回した。

「八田たちと一緒じゃなかったの？」

いつの間にかいなくなっていたらしい。八田は呆れて舌打ちをした。

「あいつ、一人でどっか行きやがったな」

常に自分のペースで、他人と合わせようとしないのは出会った頃からだが、最近はとみにそれが激しい気がする。

「八田と猿くんも不思議な組み合わせだよね」

十束がジュースのストローをくわえながら笑って言った。

「そうすか？」

「うん。ミスマッチに見えるところがおもしろいけど。中学からの友達なんでしょ？」

八田はコーラをずるずる音を立てて飲みながら、伏見と出会った頃のことを思い出す。

「あー、まー確かにクラスでフツーに仲良くなるタイプじゃなかったっすけど。でもなんか……何に対してってわけじゃないけどムカついてる気分とか、もやもやした感じとかが一緒だったってゆーか……」

あの頃抱えていたやり場のない鬱屈感を思い出して、けれどうまく説明はできずにもぞもぞした口調で言いながらふと目を上げると、十束は見守るような柔らかい表情を浮かべて八田を見ていた。

十束のその表情に、八田はなんとなく居心地の悪い気分になる。

十束は、一緒にバカやっているときはやたらガキくさいというか、全然年齢差を感じさせないのだけれど、時々実際の年の差よりももっと大人みたいに思える顔をすることもある。八田は、そういう瞬間の十束のことは、少しだけ苦手だ。

「……なんすか」

ふてくされ顔で言えば、十束は「ん？」と首を傾げた。

「あんた今、変な顔してた」

「変って、ひどいなー。……ただ、そういう感じは、今でも一緒なのかな、と思って」

今でも？　と八田は首を傾げ、すぐに横に振った。

「吠舞羅に入ってからは、全然そんなんないっすよ。みんなでバカやって笑って、なんかあってもみんなでぶっ飛ばして。尊さんの近くにいたら、変なもやもやなんか感じる隙もねーし」

「それは、猿くんも一緒かな？」

思わぬ問い返しに、八田は一、二度瞬《まばた》いた。

「え？」

「八田とおんなじ鬱屈を抱えてた猿くんも、八田と同じように吠舞羅《ウチ》で救われてくれたのかな？」

考えたこともない質問だった。考えたこともなかったが、考えてみて、八田は単純に答えを出した。

「知らねーけど、そうじゃん？」

周防の側にいて、心が動かないヤツなんて、血がたぎるのを感じないヤツなんていないと、八田は単純にそう思った。

十束は八田が出した答えには特にコメントはせず、「そっか」とだけ返し、またどこか遠くを見るような顔になる。

「ってか十束さん、さっきから時々上《うわ》の空じゃね？　何気にしてんすか」

「ん？　いや、なんでもないよ。……そろそろ行こっか」

十束はやっぱり遠くを見る目のままそう言って、飲み終わったジュースのカップをゴミ箱に投げた。

「アンナちゃん、鎌本、そろそろ……って、うお！」

アンナたちの方を振り返った十束は、軽くのけぞった。八田も「はぁ？」と素っ頓狂な声をあげる。

「……何してるの？」

十束が首を傾げて訊いた。

鎌本は噴水の縁に仰向けに寝っ転がっていて、アンナはその大きな丸い腹の上に、猫の子が丸くなるようにしてコロンと寝そべっている。

「いやぁ、アンナちゃんが俺の腹に興味を示してたもんだからさ」

「何誇らしげな顔してんだよ！」

「あ、八田さんも乗りたいっすか？」

「乗りたいわけねーだろ！」

怠惰《たいだ》なセイウチのような姿の鎌本と八田が言い合っている間、十束はそのセイウチの腹をベッドにしているアンナに笑いかけた。

「どう？　鎌本の腹の具合は」

「……柔らかい」

「よかったねー。どうする？　もうちょっとそこで休んでく？　それともまた遊びに行く？　もう夕方だし、疲れたらぼちぼち帰っても……」

「……遊ぶ」

アンナは言って、鎌本の腹の上に起き上がった。

どうやら今日のアンナは本当にリラックスして、楽しんでいるらしい。

十束はにこにこしながら、次は何乗ろうか、とアンナと相談している。

八田は、なんとはなしにそれを眺めながら、アンナのスカートの後ろが汚れていることに気づいた。たぶん、噴水の縁に座ったとき、そこの汚れがついてしまったのだろう。

「オメー、ケツ汚れてんぞ」

「ちょ、八田さーん！　もうちょい言い方ってもんがあるっしょ！」

アンナは首をひねってスカートの後ろを見た。ちょっとだけ恥ずかしそうに口をすぼめ、スカートをぱたぱたはたく。だが、叩いている場所が若干ずれていて、尻の形についてしまっている砂埃《すなぼこり》の汚れは半分も取れていなかった。

そうか、この子は赤以外の色が見えないんだっけ、と八田は思い出す。灰色のものについた灰色の汚れは、八田だって見えない。

十束が何の気なしに手を出して、アンナのスカートの汚れを代わりにはたき落とした。八田はぎょっとする。

「ちょ、何ケツにさわってんすか！」

「え、そういう取り方する⁉」

「八田さーん……ほら、アンナちゃん十束さんの後ろに隠れちゃったじゃないすか」

「え⁉　なんでオレの方がロリコンみたいになってんだよ！」

八田は顔を赤くして十束と鎌本を睨むと、口をへの字に曲げて、アンナを見下ろした。

「んなことより、お前、なんで青い服着てんの？」

赤しか見えないなら赤い服を着てりゃいいのに、と八田は単純に思った。色の見えない服じゃ、汚れていることすら自分ではわからないのだろう。

アンナは八田を見上げた。幼い少女の真っ直ぐな目に、八田は少したじろぐ。

「……センターで、もらったの」

八田にとっては不信感と悪感情しかない〝センター〟という単語に、思わず眉を寄せた。十束と鎌本の方に視線を移すと、二人も微妙な顔をしてアンナを見ている。

「くれたのは、所長の人？」

十束がそっと訊くと、アンナは頷いた。

「プレゼントだって。……ホナミも、かわいいって言ってくれた」

そう言いながらも、アンナの表情はさっきまでの楽しげにリラックスしたものから、硬いものへ変わっていた。表情に乏しいので注意して見なければ気づかないレベルだが、今日一日アンナと顔をつきあわせ続けていたためか、八田にもその変化はわかった。

そっか。と十束はさっぱりした口調で言った。八田は奥歯にものが挟まったような、もやっとした気分を感じたが、十束はマイナスの感情は毛ほども見せなかった。

「じゃーアンナちゃん、次何乗る？　そろそろ閉園時間だから、次で最後になると思うけど……」

「あれ」

アンナは、迷わず斜め上の空を指さした。

「あそこから、夕日が見たい」

†

明るく楽しくあることを強いているような遊園地の空気に、体調の悪さを感じるほどの疲れを覚えて、伏見は隙を見てアンナたちから離れていた。

閉園時間が近づいているようで、客がぼちぼちと帰り始めている頃合いだった。このまま帰ってしまってもいいんじゃないだろうか、と考えながらも、伏見はあいているベンチを見つけて、身を投げるように腰を下ろす。

弛緩した体勢であかね色に染まり始めた空をぼんやり眺めていたら、ふいに隣にドサリと誰かが座った。

そちらに視線をやって、伏見はぎょっとする。

周防だった。

周防は新しい煙草の封を切り、一本取り出して火をつけた。

しまった、と伏見はこの上ない居心地《いごこち》の悪さに身じろぎをする。

が、今さら席を立つのはもっと気まずい。

「……あいつらはどうした」

周防が伏見の方を見ないまま、どうでもよさげな声で言った。

「どっかで……休んでるはずですけど……」

歯切れ悪く答えると、周防はふぅん、とやっぱりどうでもよさそうに言う。勝手に離れたことに関する非難やコメントは一切ないまま（最初からつきあう気ゼロだった周防に非難されるいわれもないが）、周防はただ退屈げに煙草の煙を吐き出した。

沈黙が落ちる。

——気まずい。

伏見は、園内に流れる陽気な音楽に八つ当たりめいた苛立ちを感じながら、さりげなくこの場を去る口実に頭を巡らせた。

伏見のそんな状況に一切頓着していない周防は、伏見の存在などないかのように、一人で泰然《たいぜん》とベンチにそっくり返っている。

「……尊さん、よくこんなとこにつきあいましたね」

やけくそのように口を開くと、周防はフッと鼻で笑った。

「テメェもな」

「……上の命令なら、仕方ないですし」

つい子供が言い返すように言ってしまってから、伏見は内心で舌打ちした。命令で遊園地。格好悪いことこの上ない。

だいたい、十束は別に命令をしたわけではない。いつものにこにこ笑いで「猿くんも一緒に行こう」と言ってきただけだ。人畜無害な笑顔ながらも、有無は言わせなかったが。あの人のああいうところ、嫌いだと思う。

「伏見」

周防が、煙草の灰を落としながら呼んだ。伏見は顔を上げて、隣に座る周防を見る。

「気づいてるか？」

「え？」

何がですか、とは、なんとなくプライドが邪魔して訊けなかった。

周防は相変わらず泰然とした態度で、伏見の方に一瞥もくれない。

伏見は口をつぐみ、辺りに気を配った。眼鏡の奥で目をすがめ、じっと周りの空気に意識を集中し——はっと気づいた。

「あ、キング、猿くん」

同時に、声がかかる。視線を移すと、道の向こうから十束たちが来るのが見えた。

アンナが、青い服をひらひらとはためかせながら小走りに駆けてくる。

アンナはベンチの近くまで来て、ぴたりと足を止めた。間合いのギリギリの縁の辺りに立って、真顔でじいっと周防を見つめるアンナに、さっきまで泰然としていた周防が微妙に居心地悪げな顔になる。

追いついてきた十束が、にこりと笑って周防を見た。

「最後くらい、つきあいなよね」

閉園時間は近い。まだ遊ぶ気なら、次で最後だろう。

面倒くさげに立ち上がる周防に、八田が犬がしっぽを振るような顔で近づいていく。その様子に漠然とした苛立ちを感じて、伏見は小さく舌打ちして立ち上がった。

伏見は八田の首根っこをつかみ、引っぱる。

「うおっ、なんだよサル！」

「ちょっと来い」

八田を引きずって周防たちから離れると、十束が首を傾げて伏見たちを見た。

「どうしたの？」

「どうしたのじゃないでしょう」

伏見が顔を半分振り向かせて十束を睨む。十束は、バレたか、とでもいうようなごまかし笑いを浮かべた。

鎌本はわけがわからない様子で困ったように周防たちと伏見たちを見比べ、結局引きずられていく八田を追いかけるようにして伏見たちの方に来た。

†

『本日休止中です』の札が下がった観覧車の前で、アンナは心持ち肩を落としていた。

どうやらアンナは、夕焼けの空を観覧車の上から見るのをひっそり楽しみにしていたらしい。

何がしたい、とか、何がほしい、などの主張がほとんどないアンナの要望をかなえられなかったことに、十束は少し困って頬を掻いた。

「うーん、どうしよっか」

「……いい。大丈夫」

アンナは聞き分けよく首を振った。

がっかりしているそぶりすら飲み込もうとしているその様子に、十束はせめて他に夕日を見るのにいい場所は、と視線を巡らせた。

少し離れた場所で退屈げにあくびをしていた周防が、小さくため息を漏らした。

周防の腕が、アンナをひょいと小脇に抱え上げる。

「キング？」

十束が首を傾げると、周防の反対の腕が伸びてきて、十束を米俵《こめだわら》のように担ぎ上げた。

「え、ちょ……」

そのまま、周防の足が地面を蹴る。

ふわっと体が浮き上がった。景色が滝のように一気に下に流れる。ネコ科の猛獣のようなしなやかな動きで、音もほとんど立てずに周防の体はアンナと十束を抱えたまま宙に飛び上がり、観覧車のちょうど半ばくらいの高さにあるゴンドラの上に一度着地し、すぐさま再び跳び上がる。

ほんの二秒にも満たない時間で、十束たちは遊園地内で一番高い、観覧車のてっぺんにいた。

周防は着地するや否や、十束をゴンドラの屋根にぞんざいに捨てる。

「いてて……うお」

尻から屋根の上に落ちた十束の上に、アンナの体が下ろされた。

「っあー……アンナちゃん、大丈夫？」

間違ってもアンナが落ちないように膝の上に抱えながら、十束は言った。アンナは突然の事態にさすがにぽかんとした顔をしていた。十束は苦笑する。

「予告してからやってよね。アンナちゃんびっくりしてるじゃないか」

アンナは驚いた顔のまま何度か瞬きを繰り返すと、大きな瞳をゆっくりと巡らせた。

高い。

ジェットコースターなどの大きな乗り物がある中でも、この観覧車は飛び抜けて高かった。辺りを遮るものは何もなく、遠くまで見晴るかすことができる。

遊園地のぐるりを囲む木々と、その向こうの建物の群れ。

夕日は、その向こうへと沈んでいくところだった。

赤く、とろりと輪郭を潤《うる》ませた太陽が、街を赤に染め上げている。

空は朱を溶かしたような鮮やかな色合いで、地上も柔らかな赤い光に満たされていた。

アンナは、その光景にじっと見入っていた。夕焼けを見つめたまま微動だにしないアンナの髪が、風に流されてそよいだ。

「十束」

呼ばれて顔を上げると、周防がポケットに手を突っ込んでゴンドラの上に立ったまま、夕日とは別の方向を眺めていた。周防の少し細められた目が、園内のあちこちを確認するかのように動く。

「俺を連れ出したのはこのためか」

周防がなんのことを言っているのかすぐに理解して、十束は苦笑した。

「発案は草薙さんだけどね」

「今日、ずっとつけ回されてたみてぇだな」

「キングが微妙な距離を取ってくれてたから、動くんじゃないかと思ったけど……案外慎重だったね、向こうさんも」

二人の会話に、アンナが顔を上げた。十束はアンナと目を合わせ、にこりと笑顔を見せたが何も説明することはなく、周防に視線を戻す。

「人数、多いね」

「……確かに、テメェらだけじゃ、八田伏見がいたところで数で押し切られてたかもな」

「うん。だからキングで保険をかけさせてもらった。ごめんね」

周防はようやく、視線を十束とアンナの方に向けた。周防の瞳がアンナの瞳とかち合う。

「奴ら、俺がこのガキをクランズマンにするんじゃないかと警戒してんのか」

「たぶん」

十束が頷くと、アンナが動揺の気配を見せた。

表情こそほとんど変わらなかったが、大きな目が困惑げに揺れるのがはっきりわかった。

「こいつを取られるとまずいわけがあるってことか」

周防は、ゴンドラの屋根の上で一歩踏み出した。屋根のギリギリ縁。つま先が空を踏むくらいの位置に立つ。

「どうするの」

「散らす。お前もそうさせるつもりだったんだろ」

若干非難がましいような、呆れたような目で振り返られて、十束は苦笑した。

アンナに関して、向こうが何かを隠したがっていることは感じていた。そのアンナが赤のクランの中におかれている現状は、向こうにとって大いに焦りの種となっているだろう。

その焦りにかられて、もし向こうが無理にアンナを奪還しようとする様子を見せれば、堂々と迎え撃つことができる。

そこまでの口実を得ることはできなかったが、この人数に囲まれている事態だけでも十分異様なものだ。吠舞羅として、相手にケンカをふっかけるには上等な状況だった。

「お前らはそこにいろ」

言い捨てて周防が飛び降りようとしたとき、アンナの手が動いた。アンナは周防の服の裾をきゅっと握る。

「ミコト」

トーンはいつもと変わらない、静かで細い声だったが、そこには色濃い不安がにじんでいた。

アンナは、周防を見上げて、首を横に振った。

周防は眉を寄せる。

「……すぐ済む」

周防にしてはめずらしく、不安をほぐそうとするようにそう言ったが、アンナのすがるような目は変わらなかった。

「ホナミが」

叔母の名を口にして、アンナは再び口をつぐむ。

「あいつを心配してんのか。心配しなくても、奴らは一般人には手を出さねぇよ。協定がある」

周防が言っても、アンナの表情は緩まなかった。周防はその表情を見て何かを悟ると、大きく舌打ちをした。

周防はアンナの小さな手をそっとつかみ、力加減に苦慮しているような様子で（どの程度の力なら壊さずに済むのか、本気で戸惑っているような様子で）アンナの手を外した。

アンナは心細そうな顔で周防を見上げる。

周防はそれ以上はもう何も言わず、十束に一度だけ目で合図してから、跳んだ。

†

周防が地面に降り立つ。

とんでもない高さからの着地に、地面がずんと振動した。

周防は軽くかがめていた体を伸ばし、周りを見回す。

観覧車の上にいる間に、閉園時間は過ぎていたらしい。目に入る一帯に一般客の姿はなかった。

あるいは、青服が一般人を排除したのかもしれない。

いずれにせよ、周防にとっては気兼ねをせずに済む、好都合なことだった。

感覚を閉じる。普段の、人として生きているときの感覚を閉めて、もっと深い場所を開く。

世界の空気が変わる。

普段は自分の内側に閉じ込めて、できるだけ意識をしないようにしていた、王としての力をダイレクトに感じる。

胸の奥でくすぶるマグマのような炎の気配があった。

その炎は今にも外に出て暴れ出したそうにくすぶり、うねっている。

箍《たが》を外して、身の内にある炎を解き放ってしまいたいという、とろけるような誘惑を押し殺す。

抑え込まれたことに、胸の内の炎が不満げな声をあげた。こめかみが痛む。

が、周防はうっすらと笑った。

瞳孔《どうこう》が開き、体から赤い奔流《ほんりゅう》のような光があふれ出した。

周防の力に呼び起こされたかのように、周防の遥《はる》か頭上の空間が歪み、赤い発光体が現れる。

その発光体は、最初は一点の赤い光に過ぎなかった。それが眩《まばゆ》く輝き、爆発的に大きくふくらむ。

激しい光の炸裂《さくれつ》の中から、巨大な剣が出現した。

——ダモクレスの剣。

それは、王たる証であり、王を制裁する役目をも持つ。

「んだよ。誰も姿も見せねぇか？」

アンナをつけ回していた青のクランズマンたちは、いまだ身を潜めたまま周防の挑発に誰一人出てこようとはしない。

当然だ。王の力を見せつけられて、のこのことその前に現れようとする人間はいない。

だが、気配だけはまざまざと伝わってきた。激しい動揺と、逃げるべきか否か迷うような浮き足だった空気の揺れ。

周防は一つ鼻を鳴らし、体から赤い力の奔流を放出した。

ドン、と大地が振動し、周防を中心とする円状に、波紋が広がるように赤い光がほとばしり広がった。

アンナは、観覧車の上からぽかんと口を開けて、目の前に現れた巨大な剣を見上げていた。

「ダモクレスの剣だよ」

十束が言った。

アンナは目を大きく見開いて、ダモクレスの剣を見つめ続けていた。アンナの瞳に、周防の剣の輝きが映り込んでキラキラ赤く光っている。

「傷がついてる」

アンナの言葉に、十束は苦笑する。

アンナの言う通り、周防のダモクレスの剣は完全な形をしていない。剣形のエネルギー体はあちこちがひび割れている。

ダモクレスの剣の状態は、その王の〝ヴァイスマン偏差〟の状態を表すという。

ヴァイスマン偏差とは、その王の力の安定度を示す数値だ。

周防のヴァイスマン偏差は、常に不安定だった。

「キングはさ、自分の体の中に、飢えた獣《けもの》を飼っているような状態なんじゃないかな」

十束は、ダモクレスの剣が発する熱を肌に受けながら、つぶやくように言った。

「その獣は、外に飛び出して暴れたがってる。肉を、血を求めている。けど、キングはそれをさせないようにしてる。……このダモクレスの剣の傷は、その戦いの痕《あと》なんじゃないかな」

アンナは、剣から十束の方へ視線を移した。十束はにこりと微笑みかけると、下を見下ろす。

「なんて言っても、俺にはわからないことなんだけどね」

王以外には、わかりようもないことだ。

眼下では、周防が赤い色を帯びた力を解き放ったところだった。

赤く、熱を持つオーラの渦。それが周防の体から噴き上がり、すさまじい勢いで広がる。

見た目は派手だが、攻撃力はないに等しい。ただの威嚇だ。

だが、囲んでいた青のクランズマンたちに与えた動揺は覿面《てきめん》だった。

王の力の片鱗《へんりん》に触れた、王を失って久しい青のクランズマンたちは、散り散りに逃げ出す。それまで巧みに姿を隠していたのが露《あら》わになり、ある者は周防の赤いオーラに呑み込まれて腰を抜かしたようにへたり込み、ある者は押し寄せてくるオーラから逃げ惑った。

攻撃態勢すら見せていない、周防の威嚇の唸り声一つで敵が皆散った形だ。

アンナはそれを見つめながら、ぽつりと言った。

「王様になるのは、つらいこと？」

アンナの問いに、十束は彼女の顔を見つめた。

「アンナちゃん？」

相変わらず、感情の読めない、魂のない人形のような顔で、アンナは淡々と言った。

「私は、青の王になるの」

†

「囲まれてる？」

伏見の言葉に、八田は眉を寄せた。

とっさに周りの気配をさぐるように辺りを見回し、八田は舌打ちする。

「あの子を狙ってきてる青服どもか」

八田が、忌々しそうな顔で言った。伏見はわずかに顎を引く。

「多分な」

「マジでか。戦いになるんすかね」

鎌本が準備運動のように太い腕をぐるぐる回しながら言った。

「さぁな。けど、こんなとこまでわざわざ俺らを引っぱってきたのは、このためなんだろ」

伏見が鎌本の方は見もせずに言うと、八田は力むように両手を拳に握った。

「よっしゃ！　いっちょやってやっか！」

「先走るなよ」

呆れた目を向けながらも、伏見はいつ事を構えることになってもいいように、体を臨戦態勢に高めておく。

おそらく、十束が自分たちをつれてきたのは、周防から離れている間のアンナのボディガードのつもりだったのだろう。周防から距離をとって隙を見せ、あわよくば襲わせてから返り打つ算段だったはずだ。

気に入らない、と伏見は内心で舌打ちした。

それならそうと、初めから言っておけばいいものを。

まあ、八田みたいな単細胞は、そんな話を聞かされていたらなんでもないフリでいることなどできなかっただろうが。

(ああ、それと、あれか)

十束の思考に思い当たって、伏見はふんと鼻を鳴らした。

思惑があったくせに、それとは別に、アンナを純粋に楽しませようだとか、甘ったるいことを考えていたのだろう。

くだらない。

必要以上にイライラして、伏見はこめかみに軽く指を当てた。

次の瞬間だった。

突然、全身に震えが走った。

伏見は目を見開き、体を硬直させる。

襲ってきたのは、物理的な圧迫感に近いほどの、強烈なプレッシャーだった。巨大な獣に至近距離から睨まれているような、本能に直接訴えかける恐怖。

直後、夕焼けの空に、光が生まれた。

赤い光とともに空間が歪み、その中から剣の形の発光体が出現する。

「ダモクレスの……剣……」

伏見はかすれる声で言った。

同時に、ダモクレスの剣の下から、莫大《ばくだい》なエネルギーが生まれた。竜巻のような凄《すさ》まじいエネルギーを持つ光が、赤い柱となって天に伸び、その余波が赤い光の波と化して園内を舐め尽くすように広がる。

伏見の目の前に、赤いオーラの波が迫った。

伏見は動けなかった。赤い、熱をはらんだ光の波に呑まれ、体をあぶられ、次の瞬間には膝が抜けた。

気がつくと、伏見はアスファルトの上にへたり込むようにして膝をついていた。

体が、小刻みに震えている。

赤いオーラの波はすでに消えていた。あれは攻撃力も何もない、ただの示威《じい》行為だ。こけおどしだ。それがわかっているのに──

伏見の体は、その意思と思考に反して、完全に怯えていた。

周防は、ちょろちょろしているうるさいネズミたちを散らすためにひと吠えしただけだ。それなのに、伏見はネズミと一緒にその吠え声に震え、膝を屈してしまった。

「すっ……げぇ」

呆然と立ち尽くしていた八田が、熱に浮かされたような声で言った。

「すっげぇ！　やっぱすげえよ、尊さん！　今の、尊さんにとっては、別になんてことない、ちょっと脅かしただけのことだよな？　なのに……たったそれだけで……」

八田は頬を紅潮させ、もどかしげに言葉を探しながら、自分の胸の辺りをわしづかんだ。

「魂が、震える」

伏見は膝をついたまま、八田を見上げていた。

ああ、そういえば八田はちゃんと立っているな、と、ひどく巡りが鈍くなった頭で考える。自分はこんな無様《ぶざま》に膝をついてしまったのに、八田は、目を輝かせながらそうやって立っている。

「ダイジョブか？」

鎌本が言って、助け起こそうとするように手をさしのべてきた。

伏見は差し出されたその手に、たまらない屈辱感を覚えた。

このデブは八田のことを「八田さん」と呼んで慕っているくせに、八田と一緒に吠舞羅に入った伏見に対して、こうやって上から手をさしのべてくる。

ずっと、バカで無鉄砲で、空回ってばかりいた八田を引っぱってきたのは自分だったのに。

なぜ今、八田は立っていて、自分は無様に膝をつき、手をさしのべられているんだろう。

伏見は鎌本の手を無視して、自分で立ち上がった。

――私は、青の王になるの。

アンナの告白に、十束は目を見開いた。

「なんだって？」

†

周防の示威行為のあと、ダモクレスの剣は消失していた。

今はただ、西の方を染める沈みかけの夕日の赤と、東の方を染める夜の深い青が混ざりあった空の下、十束はアンナと向き合っていた。

アンナの青いスカートが、高所を吹き抜ける風ではためく。

青。それは、アンナが知りもしない色だ。

現在、青の王はいない。その王座はあいている。

そして、ストレインは〝王のなりそこない〟とも言われる存在だ。

だが、なぜアンナがそんなことを望む？

「どうして、君が王なんかに？」

「……〝石盤〟が、見えるから」

〝石盤〟それは、〝王〟を選ぶもの。

ドレスデンで発見され、戦後日本に持ち込まれたという、謎のベールに包まれた物体だ。

王が選ばれるシステムは、いまだよくわからない。が、アンナの感応能力が――あらゆるものを〝見る〟能力が、〝石盤〟へのアクセスを可能にするものならば、もしかしたら王になるのも不可能なことではないのかもしれない。

だけど。

「それは、君の望みなのか?」

アンナは答えなかった。

十束の頭に、王になるまでの――そして王になったときの周防の姿が早回しフィルムのようにちらついた。

「……ダメだよ、アンナちゃん」

十束はゆっくりと首を横に振った。

「望んでいないのなら、王になんて、なるもんじゃない」

自分で口にした言葉は、十束の胸を静かに刺した。

アンナは十束をじっと見つめていた。すべてを見抜くようなその目を、十束もしっかりと見つめ返した。

ガコン、と音がして、観覧車が動き出した。見ると、八田、伏見、鎌本が観覧車の下に来ていた。観覧車を動かしてくれたのは鎌本らしい。青のクランズマンたちを散らした周防は、観覧車乗り場の柵に寄りかかって煙草をふかしていた。

ゴンドラの屋根にアンナを抱えて座り、ゆっくりと移り変わり高度を下げていく景色の中、十束は口を開いた。

「アンナちゃんはさ、あの日、家出をしようとしたんだよね。逃げたかったんじゃないの？」

八田と鎌本が青のクランズマンの双子と接触したときのことだ。アンナは荷物を背負って夜に一人、穂波の家を出ようとした。

アンナは、叱られたように顔をうつむける。

「……ごめんなさい」

「なんで謝るのさ。あのときの君は正しいよ。逃げたいと思ったことからは、逃げるべきだ」

「逃げちゃダメなの」

アンナは首を振った。小さな体に、どうしようもない葛藤《かっとう》が渦巻いているのを感じた。

「なぜ？」

そっと訊けば、アンナは再び沈黙した。

初めてバーで会った日の、話しかけても返事をしてくれようとしなかった、高い壁で自分を囲っていたアンナが戻ってきたようだった。

十束はさっきの、周防を引き留めようとしたときのアンナの言葉を思い出した。

ゆっくりと口を開き、問う。

「センターに戻らないと、穂波センセイに何かよくないことでも起きるの？」

アンナの瞳が揺れた。

「アンナちゃん」

少しだけ語調を強めて呼ぶと、アンナは顔を上げた。唇を引き結び、しっかりと瞳を十束の目に向けて、アンナは言った。

「ホナミは、守る」

守られているべきである幼い少女は、決意に満ちた顔をしていた。

アンナの小さな手が、青いスカートをぎゅっと握る。

「今日は、楽しかった」

そう言って、アンナはほんの微かに――見間違いじゃないかと思うほどに微かに、笑った。

「だから、大丈夫」

何が『だから』なのか。何が『大丈夫』なのか。

問いたくても、アンナのその言葉は、十束たちがさしのべようとしている手を完全に拒否するものだった。

ゴンドラが下に着くまで、アンナはもう、十束が何を言っても再び口を開こうとはしなかった。


十束とアンナが乗るゴンドラが下に着くと、鎌本は観覧車を止めた。十束は片手でアンナを抱き上げて、ゴンドラの屋根から下にいる鎌本に渡した。鎌本はアンナを受け取り、大事そうに地面に下ろす。

十束が屋根の上から飛び降りると、周防はちょうど電話を受けているところだった。「あぁ」「わかった」など、言葉少なに相槌《あいづち》を打ち、通話を切る。

「草薙さん？」

十束が訊くと、周防は小さく顎を引いた。

「ちょうど出先だったらしいんで、一応、保護させた」

目的語のないセリフだったが、穂波の話なのだとすぐにわかる。

「穂波センセイ、大丈夫だって？」

「あぁ」

周防は言いながら、鎌本や八田に囲まれているアンナに視線をやった。アンナは、鎌本に話しかけられて何か短く返事をしている。その合間に、アンナの瞳が周防の方を向いた。

周防はアンナと目が合うと、ほんのわずかに頷く。

合図とも呼べないような短い仕草だったが、アンナはほっとしたように息を吐いた。

「……さっきさ、このためにキングを連れ出したのかって訊いたよね」

アンナの方を見たまま、十束は抑えた声音で言った。周防は片眉を微かに上げて十束を横目で見る。

「まあ確かにその通りだったんだけど……でも、たとえ思惑がなかったとしても、俺はキングを引っぱってきたよ」

怪訝そうな周防を見て、十束はにこりと笑った。

「アンナちゃんは本当に、キングと一緒に遊びに行きたがってたから」

「……なんでだよ。お前がいればそれでいいだろうが」

「俺じゃ不足なんだよ」

十束は笑って、自分の手を見下ろした。

アンナに触れたときに負ったやけどの痕が、まだ指に薄く残っていた。

「あの子は、強い人が好きなんだ」

「……なんだ、そりゃ」

「あんたは決して、自分のせいで傷を負ったりしないから」

アンナが周防に強く惹《ひ》かれながらもどこか遠巻きにしているのは、ともすれば周防の強さに縋《すが》ってしまいそうになるからなんじゃないかと、十束は思った。

アンナは、誰にも頼ってはいけない、縋ってはいけないと思い決めているように見えた。

逃げ出したい思いを抑えつけて、悲壮な決意を抱いて。

——私は、青の王になるの。

観覧車のゴンドラの上で聞いたアンナの声を思って、十束はすっと真顔になった。

アンナには届かない小さな声で、十束は言った。

「キング。あの子は、王になる気だよ」

†

報告を聞いて、塩津は息をついた。

「そうか。もういい。赤の王が出張《でば》っているんじゃ仕方ねぇ。だが、引き続き監視は続けろ。……ああ、御槌さんには伝えておく」

電話を切って、塩津は深くため息をついた。

どこまでも腰抜けしかいないらしい。

王に威嚇されて、しっぽを巻いて逃げ出してきた部下たちのことを思って、塩津は苦く笑った。

御槌に連絡をしなければ、と思いながらも、体はなかなか動かなかった。

『青の王なしに、セプター4はもうこれ以上立ちゆかないでしょう？』

そう言ったときの御槌の声を思い出して、塩津は顔を歪めた。

あれはちょうど一年ほど前だっただろうか。塩津は突然御槌にセンターへ呼びつけられ、突拍子もない話をされた。

『……だからって、そんな子供を正気で次の青の王にしようと？』

非難を込めた塩津の問い返しに、御槌は微笑を深めた。

御槌の笑顔は仮面のようだと思う。いついかなるときも、微笑を絶やさない。企んでいるときも、無心のときも、怒りを感じているときでさえ。

御槌とのつきあいが深くない人間たちは、大抵《たいてい》御槌のことを優しげな紳士だと思っている。

だが塩津から見れば、御槌の微笑は薄気味悪いばかりだ。

『彼女ほど高度な感応能力を持つストレインにはなかなかお目にかかれるものではない。……現在の無色《むしき》の王、三輪《みわ》一言《いちげん》は予知の力を持つというが、感応力の点だけで言えば、彼女の力はかの王にも匹敵するだろう』

『……その子の力は、予知能力なんですか』

『いいや。彼女の力はそんな狭義《きょうぎ》のものではない。彼女の感応能力は、世界のあらゆるものを〝見〟て、それに自らを〝同調〟させることができる。――とすると、彼女の力を〝石盤〟に向けたら一体どうなると思うかね』

教師が生徒に質問するような口調だった。塩津は答えずに黙って御槌を見つめた。

『彼女の感応能力によって石盤を〝見〟て、石盤と〝同調〟する。それはすなわち王の戴冠《たいかん》を意味するのではないか。石盤が王を選ぶ仕組みは、いまだ謎に包まれている。が、王は石盤に選ばれる際、石盤との一体感を覚え、石盤の意思と記憶を感じ取るという。だとしたら、石盤が次の王を選ぶのを漫然と待つのではなく、こちらからの働きかけによって石盤と通じ合い、王座をもぎ取ることも可能になるはずだ。そうは思わないかね？』

御槌の口調は、次第に熱を帯びていった。塩津はそれを、冷えた心で見つめていた。

『……それで、あんたはその方法で青の王を作って、俺たちにプレゼントしてくれようっていうんですか』

『険のある言い方をするね。だが、その通りだ。王を失った青のクランにもう先はない。君たちがクランズマンとして生き残るためには、新たな王を得るしかないだろう』

『そのために、子供に無体《むたい》を働いて？』

御槌は、また微笑を濃くした。微笑しながら塩津を見る目に、憐憫《れんびん》のようなものが浮かんでいた。

『情に動かされていては何も成せないよ。君は食事のたびに、料理されてしまった生き物のことを思って涙するわけではないだろう。正しい人間ならばその食物に感謝してすべてを食べ尽くすはずだ。君がすべきなのは、彼女に同情することではなく、彼女が王になった暁《あかつき》に彼女に感謝し、誠心誠意仕えることだ』

話は少しも噛み合わなかった。そもそも、御槌と倫理《りんり》観の話をすること自体ナンセンスだ。アンナに対して行っていることもさることながら、彼が凶悪犯罪を起こしたストレイン数人に対してさらなる非人道的な実験を行っていることを、塩津は承知している。

御槌にとって、〝石盤〟にまつわる探求以上に優先されることなど、何もないのだ。

塩津は表情を殺して、もう一つだけ訊いた。

『御槌さんのその夢は、御前の意向に背くものではないんですか』

『……ああ、私が彼女への実験を〝ウサギ〟に悟られないように行っていることに不安を感じているわけか』

御槌は眉だけを皮肉げに跳ね上げた。

『確かに、私にはセンターの所長として、人道的見地に基《もと》づいてストレインの調査と研究を行う義務がある。しかしそれは建前だ。石盤の謎の解明に近づくことができれば、御前もお喜びになるに違いない。……が、それまでの過程を知られることで御前の御名《みな》に傷をつけるわけにはいかないだろう？　御前は何もご存じなかった。その形を作って差し上げるのも、私の役目だ』

塩津にはもうそれ以上言うべき言葉はなかった。

どちらにせよ、塩津に拒否権などなかった。塩津と御槌は、別のクランのクランズマン同士――という対等な関係にはない。塩津率いる青のクランの残骸は、もはや御槌に雇われた便利屋のようなものだった。

すべてを投げ出して引退してしまいたい、という衝動には何度も駆られた。

それを牢行に移せずに、十年もだらだらときてしまったのは、王が死しても尚《なお》身に残る、王に与えられたこの青い力と、なけなしの責任感だけだ。

――責任感？

自分の思考に、塩津は自分で笑ってしまう。

残り滓《かす》のような人生を、他人の野望に巻き込まれて。

小さな子供を追い込む仕事をさせられる。

追い込んで、追い込んで、やがてはその子供を、自分たちの首の皮をつなげるために、自分たちのトップに据えようとしているのだ。

塩津はクツと喉《のど》で笑い、電話に向かった。

御槌に、部下たちがアンナ奪還に失敗し、赤の王に脅かされて無様に散った顚末を報告するために。

受話器を持ち上げながら、塩津はふと、あんな哀れな子供ではない、真に青の王にふさわしい王が今この瞬間に誕生することを夢想した。

もしそれが現実となったら、大義を失いきった塩津たちは直《ただ》ちに新たな王によって処断されるだろう。

塩津はその空想が現実になることを、乾いた心で願った。

†

アンナは青の王になる気らしい。

十束のその話を聞き終えて、草薙はため息をついた。

草薙と周防たちは、穂波の学校にいた。日はすっかり暮れていて、夜の校舎は不気味な暗闇の底に沈んでいる。

穂波は残業らしく、まだ職員室で仕事をしている。アンナも穂波の側で本でも読んでいるはずだ。

草薙が周防から連絡を受けて穂波の学校に駆けつけたときには、穂波の周りに不審な気配はなかった。

草薙は辺りを警戒しながらも、ひとまず周防たちを待って合流し、アンナが寂しがったから……と理由をつけて、穂波のところへ押しかけた。

「ところで、大丈夫なのかな。俺たちみたいなのが学校に入り込んで、バレたら穂波センセイ、クビにならない？」

十束が心配しているんだかしていないんだかわからない笑顔で言った。言いながらも、ちゃっかり誰ぞの席に座っている。

夜の教室の中、草薙は十束が座っている席の机に浅く腰掛けている。

周防は窓枠に軽く背をあずけ、八田、伏見、鎌本は教室内にバラバラと立って、それぞれしかめっ面をしていた。

「青の王……な」

草薙は小さくつぶやいた。

「アンナちゃんはセンターで……〝石盤〟に迫るための実験材料にされてるんじゃないかな」

アンナが自分の意思で王になりたがるなど到底思えない。しきりに穂波の心配をしていたことを考えれば、穂波の身の安全を盾にして実験に協力させられていたと考えるのが自然だろう。

だとしたら、アンナをセンターに返さなければそれで済むといった単純な問題ではなくなる。

「……大事《おおごと》にするしかあらへんかもなぁ」

草薙はため息をついて、胸ポケットから煙草を一本取り出してくわえた。ジッポで火をつけようとして、はたと思いとどまる。ここは学校だった。

ジッポをしまい、火のついてない煙草を口の先で手持ちぶさたに上下させながら考え込む。

「あの子の両親、センターに殺されたんじゃないんすか」

ふいに、それまで黙っていた伏見が突き放すような冷めた口調で言った。

「おい！」

八田が、椅子を蹴って立ち上がった。眉をつり上げて、咎めるように伏見を睨む。

伏見はことさらに冷たい目で八田を一瞥した。

「最初はあの子、センターに行くのを嫌がったんじゃないのか。両親は、センターに対して不審を抱いて、あの子を預けるのをやめようとした。センターとしては、格好の実験材料を失うことになる。……だから、邪魔な両親を事故に見せかけて殺した」

「想像で適当なこと言うんじゃねぇよ！」

いきり立つ八田に、伏見は鼻を鳴らした。

「……草薙さんたちだって、そういうふうに考えてんでしょ？」

八田が草薙の方を勢いよく振り返る。

草薙は軽くため息をついて、火のついていない煙草を口から外した。

「その可能性は、低うないと思うてる」

草薙の言葉に、八田はショックを受けた顔をした。

伏見が、しらけた表情で草薙と八田の間を視線で往復する。

「あの子自身、気づいてるんじゃないのか。両親の先例があるからこそ、叔母さんに危険があるかもしれないって本気で気にしてるんだろ。…………いや」

ちょっと違うか。と、伏見は独り言のように言った。眼鏡のレンズの奥で、冷たく目が細められた。

「可能性には気づいていても、見ないようにしてるのかもな」

ふいに、廊下の方で微かな物音が聞こえた気がした。

草薙は眉を寄せ、腰掛けていた机から下りるとドアの方へ向かう。ドアを開けて顔を出したが、暗い廊下が伸びているだけで人の気配はなかった。

「草薙さん？　どうかしたんすか」

鎌本が不思議そうに言った。草薙は首を横に振る。

「いや。ちょっと物音がした気ぃしてん」

草薙が教室の中に体を向け直すと、拳を振るわせている八田と目が合った。

「もし……もし、サルの言うとおりだとしたら、許せねーだろ！」

アンナが両親の死の真相を薄々感じ取りながらも見て見ぬふりを続けていたのなら。

草薙は考えて、重い気分になった。

アンナにとって、「見ないようにする」というのは、普通の人間のそれとはワケが違う。

アンナには、否応《いやおう》なく「見えて」しまうのだから。そこから目を逸らすというのは、現実の否定に他ならない。

アンナにとって、世界が、現実が、どんなふうに映っているのか想像しようとして……やめた。

考えても、草薙にわかるものではない。それはたとえば王の——周防の見えている世界がどんなものなのか、考えても真に理解することができないのと同じように。

(あー、あかんな。なんや引きずっとるな)

昼間の塩津とのやりとりを思い出して、草薙はかりかりと頭を掻いた。

「どないする、尊」

窓に寄りかかったままの周防に言えば、周防はゆっくり視線を上げた。

「この事態や。十束が言うてたように、アンナちゃんをお前のクランズマンにするゆうのも、選択肢の一つやで」

周防は、複雑そうに眉を寄せ、口を曲げた。

「…………その気がないやつをクランズマンにはできねぇ」

「説得してみようか？」

十束が首を傾げて言うと、周防はますます複雑そうな顔になってそっぽを向く。

「……ガキは、グレないに越したことはねぇだろ」

らしくないようにも聞こえるその言葉に、十束は苦笑した。

「まぁね」

周防は窓の外の、暗い校庭を見ながら、「それよりいっそ」と言った。

「潰すか」

何気なく放り出すように言われたその言葉に、八田が握った拳を振り上げた。

「そうっすよ！　行きましょう、尊さん！　あんな外道《げどう》な施設ぶっ潰すしかないっすよ！　オレも借りがあるし！」

盛り上がる八田を眺めながら、草薙は長く息を吐いた。

「とりあえず、話の続きは帰ってからやな。……穂波センセとアンナちゃんの様子を見てくるわ」

やっかいな事態になりそうな気配に頭を痛めながら、草薙は暗い廊下に出た。廊下の先にともる職員室の明かりに向かって歩き出すと、後ろからぱたぱた追いかけてくる足音が聞こえてきて、振り返る。

「十束。どうした」

「いや。俺も一緒に行こうかと思って」

にこりと笑って、十束は草薙の横に並ぶ。

「草薙さん、今日、セプター4に行ってきたんでしょ」

歩きながら、十束は何の気なしなふうに言った。

「ああ」

「何かヤなことあった？」

さらりと聞かれて、草薙は一瞬返答に詰まった。

立ち止まって隣を見れば、十束は不思議な笑みを浮かべてこちらの様子をうかがっている。

「なんか、ちょっと疲れてるでしょ」

目ざといやつだ、と草薙は苦々しいような感心するような複雑な気分で思った。

「……別に。あんま楽しゅうない話したから、ちょっとセンチメンタルな気分になっとんねん」

「草薙さんをセンチメンタルにするなんて、よっぽどだね」

からかうような顔で明るく笑いながら言われ、ムカックと同時になんとなく気が楽になる。

不思議な奴だな、と草薙は今さらながら思った。

再び歩きだそうとしたがなんとなく足が動かずに、草薙は職員室の方を眺めながら口を開く。

「俺らには、尊の見てる世界なんかわからへん」

「うん」

「アンナちゃんが見てる世界のことも、ようわからんやろ」

「そうだね」

「けど……あの二人の間には、多少なりとも、なんや共有できるもんがあるんかもなあ」

「俺も、そう思う」

十束は透明な微笑みを浮かべて頷いた。

アンナを吠舞羅に入れたがっていた十束の気持ちが今はわかる気がした。

自分の中にあるものを、外にあふれさせてしまわないよう、閉じ込めている。

それが、あの二人に共通するところなのだろう。

彼らが抱えているものに解決策などない。

自分たちにできることは、一瞬の癒やしを与え、内側に呑み込まれそうになる彼らをこちら側に引っぱり続けることくらいなのだろう。

草薙は十束を横目で見て、再び歩き出した。

「お前がいてよかったわ」

「……どしたの草薙さん。そんなに深刻にセンチメンタルなの？」

「うるさい」

草薙が職員室のドアを開けると、ちょうど穂波が帰り支度をしているところだった。穂波は書類を片づけながら草薙たちの方を見て、朗らかに笑う。

「あ、待たせちゃってごめんなさい。今仕事が済んだところよ。もう出られるから……」

「あれ、穂波センセイ、アンナちゃんは？」

職員室をのぞき込み、小さな人形のような姿が見当たらないことに気づいた十束が訊いた。

そのとたん、笑顔だった穂波の表情が不安げに曇る。

「え？　アンナ、そっちに行ってないの？　周防くんたちのところへ行くって、さっきここを出たんだけど……」

草薙の顔から血の気が引いた。反射的に隣を見ると、十束も顔色を失っている。

アンナが、自分たちが話していた教室に来ていた。

そのとき、自分たちはなんの話をしていた？

「探してくる」

十束が言って、素早く身を翻した。

草薙はうろたえる穂波をなだめ、教室の方を見てくると言って、周防たちがいる教室の方へ駆け戻る。

——あの子の両親、センターに殺されたんじゃないんすか。

——その可能性は、低ぅないと思うとる。

——可能性には気づいていても、見ないようにしてるのかもな。

あの会話が、アンナの耳に入っていたのだとしたら。

草薙は自分たちの迂闊さを呪《のろ》いながら、廊下を走った。

†

わかっていた。

本当は、わかっていた。

アンナは夜の道を走っていた。

心があふれてしまいそうだった。

今まで厳重に胸の中に閉じ込めていたアンナの世界が——モノクロの、現実味のない……いや、現実味を噛み殺した世界が、氾濫《はんらん》しそうになる。

ダメだ。

アンナは自分を必死で抑え込もうとしたが、心は千々《ちぢ》に乱れて、かき集めようとする側からこぼれ落ちていく。

『アンナ』

優しい母の声が思い出される。優しく髪を撫でる感触。抱きしめられて伝わる体温。柔らかな笑い声。

『アンナ！』

父が呼びながら、アンナの体をぐんと一気に持ち上げて肩にのせた。あのとき見た、いつもとは違う高い視界を思い出す。

失われた、もう戻らない暖かな場所の記憶が、アンナを内側から揺さぶった。体が震えて止まらない。

両親は、交通事故で亡くなった。

センターに行くのをアンナが嫌がり、もうあそこにはやらないと両親が約束してくれた直後の出来事だった。

——可能性には気づいていても、見ないようにしてるのかもな。

教室の中から聞こえたその言葉は、アンナに真っ直ぐに刺さった。

目の前にちらつかされていた真実から、アンナは必死に目を逸らし続けてきた。自分のせいで、両親が殺されたなんて、そんな真実を呑み込んでしまったら、アンナの器は壊れてしまいそうだったから。

実際、アンナの器は今、崩壊しかけている。

体の内に収めていたものが、あふれる。

アンナは、周防のことを思った。
体の内に、赤く綺麗な――そしてひどく獰猛《どうもう》な獣を飼っている人。
あの人も、アンナと一緒だった。
自分の体の中にあるものを外に出さないように、内と外を切り離して生きている。
けれど今のアンナには、それができなくなっていた。
あふれ出す。
混ざり合う。
感応する。
アンナの狭い世界と、外の広い世界が一体となってしまう。
「……助けて……」
アンナの微かな声は、夜の闇の中に溶けて消えた。
――世界が、あふれる。

インターバル

十束はバーのソファーの上で行儀悪く立てた片膝を抱えて座り、草薙と周防の言い争いを黙って聞いていた。

草薙の手が周防の胸ぐらをつかみ、壁に叩きつけるようにして押しつけている。

周防は抵抗せず、されるがまま草薙と壁の間に挟まれた。

「お前は……！」

草薙はいつもの飄々とした雰囲気を捨て、いつもは下がりがちのまなじりをつり上げて周防を睨み、血を吐くように言葉を吐き出した。だが、すぐに詰まって奥歯を噛む。

そのときの周防は、満身創痍《そうい》だった。

手当てはされていたが、傷口はまだふさがっていないものが多く、血がにじみ出しては包帯を赤く染めていく。

だが周防の目は、そんな体の状態と反比例するように、生き生きと——ともすれば危険に思えてしまうほどの生命力に満ちていた。

生身の体を置いてきぼりに、魂だけがどんどんと先へ進んで行こうとしているかのように。

十束は、ボロボロの周防の胸ぐらをつかむ草薙を、止めようとはしなかった。

十束も、草薙の気持ちは痛いほどわかっていた。

「死ぬ気か、尊」

常にない草薙の、泣きそうな顔と紙一重《かみひとえ》の怒りの形相《ぎょうそう》に、周防は困ったように苦笑した。

それはいつもとは逆の光景だった。

いつも、周防は年上の草薙に対してはある意味甘えていると言ってもいいくらいに気軽に面倒なことを押しつけ、気ままに振る舞っていた。

それが今、感情をコントロールしきれずにいるのは草薙の方で、周防はそんな草薙を、どこか遠い場所から見守るような顔をしている。

そのことも草薙の焦燥感を煽《あお》っていた。

「別に、死ぬ気はねぇよ」

そう言った周防の顔を見て、草薙は顔を歪めると周防の胸ぐらから手を放した。

「草薙」

周防は呼んだが草薙は答えず、苛立たしげに顔を背けていた。

周防は苦笑を浮かべたまま、若干気遣わしげに——そんな顔をすることすらおそらく草薙にとっては不吉に感じるものだっただろうが——草薙の顔を見ると、その肩に軽く手を置いてバーから出て行った。

がらんとしたバーの中に残された草薙と十束の間に、なんともいえない気まずい沈黙が落ちる。

草薙と周防が言い争っている間、十束は口を挟まず、視線さえそちらにやらず、黙って座っていた。

周防が出て行ったあとも、十束は姿勢を変えずに、どうするべきか少しの間迷った。

結局、草薙の方は見ないまま、率直に訊く。

「……一人にした方がいい？」

「いや」

草薙も十束の方を見もしなかったが、首を横に振った。

「そこにいとけ」

「うん」

十束は頷いて、再び口をつぐんだ。黙って別の方を向いたまま、ただその空間を共有する。

鎮目町の治安は、日を追うごとに悪化していた。抗争が日常となり、周防は自然発生的にできあがったチーム・ホムラの頭として戦った。

恐れているのは、周防が次第に、その抗争にのめり込んでいっていることだ。

抗争の中で命を落とすことも厭《いと》わないと――それどころか、命を燃やし尽くすことに魅了されているかのような、そんな気配を感じることだ。

「今日は、言わへんのやな」

ぽつりと草薙が言った。十束は顔を上げ、草薙の方を見る。

「なんとかなる、って」

「……さすがに、今言ったら怒られる気がして」

十束が言えば、草薙は苦笑した。その疲れた頬を眺めながら、十束は口を開いた。

「……ねえ、草薙さん。赤の王の伝説って、知ってる？」

草薙は怪訝そうに眉を寄せた。

「そういや昔、お前尊のことを『王様になれる人』とか言うてたよな。……まさか、赤の王のことを言うてたんか」

「そういうわけじゃない。あのときはもっと……漠然と、この人はすごい人になるんじゃないかって思っただけだよ。この人が見るものを近くで見てみたい、って思ったんだ」

思えば、自分も大概電波な子供だったと思う。そんな電波な直感でつきまとわれた周防は、たいそう困惑しただろう。

だが今、周防は実際に『キング』と呼ばれる身となった。

そして十束は、さらに『その上』があると、心のどこかで信じている。

「……人ならざる力を持つ王の話やろ。力の象徴、炎の化身。昔、そんな男が存在しとって、暴力で生きる奴らの王となり、裏社会の抑止力となっとった」

「そう。その人は赤の王と呼ばれていた。彼の力は……あのクレーターを生み出すくらいに途方もないものだった」

草薙は呆れたため息をついた。

「おとぎ話やろ。そりゃ、あのクレーターが生まれた真相は謎に包まれとって色々言われてるけどな。そん中でも、その赤の王の話は都市伝説にしたかて突飛すぎるわ」

「キングにもそう言われた。ガキか、って呆れられたよ」

「尊にも言うたんか……」

やれやれという顔で見られたが、十束は真面目だった。

下らない、おとぎ話めいた都市伝説。そうかもしれない。

「だけど、もし本当に『赤の王』なんてものがありうるんだったら……あの人ほど、それに似合う人はないと思うよ」

真っ直ぐに遠くを見る目で十束が言えば、草薙は困惑げな表情になった。

周防が〝石盤〟に選ばれたのは、それから間もなくのことだった。

4　モノクロのリアル

バーの中には、重い空気が漂っていた。

「あれをアンナちゃんがやったって、本当なんすかね？」

鎌本が草薙を見る。草薙は煙草に火をつけながら、多分な、と頷いた。

昨夜アンナがいなくなった後、近くの交差点で何人もの人間が同時に呼吸困難で倒れる事件が起きた。病院に運び込まれた彼らは、口をそろえて「突然水の中に閉じ込められた」と話したらしい。彼らは同時に、同じ幻覚を見て倒れたということになる。

さらにその事件が起きた交差点から数十メートル離れた火の気のない場所で、数人の人間が大きなやけどを負う事件が起きた。

彼らは突然肌に痛みを感じ、直後にまるで内側から浮かび上がるかのように、肌が赤く焼けただれていったのだという。

二つの事件の負傷者たちは七釜戸の病院に搬送され、治療を受けている。

「今朝、セプター4の司令代行から通告が来てん」

草薙が重いため息とともに言った。わざわざバーに電話をかけてきて、淡々と告げてきた塩津の言葉を思い出し、復唱する。

「『特異現象管理法に従い、一般人に危害を与えたストレイン、櫛名アンナを保護。完全に危険がなくなったと判断できるまで、隔離処置する』」

草薙はバーの天井へ向かって細く立ち上る紫煙を見上げた。

「これは、ストレインの管理を任とするセプター4の責務、とのことや。……向こうが下手《へた》打つのを待ってつもりが、逆に大義名分を与えてしもたな」

穂波のところにセンターから連絡があったのは、アンナがいなくなってから二時間後のことだ。アンナが救急車で運ばれた。緊急に入院する必要がある容態で、今は会わせることもできない。知らせを受けて、穂波はセンターに駆けつけようとしたが、草薙たちが押しとどめた。今センターの連中が穂波に危害を加えるとは考えにくいが、アンナの両親のことを思えば何が起こるかわからない。危険にさらすわけにはいかなかった。

「……〝危険度の高いストレイン〟ってのも、案外、あの子を閉じ込めるための口実、ってわけでも、なかったんですね」

伏見が隅の席に座って自分のつま先を見つめたまま、ぼそりと言った。

不満そうに顔をしかめ、誰とも目を合わせようとしない態度はふてくされているようにも見えるが、案外彼も堪えているんじゃないかというのは、時々動揺を示すように揺れる目からうかがえた。

「でも……俺はアンナちゃんがあんなことするなんて、信じられないっすよ」

鎌本が眉を寄せて言った。

路上で倒れている人たちが救急車で運ばれていく様子は、アンナを探しに出た鎌本も見ている。火の気配などどこにもない場所で、やけどを負った人々が運ばれていく様は異様な光景だった。あれを、あの無口な、ビー玉で遊んでいるばかりに見えた小さな少女がやったなど、どうにも想像できないのだろう。

十束が、鎌本の前にすっと手を持ち上げた。

十束の指には、まだうっすらとやけどの痕が残っている。

「これ、夜に悪い夢を見て起きてきたアンナちゃんにさわったときにできたやけどだ。悪夢で動揺したあの子が力のコントロールをしそこなった……力の漏洩の結果だよ」

十束は手を下ろし、やけどの痕が残る指を、すり、と擦り合わせた。

「あの瞬間は不審に思った。アンナちゃんの力は感応能力だ。それなのにどうして、その力の漏洩で、やけどを負うんだって」

そのときのことを思い出すように、十束の瞳がゆっくりと動く。

「でもあれは、確かに感応能力の暴走だったんだ」

「……どういうことっすか」

鎌本が首をひねった。十束は、鎌本の目を見据えた。

「世界のあらゆるものを見て、感じ取る。外の世界を、自分の身の内に取り込む。それがあの子の感応能力だ。だけど逆に、あの子の身の内にあるものを外へ放出する――それも確かに、あの子の能力なんだ」

「つまり」

十束の言葉を引き取って、草薙が言った。

「やけどの記憶、溺れた記憶。それらはあの子の中にあって、あの子の精神の動揺によって、感応能力を伝って外へあふれ出したってことなんやろう」

鎌本は太い腕を組んで唸った。

「アンナちゃん、そんなにひどいやけどしたり、溺れたりしたことあんのか……」

ただ純粋にかわいそうに思ってつぶやかれた言葉だった。だが、真実はもっと悲惨なところにあることを感じていた草薙と十束は思わず目を合わせ、ほんの一瞬だけ視線で嫌な話をする役目を押しつけ合うような攻防を交わしたのち、草薙が重く口を開いた。

「多分、ただのやけどとか、事故で溺れかけたとかやないんやろう。……推測でしかないけど、どっちも、センターで負ったもんやと思う」

鎌本が絶句した。

泥のような沈黙が落ちる。

こういうときに、一番にいきり立ちそうな八田は、なぜか今日は静かだった。カウンターに寄りかかって、目だけはギラギラさせながらも、怒りを声にすることもなく黙っている。

「……御槌が、本気でアンナちゃんを〝石盤〟に接触させようとしてたんなら、それは並大抵のことやない。アンナちゃんの力を引き出すために、手段は選ばんかったんやろ。……あの子の力が、痛みや苦痛によってより強く引き出されるんやとしたら――」

最後まで聞かずに、周防が動いた。

それまで寄りかかっていた壁から背を離し、一歩前に出る。

「潰す」

気負いも、目に見えた怒りも何もなく、ただぞんざいに放り出すように言われた言葉だった。

だが、王のその一言で、全員の顔がぎゅっと引き締まる。

「オーライ」

草薙は軽く応えた。

決意に殺気立った気合いを見せるメンバーたちの中で、伏見は変わらずふてくされたような顔をしていた。そのまま、何も言わずにふらりとバーから出て行こうとする。

そのとき、それまでじっと黙っていた八田が二歩ほど伏見を追いかけ、呼んだ。

「猿比古！」

伏見はバーのドアの前で立ち止まり、顔半分だけ八田の方を振り返る。

「お前のせいじゃねえよ」

八田は、まっすぐ伏見を見ていた。伏見は驚いたように軽く身じろいだ。ほんの一瞬、動揺するように瞳が揺れ、けれど何を答えることもなく、小さな舌打ちだけを残して伏見はバーを出て行く。

アンナが立ち聞きしたであろう言葉――アンナの心を乱し、力を暴走させる引き金であっただろう言葉を吐いたのは、多分伏見だった。

「十束」

草薙はこういうときの常で十束の名を小さく呼んだが、十束は首を横に振った。

「猿くんは、多分俺のフォローは嫌うよ」

十束は、伏見が出て行ったバーのドアと、仁王立ちの体勢でそれを睨むように見つめる八田の横顔を見比べていた。

「猿くんは大丈夫だよ。……少なくとも、今は」

十束は複雑な表情で静かに言った。

†

ノックの音が聞こえて、穂波は顔を上げた。

一昨日《おととい》アンナと二人で眠ったベッドから立ち上がり、ドアへ向かう。

穂波がたどり着く前に、ドアは向こうから開いた。

「周防くん」

ドアの向こうから現れたのは、この部屋の本来の主だ。周防は普段通りの表情で部屋に入ってくると、後ろ手にドアを閉めた。

周防の背中の後ろに出口を隠された形の穂波は、彼の顔を睨むようにまっすぐ見つめた。

「……どういうつもりなの。こんな、閉じ込めるようなマネをして」

アンナがいなくなって、探し回ろうとする穂波を周防たちは決して一人にしようとしなかった。常に誰かを側につけ、アンナがセンターに運び込まれたという知らせが来ても、穂波をセンターへ行かせてはくれなかった。

彼らは穂波を半ば無理やりバーに連れてきて、幽閉するようにこの部屋に押し込めたのだ。休めと言われても、眠れるわけがなかった。

穂波は一晩考え続けていた。

間違いなく、彼らは穂波が知らないアンナの何かを知っている。それを穂波に隠したまま、何かをしようとしている。

「私は、アンナの保護者よ」

背筋をまっすぐに伸ばした穂波は、自分よりずっと高い位置にある周防の目を見据えて言った。

高校の頃、問題児であったこの男を何度か叱った。だが今目の前に立ちはだかるのは、ほんの数年前には穂波が教育する責任を負っていた少年とは思えない、威圧感のある、大人の男だった。

それでも、穂波は怯《ひる》まなかった。力のない女である前に、教師であるよりも前に、穂波は、アンナという一人の少女を守る、親代わりだった。

「ねえ、あなたたちは、何を知っているの？」

「…………」

「アンナに、私が知らない秘密があるの？」

「…………」

「あなたたちは、アンナをどうしようとしているの？」

「……」

何を訊いても、周防は答えなかった。

穂波は額に手を当てて、深く息をついた。

「答えてくれる気がないなら、もういいわ。周防くん、そこをどいて」

周防は動かなかった。不機嫌そうに眉を寄せて穂波から目を逸らし、一つため息をつく。

「……ずっと、あんたの信頼ほど鬱陶しいものはなかったが……今だけは、信じろ」

周防は、視線を持ち上げて穂波を見た。

「あのガキは、連れ戻す」

「……どういうこと……？」

穂波が戸惑った声を出したとき、ふいに周防の雰囲気が変わった。

それまで、周防が鎮目町で恐れられている人物であるとは聞いていても、穂波にとってはやんちゃな少年の延長線上でしかなかった。その本質は、何一つ変わっていない気がしていた。

いつだって鬱陶しそうにしながらも、周防は穂波を気遣ってくれていたし、草薙や十束に信頼され、気の良い少年たちに慕われた、人望のある人だと、ただ彼の中の陽の当たる面だけを見ていた。

だが今、穂波は周防から、圧倒的な威圧を感じていた。

大きな肉食獣に鉢合わせしてしまったかのような、一歩でも動いたら食い殺されてしまうんじゃないかという、本能的な恐怖を覚えた。

——どうして私は、周防くん相手に、怯えているんだろう。

穂波は、体が感じる恐怖を心で押し殺して、笑おうとした。

次の瞬間、周防の瞳が赤く光ったように思えた。

同時に、周防の体から何か目に見えない巨大で強大な力があふれ出し、穂波の方へ押し寄せてくるような感覚に襲われた。

それは、威圧感だとか、プレッシャーだとかいう類いのものだったのかもしれない。

だが穂波には、それは物理的な力となって作用した。

周防のふくれ上がった気配に呑み込まれた穂波は、腰から力が抜け、すとんと床にへたり込んだ。

意思とは裏腹に、足にまったく力が入らない。体が震える。歯の根が合わない。

穂波の体は完全に、周防に対する恐怖に支配されていた。

目に、涙が浮き上がった。それは、恐怖感からわき上がった涙でもあり、好意を持っている相手に、わけのわからない恐怖を抱いている自分に対する混乱ゆえの涙でもあった。

「どうして……」

震えながら穂波がつぶやいたとたん、周防の気配が和《やわ》らいだ。

穂波を押し潰そうとしていた威圧感が消え、穂波は知らないうちに詰めていた息を吐き出す。

周防は困ったように苦笑して、穂波を見下ろした。そんな表情をする周防を、穂波は今までほとんど見たことがなかった。

「俺は、あんたにとっちゃ化け物だ」

周防は言った。

「あんたの姪も、どっちかといや、こっち寄りの人間だ」

穂波は肩を揺らした。首が痛くなるくらいに周防を見上げ、まだ震える舌を必死に動かして、問うた。

「アンナが、化け物だって言うの」

「そう言う人間もいるだろうさ」

アンナは、確かに普通ではない子だった。

何か人には見えないものを見ているようなところがあって、アンナの両親はひどく心配していたし、実際に脳の病気であるとも宣告された。

だけど――

穂波ははっと周防を見上げた。

「アンナは、病気じゃないの？」

「ああ」

「じゃあ、アンナがセンターに運び込まれたっていうのは……」

静かな周防の目を見て、穂波の体にじわじわと不安感が駆け上る。

「アンナはどうしたの？　……あのセンターは、なんなの？」

「聞きたきゃあのガキに直接訊け。そのためにも、今は動くな」

「周防くん！」

周防の手が穂波の頭の上にぽんと軽く置かれた。

思わぬ仕草に、穂波はぽかんと周防を見上げる。

「あのガキが一番心配していたのは、あんたの身の安全だ」

周防の言葉に、穂波は大きく目を見開いた。

「あのガキのために、あんたはここから出るな。あいつは連れて帰る」

「周防くん」

穂波は、周防の名を呼んだ。

「あなたは、一体なんなの？」

周防は自嘲的な、どこかやけっぱちな笑みで、言った。

「王様、らしいぜ」

†

アンナは、センターの地下、最下層にある部屋にいた。

椅子に座って体を丸め、体の内側に自分の世界を閉じ込めて、うずくまる。

あふれ出したアンナの世界は、周りにいた人たちを傷つけた。

感覚の氾濫。

アンナの痛みが、苦痛が、砕《くだ》かれたガラスに当たる光の乱反射のように周りに飛び散り、関係ない人たちを呑み込んでしまった。

アンナは氾濫する感応能力を抑え込むことができないまま、痛みと苦痛をまき散らしながら走り回り、やがて意識を失った。

どういう経緯で、自分がここに運ばれてきたのかは覚えていない。ただ、気がついたときには、うんざりするほどなじみのあるこの部屋に閉じ込められていた。

「思い知ったかね」

御槌が言った。白衣を着た、微笑を浮かべながらも目に感情のない男が、テーブルを挟んだ向かい側に立っている。

テーブルの上には、広げられた地図があった。その上に、赤いビー玉が転がっている。

御槌は、ゆっくりと机の周りを回り、アンナの後ろに立った。アンナが座る一人がけのソファーは、深い青色をしているらしい。だがアンナにはその色を見ることはできない。

アンナにとって、この部屋はモノクロで埋め尽くされていた。

机の上に散らばっている赤いビー玉だけが、アンナに視認できる唯一の色だ。

アンナは膝を抱えて、ゆらりと視線を持ち上げた。

〝あの人〟が持っていた、綺麗な赤を思い出す。

あの人の体からあふれ出していた、鮮烈な赤。モノクロに沈んでいたアンナの世界を、一瞬で染め変えた。

アンナは、遊園地でのことを思い出した。

あんなふうに何も考えず、ただ楽しい時間を過ごしたのはいつ以来だろう。

アンナがセンターに通うようになる前、両親と、遊びに来ていた穂波と四人でピクニックに行ったことがあった。母親が作ったお弁当を持って、父親に肩車されて。季節は春で、花がたくさん咲いていた。穂波が花の名前を一つ一つ教えてくれた。赤いアネモネがたくさん咲いている花壇があって、アンナは飽きずにその赤い花の群れを眺めていた。

帰り道に、今度はみんなで遊園地に行こうと約束した。

その約束は果たされることなく、アンナはセンターに入ることになり、両親は死んでしまったのだけれど。

アンナは、赤しか見えないという色覚異常に加え、幼い頃から奇妙な言動をすることが多かったらしい。

幻覚を見ているのではないかと――それは実際のところは幻覚ではなく、透視や過去見、予知であったのだけれど――思われたり、他人の痛みと自分の痛みの区別がつかないようなところがあった。

アンナの両親はアンナを心配し、病院へ連れていった。いくつかの検査を受け、アンナはこのセンターへ回された。

アンナの両親へは「脳に障害がある」と伝えられ、アンナには「君には特別な能力がある」と告げられた。

御槌が言うところの「特別な能力」が一体いつから備わっていたのか、アンナ自身にもわからない。

御槌はアンナに、力のことは両親を含め、一般人には知られてはならないと言った。君の力は秘匿《ひとく》されるべきものであり、知られればその人間を危険にさらすのだと。

その頃は、今ほどは過酷な実験をされていたわけではなかった。だが、アンナにとっては両親から引き離されて閉じ込められ、わけのわからない検査をされたり、力を使うことを強いられたりする生活は苦痛だった。

だから、アンナは、

『もう、センターに行きたくない』

仮退院として一時帰宅を許されたとき、アンナは母親にしがみついてそう言った。

母親は困った顔をして父親と顔を見合わせ、髪を撫でながら優しく言い聞かせる声を出した。

『でもね、アンナ。入院生活はつらいかもしれないけど……病気をよくするためだから』

『病気なんかじゃないもん』

アンナは言った。言ってしまった。

『センターの人、私に他の人と違う力があるって言って、変な実験ばかりするの。……もう、あそこには行きたくない』

言ってはならないと口止めされていたことを、アンナは両親に話した。御槌からの脅しに対する恐怖心よりも、あそこから逃げ出したいという気持ちと、両親ならきっとなんとかしてくれるという信頼感が勝っていた。

両親はその夜、遅くまで話し合っていた。

そして次の朝、二人はアンナに、もうあそこには行かなくていいよと言った。

日曜日だった。二人は穂波にアンナを預け、車で出かけていった。

センターに、アンナのことで直談判《じかだんぱん》に行ったのだろう。

二人が事故に遭って死んだのは、その帰りのことだ。

両親の死を聞かされたアンナは、目を閉ざした。

世界の色は映さないくせに、余計なものばかり見えてしまう目を閉ざし、心も閉ざした。

アンナは、見たくない事実にふたをして、なかったことにしてしまおうとしたのだ。

両親を死に追いやっておきながら、その事実から目を背けたのだ。

——卑怯者。

「思い知ったかね」

背後から、御槌の声が降ってきた。さっきと同じセリフを繰り返している。

「君は危険な人間なのだよ。今の君の存在は、周りの人間を害する」

アンナは静かに御槌の言葉を聞いた。その言葉に傷つく心はもうない。

両親が死んだときにアンナは目と心を閉ざし、感情を消し、人形のような存在になった。

人形になったくせに、つい楽しい思いなどしてしまったから、閉ざした心が開いて、閉じ込めていたアンナの世界があふれ出すほどに揺れてしまったのだ。

アンナは目をつぶり、もう一度厳重に、自分の心と、自分の世界を体の奥にしまい込み、扉を閉めた。

「一つだけ、教えて」

アンナは言った。

「お父さんとお母さんのこと、殺したの？」

見ないようにしていた真実を、アンナは問うた。

モノクロの部屋の中に、耳に圧迫感を感じるような沈黙が落ちた。

だが、その沈黙は長くは続かなかった。

御槌は、ふう、と軽いため息をついた。重さのない、どこか呆れた色さえ含むため息だった。

そして御槌は白々しい笑みとともに言った。

「そんなわけはないじゃないか」

あまりにも薄っぺらく、言葉の裏の真実を隠そうともしていない口調だった。

アンナは、両親の死後、再びセンターに入院することになったときに御槌から言われたセリフを思い出す。

『君は王の器だ。その君が一般人に寄りかかることは、その人間を不幸にすることでしかない』

それは暗に、アンナの保護者となった穂波の身の安全を盾にとる脅しだった。叔母をも両親の二の舞にはしたくないだろう、という恫喝《どうかつ》だった。

そんな言葉まで吐かれながら、両親の死の真実から目を逸らしていられたことが、今では信じられない。

「もう、ここから出ない。だから、ホナミには何もしないで」

平坦な声で言ったアンナに、御槌は慈悲深げな表情を浮かべた。

「そんな悲壮な決意をしなくてもいい。君が力のコントロールを身につけ、その力によって〝石盤〟に到達することができれば――王になることができれば、君はこんなところに閉じこもっている必要はなくなる。日の下へ出て、王として堂々と君臨するといい」

御槌の手がアンナの髪に触れた。

「現在の〝七王〟の空席は、第四王権者、青の王の座だ。君の色覚障害を思えば、本当なら赤の王が一番ふさわしい座だったのだが、あいにくその席は最近埋まってしまった。君がもう少し早くこのセンターに来ていれば――」

「やめて」

アンナは静かな声で切り捨てるように言った。

「青の王になれば、いいんでしょう」

アンナの答えに、御槌は満足げな顔をした。

御槌はアンナが座る椅子から離れ、地図とビー玉が載っている机に手を置く。

「さあ、では始めようか」

その言葉に応えて、アンナは机の上のビー玉に意識を集中した。

ビー玉が、アンナの思念に感応して、動き出す。ビー玉たちは地図の上をくるくるとすべるように動き回り、ある一点に集まった。かちかち、とビー玉同士がぶつかり合う硬質な音が響く。

ビー玉が集まったそこは、黄金の王が君臨する都市、七釜戸の中心点である、御柱タワーだ。

御槌は口元を笑みの形に歪めた。

「さあ、何が見える？」

アンナは背筋を震わせた。

この地図の場所に、アンナが「見なければならない」ものがある。

アンナは目を閉じた。実際の視界を閉ざし、もう一つの目を開く。

アンナの精神が体から浮き上がる。

まずは、自分の力を受けている机の上のビー玉たちへ――そしてビー玉たちが反応している対象へと、意識を入れ込んでいく。

体から離れたアンナの精神が、空間を飛び越えて、その場所へ向かった。

目ではなく、精神全体で〝見る〟。

最初にアンナが〝見た〟のは、ビル群の中にぽっかりと現れた広いスペースと、その中心にたたずむ、巨大な櫓《やぐら》のような不思議な建造物だ。巨大な櫓を思わせるその建造物を見上げると、その上部は、高い、高い、天を突くような巨大なビルとなってそびえていた。

アンナはその建物の中に入り、ぐんぐんと上を目指す。

アンナの精神を、重たい圧迫感が包んだ。

周防と〝つながって〟しまったとき以上の重い衝撃が、アンナの精神を揺さぶる。

周防の精神との接触は、アンナを激しく揺さぶりはしたが、アンナを拒否することはなかった。一度〝つながって〟しまえば、周防の心の中はアンナにとって心地よいものでさえあった。

だが、これは違う。今アンナを押し包み、圧迫しているものは、アンナを弾き飛ばそうとしている。

これは〝石盤〟の意思――そして、それを守護する黄金の王の気配だ。

アンナは、かき消されそうになる意識をどうにかつなぎ止めながら、求めているものへと精神を向かわせた。

意識が揺さぶられ、何も見えなくなっていく。周りが白い光で満たされる。

そのまま弾き返されるかと思われた次の瞬間、〝見えた〟。

天井の高い、広いホールのような場所だった。

薄暗く、空気がゼリーのように重く感じられるほどに圧迫感のある、重厚な雰囲気が漂っている。

部屋の奥には、きらびやかな絵柄のふすまがあり、がらんとした広い空間に異様な華を添えていた。

床は、一面のガラス張りだ。

その透明な床の下に、大きな板状の岩があるのが見てとれた。ごつごつした岩肌の中に、妙に機械的な印象を受ける文様《もんよう》が走った、円形の物体がのぞいている。

ドレスデン石盤だ。

ここまでの接近に成功したのは初めてだった。

アンナは〝石盤〟を見つめる。穂波の家の寝室ほどの大きさがあるその物体を見下ろし、心を静めた。

〝石盤〟が生きているのを感じた。鼓動している。

その鼓動は、まるで世界そのものの鼓動であるかのように感じさせるほど、大きく、重く、深い。

アンナはその鼓動に心を寄せた。

自分の鼓動と同調させ、〝石盤〟と自分を一体化させようとする。

アンナの接触に反応して、〝石盤〟が光った。〝石盤〟の表面に刻まれた円形の迷路のような文様に小さな光がともり、文様をなぞるように走っていく。

その瞬間、アンナの中に何か巨大なものが押し寄せてきた。

アンナの頭の中がホワイトアウトする。

たくさんの映像とたくさんの音が渦を巻いて襲いかかってきて、アンナの感受性のキャパシティを超えてアンナを呑み込み――

気がつくと、アンナは床に倒れていた。

意識を失い、ソファーから落ちてしまったらしい。

アンナはゆっくりと起き上がった。地図上の一点に集まっていたはずのビー玉は四方八方に飛び散って、床に転がっている。

「失敗か」

御槌が端的に訊いた。

「……でも、〝石盤〟には、触れた」

アンナが答えると、御槌は口角を持ち上げた。

「そうか。めざましい進歩じゃないか」

御槌は床に膝をつき、アンナの髪を一房《ひとふさ》持ち上げた。

「やはり君は、苦痛を受け入れることでより鋭敏になる」

御槌の声を、アンナは無感動に聞いた。

「だが、時間がない。……君が赤のクランなどと関わったおかげで、少々厄介な事態になる可能性が出てきたのでね」

その言葉に何も感じまいと体を固くし、アンナは目を伏せた。

†

バーの近くにある公園に、伏見はいた。

小さな屋根のある東屋《あずまや》のベンチに、伏見は背中を丸めて座っていた。

八田は少しの間遠巻きにそれを眺めてから、ゆっくりと足を踏み出して、伏見に近づいていった。

「よお」

八田が近づいて軽く手を上げると、伏見は八田を一瞥した。ふてくされたような、つまらなそうな顔をして八田と一瞬目を合わせ、すぐに逸らす。

「……よお」

それでも一応返事はして、伏見は八田が近づくのを許すように気配を緩めた。

そういえばこいつは出会った頃から、人を寄せ付けないオーラが強かった。それはいっそ、物理的な壁に感じられるくらいに。

伏見が人が近づいてくるのを許すときの雰囲気は、案外わかりやすい。

伏見を取り囲む壁についている小さな扉の鍵が、微かな音を立てて開くのが聞こえるのだ。扉が向こうから開くわけではない。ただ、入りたきゃ入ってこいよ、とでもいうような、小さな合図を送ってくる。

そういえば、吠舞羅に入ってからはこいつとサシでゆっくり話すことがなくなってたな、と思う。

吠舞羅は騒がしくて、中学校で二人でぽつんといた頃とは違い、八田は伏見のことをあまり気にしなくなった。

そのせいなのかはわからないが、伏見のことがよくわからなくなる瞬間が、最近増えた気がする。

「……これから、センターに乗り込むってよ」

八田が伏見の隣に腰掛けながら言うと、伏見はふんと鼻を鳴らした。

「下手すりゃ、黄金のクランとの戦争になるかもな」

「望むところだっての」

「……わかってんのか？」

伏見が、眼鏡の奥から八田の顔を冷ややかに見た。

「もしも、本当に黄金の王と対立することになったら、お前の大事な吠舞羅は潰されるかもしれないぜ」

その言葉が癇《かん》に障《さわ》って、八田は思わず立ち上がった。

「サル、テメェ吠舞羅が黄金に負けるとでも言いたいのかよ！」

「クランの規模が違う。冷静に考えればバカでもわかるだろ」

挑発するような言い方に怒鳴り返しかけたが、八田はぐっと拳を握って口をつぐんだ。その動作に、伏見は意外そうに眉を上げる。

「……テメェなんで、『お前の大事な吠舞羅』、なんて言い方すんだよ。お前だって吠舞羅だろうが」

伏見は一瞬だけ固まり、すぐに渋面《じゅうめん》になって顔を背けた。

「サル……」

「うるさいな」

伏見は鬱陶しげに言って立ち上がった。

「別に、言ってみただけだ。センターに侵入したときの感じからすれば、あそこは黄金の王と信頼関係にある風でもなかった。ただ、お前が無邪気にはしゃいでるから釘《くぎ》を刺しただけだ」

伏見は冷めた声で言うと、一つ息をついた。

「……尊さんは、別に万能じゃない」

挑発するような口調ではなかった。

だからだろうか。八田にとっては腹の立つ言葉だったはずなのに、怒りはなかった。

ただ、なんとなく不思議なものを見るような気分で、伏見を眺めた。

「行くだろ、猿比古も。殴り込み」

中学時代、帰りにゲーセンに誘ったときのような口調で言うと、伏見は少し驚いたように目を見開き、小さく舌打ちした。

「行くさ」

「あの子のこと、気にすんなよ」

「……言っておくけど、俺は何も気にしてないし、気にしなきゃならないいわれもない」

「なっ、オメーが無神経なこと言ったから、あの子傷ついちゃったんだろーが！」

「気にするなと言ってた同じ口で言うなよ」

「ぐっ……ホント性格わりーなお前！」

言い合って、八田は伏見を小突きながらも、最近よそよそしく感じていた伏見と、少しだけ以前の調子を取り戻せたように感じて、安堵を覚えていた。

†

草薙と十束は、バーの一番奥の席でセンターの見取り図を挟んで、顔をつきあわせていた。

その横では、周防がソファーに座り、怠惰に背もたれに寄りかかっている。

他のメンバーは討ち入りの準備で連絡を取り合ったり、武器になるものを用意したりと、慌ただしくバーを出入りしていた。

「穂波センセの護衛もあるしな。数人はここに置いていくべきやな」

草薙が言う。十束は見取り図を眺めながら軽く腕を組む。

「センターに侵入したときの感じだと、多分アンナちゃんがいるのは地上階じゃないと思う。俺たちが入り込めたところは、案外開放的な雰囲気になってたし、重要なストレインはみんな地下の方に入れられてるんじゃないかな」

「地下への行き方は見取り図からはわからへんな。直接誰かに教えてもらうしかないか」

草薙は見取り図から顔を上げ、作戦会議に参加しようともしない王様に半眼になった目を向けた。

「尊。今回お前は、あんま無茶すなや」

周防は体は動かさないまま、目だけをわずかに動かして草薙の方をちらりと見た。

「結構危ない橋やからな、これ。よりにもよって黄金のクランにケンカ売るわけやし、すぐ隣は一般人もぎょうさんいる病院や。下手は打てへん」

「ああ」

周防は聞いているんだか聞いていないんだかわからない適当な相槌を打った。

草薙はため息をついて、胸ポケットから煙草の箱を取り出し、一本くわえる。

「とりあえず、道は俺らが開くし。お前はどうしても必要ができるまで力使うなや」

「ああ」

ソファーにそっくり返るように座って天井を見上げている周防は、相変わらずの投げやりな返事しかしない。

草薙と十束は顔を見合わせた。

「十束」

周防がだらしなくソファーに沈んだまま呼んだ。

「はいよ？」

「お前は俺と来い」

十束は軽く目を見開いた。

「ありゃま、留守番組にされるかと思った。キングがそう言うならもちろん行くけど、俺あからさまに足手まといじゃない？」

「テメェが手足にまとってるくらい、俺にはハンデにもならねぇよ」

「まあそうだろうけど」

なんでまた？　と十束が目で問いかけると、周防はフンと鼻から息を吐き出した。

「あのガキ、俺の顔を見たら逃げかねねえ。お前にはそれなりになついてたろ」

忌々しげに言う周防を見て、十束が苦笑した。

「そんなことはないと思うけどね」

「とにかく、俺はガキは嫌いなんだ。テメェが面倒見ろ」

周防は言い捨てると、弛緩した体勢からひょいと一息に立ち上がってバーのドアへ向かった。「準備ができたら呼べ」とだけ言い残して外へ出て行く。

「……あれは、案外堪えてるんかね」

草薙が苦笑して言えば、十束は軽く目を見開いた。

「穂波センセのこと、半ば脅すようなマネしてでも抑えなあかんかったやろ。……案外あいつ、そういうの苦手やねん」

「ああ……」

十束は苦笑して、周防が出て行ったバーのドアを見やった。

「ま、あいつが言い出さんかったとしても、お前はあいつについて行かせるつもりやったけどな」

草薙の言葉に、十束は首を傾げた。

「お前はストッパーや」

煙草の煙を吐き出して言いながら、ふとこの前、十束がめずらしく少しへこんだ様子で言っていたことを思い出した。

「……お前この前、自分には力がない、って言うてたよな」

「あ、うん」

「あんときは、お前は吠舞羅《ウチ》には向いてへんのやないかとか言うたけどな。ほんまはちょっと違うねん。多分、吠舞羅《ウチ》には〝力無い者〟が必要やったんや」

十束は、不思議そうに目を瞬かせる。

「力が存在意義みたいな毛色のチームやからな。しかも、頭に血ぃのぼらせやすいような連中がそろっとる。そん中にあって、力に溺れさせない――力によってやないやり方で連中をまとめる人間が必要なんや」

草薙は灰皿を引き寄せ、煙草の灰を落とした。

「特に、一番ストッパーを必要としてるのは、王様や」

苦笑して言いながら、草薙はセプター4の屯所で塩津と話したことを思い返した。

(お前は、自分の王が崩れたとき、自分にできることがあると思うか？)

耳に痛かった言葉が頭によみがえり、草薙は渋く眉を寄せた。

できることなどない。

せいぜい、そうなってしまわないようにつなぎ止めることが自分たちの――特にこいつの、役目なのだろう。

草薙は、なんとはなしに昔のことを思い返した。

こいつは昔から、周防の苛立ちや鬱屈を逸らすのが上手《うま》かった。

にこにこ笑いで毒気を抜いて、苛立っているのがバカバカしいような気分にさせる。

そういえば、初めてこいつと会ったのは病院だったなと思い出した。

中学生だった十束は周防の周りをうろついて、周防に恨みを持っている連中に痛めつけられて病院に運ばれた。顔が広かった草薙はその目撃者から知らせをもらって、周防とともに病院に行った。

十束は結構な満身創痍だったくせに気にしない顔で笑っていた。誰にやられたと訊かれてもへらへらかわして、気がついたら勝手に加害者と和解していた。決して、周防が自分のために怒ることを許さなかった。

そして、周防が王になったあとも、十束は変わらず笑顔を浮かべ続けた。

笑顔で、力への——破滅への誘惑にかられそうになる周防の気を逸らしてきた。

「お前はほんまに、腹立つくらいフリーダムやからな、昔っから。……そんくらいやないと、その役目はきついわ」

こいつだって、思うところがないはずはない。

それでも、すべてのマイナスの感情は飲み下した上で、笑顔を浮かべて「なんとかなるって」と本気で言える——そして、それを聞いた者を本当になんとかなるんじゃないかという気分にさせてしまう——その不思議なしたたかさがなければ、その位置には立てない。

「草薙さん？」

草薙をのぞき込むようにして、十束は首を傾げた。

「お前の、そのネジ足りてへんのやないかっちゅーメンタルが、時々うらやましいわ」

「なにそれ、褒《ほ》めてないよね？」

「別に褒めてへんよ。とにかく、尊のことはお前が責任持て」

草薙は重いものを軽く放り投げるように渡して、再び見取り図へと目を移した。

†

湊速人と湊秋人は、センターの警備室で塩津と向き合っていた。

「赤のクランが」

「攻めてくるの？」

速人と秋人が言葉を分け合うように言って、同時に首を傾げた。

塩津は苦い思いで頷く。

「多分な。一応警告はしているが、あのクランの気質じゃ、素直に聞くとも思えねぇ」

今朝、赤のクランの参謀、草薙出雲に電話でアンナを特異現象管理法に基づき保護処置する旨を通告した。草薙は淡々とその通告を聞いていたが、諦めて引き下がろうという声はしていなかった。

あの小賢《こざか》しい若造の顔を思い出して、塩津はフンと鼻を鳴らす。

「面倒なことになったな……」

正直な思いが、陰鬱なため息とともに漏れた。

もう何もかもが面倒で、絶望的だ。

塩津の思いとは裏腹に、双子は細い目の中の瞳に興奮を宿していた。

「黄金のクランの属領に手を出そうなんて」

「命知らずじゃないか」

能面めいたのっぺりした顔立ちの頬にうっすら血の気を上らせた双子の顔を、塩津は無感動に眺めた。

この双子は腕は立つが、性格は異様に幼い。歳は今年二十二になるというのに、彼らは青のクランズマンになったばかりの十二歳の頃から根本的なところは何も変わっていない気がする。

——それは俺の責任か。

塩津は自嘲的に口の端を持ち上げた。

この双子の両親が殉職して、先代の青の王が双子をクランズマンにしてから、二週間で先代は亡くなった。

その後、この双子を育てたのは実質的には塩津だ。育てたと言っても、教育らしいことはなにもしなかった。養育にかかる金はセプター４の資金から捻出《ねんしゅつ》し、食事と寝る場所を屯所内に用意し、そして仕事を与えただけだ。

塩津は王を失って、残された青のクランを預かることになり、無気力感と、にもかかわらず襲い来る多忙さに、双子の少年たちへの興味などほとんど持てずに来た。

正直、塩津にはどこでこの双子の性格が曲がったのか、それすらわからない。

気がついたときには、純粋に先代の青の王を慕《した》い、両親のようなクランズマンになるのだと思い決めていた少年たちは、「大義」を口実に力を振るうことに快楽を見出す、ひどく子供じみた性格の大人になっていた。

「奴ら、あの女の子を取り返しに来るの？」

「御槌さんも、なんであの子にこだわるんだろうね？」

速人と秋人が順番に言う。彼らは御槌がアンナを青の王にしようとしていることなど知らないし、そのために御槌がアンナに非人道的な実験を強《し》いていることも知らない。

たとえ知っても、彼らは心を動かしはしないだろう。青の王を得ることで自分たちの立場が強くなるのなら、喜びさえするかもしれない。

そして彼らは、現状自分たちがどれだけ危機的な状況にいるのかも、理解していない。ただ大義の名の下に剣を振るえる機会がやってきたことに、子供のように浮かれているだけだ。

塩津は苦々しい思いを抱きながらも、それを咎めるほどの気力も、迫る危機について語り聞かせる意欲も持ち合わせてはいなかった。

「総員招集し、陣形を組め。戦闘になった際に備えて、一般人をシャットアウトする準備をしておけ」

「了解」

双子は声をそろえて答えた。

†

バーを出ると、武装してたむろする仲間たちの姿があった。

「ご近所さんの迷惑にならんようにせえよー」

草薙は気の抜けた口調で声をかける。通りかかる人が、バットや鉄パイプなどを持ったガラの悪い少年たちを見て、ぎょっとした顔で避けていく。中には道を変える人々もいた。

草薙はうーむと腕組みをして辺りを見回す。

「通報されへんとええけどなぁー」

草薙は仲間たちの顔を一通り見回した。乗り込むメンバーはだいたいそろっている。

だがその中に足りない顔があって、草薙はメンバーたちと話している十束の方へ声をかけた。

「十束、伏見はまだ戻ってへんのか」

十束は顔を上げ、話をしていた連中に軽く手を上げると草薙の方に歩み寄ってくる。

「猿くんは、八田が様子見に行ったよ。もう来ると思うけど」

「そうか」

草薙は言って、あのひねくれた少年のことを思った。仲間に何かがあったときにフォローをする役回りの十束が、伏見に関しては「俺のフォローは嫌うよ」と言って手を出さなかった。

「あれは……どないなんやろな」

「何が？」

「伏見や。……だいたい、新しく入ってきた奴とすぐになじむお前が、今回はやけに手こずってるやんか」

十束は腕を組み、うーんと首を傾げた。

「猿くんはダメかもね！」

言うと、草薙は盛大に呆れた顔になる。

「おま……いきなりえらい否定の仕方したな！　びっくりするわ！」

「あ、ごめんごめん。別に猿くん自身をダメって言ったわけじゃなくてね。……ただ、入り込みづらいな、と思って」

「入り込む？」

「あの子の興味っていうか──執着って、すごい一点集中すぎてさ」

草薙は二秒ほど考え、困ったような曖昧な表情を浮かべた。

「……なんや、お前にしては遠慮がちなこと言うやん」

十束は苦笑しながら、遠くを見るように目を細めた。

「遠慮ってわけじゃないけど……そこまで執着できるものがあるなら、もうそれはそれでいいんじゃないかなって気がしてる」

「へえ？」

草薙が首を傾げ、納得と問いかけの中間のような声を出せば、十束は苦笑をいつもの屈託《くったく》のない笑顔に変えて草薙の方を見た。

「ま、それはそれとして、猿くんはおもしろい人だから、猿くんが嫌がらない程度には仲良くしたいけどね！」

色々と面倒なやっちゃな、と草薙は息とともに吐き出した。

ちょうどそのとき、噂をすれば、というように道の向こうから伏見と八田が連れ立ってやってきた。十束は軽く手を上げてそれを迎える。

「遅れてスンマセン！　もう出発します？」

駆け寄ってきた八田が、息を切らせながら言った。草薙が頷く。

「ああ。あとは、大将が戻れば——」

「そろったか」

背後から重低音の声が響いた。

振り返る。

吠舞羅の一団から少し離れたところに、周防が立っていた。

細身の獅子《しし》のような、身軽であるのに重々しい威圧感を持つ一人の男。

内側でくすぶる力がにじみ出るように、彼の体からほの赤い光が漏れていた。

周防が足を踏み出し、近づいてくる。周防の足と地面が触れあうと、ジッと低い音を立てて火花が爆《は》ぜた。

「気合い十分やなあ」

草薙がからかうように言えば、周防はふんと鼻を鳴らした。

吠舞羅の全員が口をつぐみ、周防の次の挙動を見守っていた。周防に向けられるいくつもの目は、期待と、高揚と、吠舞羅の誇りと、敵に対する怒りにギラギラと光っている。

「行くぞ」

周防が低く告げた。

吠舞羅の雄叫《おたけ》びが応えた。

インターバル

ドクン、と、大きく心臓が鳴った。

自分の心音が何かと同調しているのを、周防は感じた。

何と？

周防は、自分と外界の境界が曖昧になるような、奇妙な感覚を覚えていた。

さっきまで感じていた痛みが、切迫した命のやりとりの中に身を置く、肌がひりつくような生々しい生命の感覚が消えていき、唐突に、海に溶けるクラゲの死骸のように、自分が世界に溶けていくような感覚に陥る。

——キング？

——尊？

十束と草薙がいぶかしげに呼ぶ声が遠く聞こえた。

惚《ほう》けている場合じゃない。周防たちは今、袋小路に追い込まれていた。ぼんやりしていたら、待つのは死ばかりだろう。

脳は一応回って思考し、判断しているのだが、世界を認知する感覚は拡散したまま戻ってこない。

狂ったか？

と、意識とは乖離《かいり》した場所で回る脳が冷静にいぶかしんだ。

ドクン、と再び心音が響く。

心音がリンクしている。同じ鼓動を刻んでいる。

何と？

（〝石盤〟と）

自分の無意識が返したその答えに、周防は眉を寄せた。〝石盤〟とは何だ、と、やっぱり感覚とは別のところで回っている頭がそう考えたとき、周防の足下から地面が消失した。

周防は、真っ暗闇の中に浮いていた。

宇宙空間のような、上下左右果てのない暗闇。

こりゃ死んだかな、と周防は思った。

あの世ってやつなのか、それとも死に際に見ている夢のようなもの——いわゆる臨死体験ってやつなのか、そのどちらかだろうと考える。

心は妙に凪《な》いでいて、自分が死んだか死にそうになっているかとしか思えない状況下でも、不思議と焦りはなかった。

そのとき、周防の足下に、板状の岩が現れた。

表面に円形の迷路のような奇妙な文様が刻み込まれた、六畳ほどはありそうな大きさの平らな岩。

ドクン。周防の心臓が鳴った。その鼓動と連動するように、〝石盤〟の文様が一瞬輝きを発した。

ドクン。周防の心臓と、〝石盤〟が、同じ鼓動を刻む。

同調している。

鼓動を繰り返すにつれて、〝石盤〟に刻まれた文様が放つ光がどんどん増していった。強く、激しく。

ドクン、ドクン、ドクンドクンドクンドクン。

周防の鼓動の激しさが限界まで高まったとき、ふ、と文様の光が消えた。

だが次の瞬間、〝石盤〟の中心が一際強く輝き、そこから光があふれ出るように文様をなぞって光が走った。細い水路に勢いよく水を流し込んだように、赤い光は一気に文様の上を駆け抜け、激烈に輝く。

その赤い光は周防の体を呑み込んだ。

周防は、自分の体が〝石盤〟と一体になる感覚を覚えた。

周防の体の中に、マグマがわき上がった。その熱さ、激しさは、そうとしか譬《たと》えられない。

身を焼くような熱く激しい力の奔流に、周防の意識は真っ白になった。真っ白な意識の上に、様々な情報が流れ込んでくる。

それは、〝石盤〟の記憶とでもいうべきものだった。

〝石盤〟の力、〝石盤〟の記憶、〝石盤〟の意思。

〝石盤〟と周防の魂がリンクし——周防は、選ばれた。


周防が目を開くと同時に、周防の遥か頭上の空間が歪んだ。

光が爆ぜ、中から巨大な剣の形をした発光体が出現する。

「ガッ……！」

身の内で荒れ狂う力に翻弄《ほんろう》されて、周防は呻いた。直後、周防の体から赤い光を帯びた力があふれ出し、広がる。

周防の体からあふれた赤い光は炎となり、周りを舐めるように焼いた。

それでも、周防の中にある激しい熱は収まらず、今にも体を食い破りそうだった。抑えきれない力が、周防の足下をひび割れさせ、そのひびは放射状に広がった。

あふれ出る力を抑え込もうとすると、激しい頭痛に襲われた。

——抑えようとするから、しんどいんじゃないのか。

ふいに、誘惑を感じた。

このまま、この腹の中のマグマを解き放ってしまえば、これほど心地よいものはないんじゃないのか。

それは、甘い誘いだった。

その甘さにぐらつきそうになった瞬間、呼び声が周防の耳を打った。

「キング！」

十束の声だった。いつもマイペースに笑ってばかりいる奴にしては、必死な声だった。

周防は小さく舌打ちした。

――ああ、何がキングだ。テメェがバカな呼び名で呼ぶから、こんなことになっちまったじゃねぇか。

ゆっくりと、周防の力が収束していった。

体からにじみ出る赤い光だけはそのままに、周防はゆっくりと後ろを振り返る。

周防を中心として、アスファルトは深い亀裂を放射状に伸ばしていて、周りの建物は焼け焦げ、炎をくすぶらせている。

その惨状の中、十束と草薙は呆然と立ち尽くしていた。見たところ、二人とも特にケガはなさそうだった。

周防は、やけっぱちな笑みを浮かべた。

「……今から、ちょっとばかりバカみたいな話をするぜ？」

なんともいえない笑みを浮かべたまま投げやりな口調で言えば、草薙が呆気《あっけ》にとられた顔のまま、口元だけでどうにか笑った。

「いやぁー……もう十分、状況がバカみたいやからな……」

草薙は、立てた指を上空に向けた。

「お前、頭の上に剣出とるで」

草薙の引きつり気味ながらもおどけた口調に、周防は息だけで笑った。

「赤の王……なんか……？」

赤の王の都市伝説は、もちろん草薙も知っていたのだろう。周防も、十束から聞いていた。十束がその都市伝説をどれくらい本気にしていたのかは知らない。が、もし本当にそんなものが存在しうるならあんたは赤の王になるかもねと、冗談ともつかない口調で十束は言っていた。

周防は、〝石盤〟に授けられた知識と力について、何から話したらいいのかと少しの間考え、結局面倒になってやめた。

周防は目をつぶり、両手を軽く拳にして持ち上げた。

その両の拳に意識を集中させる。

〝石盤〟と魂をつなげ、力を授《さず》けられたように、周防は自分の中にあるマグマのような力とつながる炎を、両の手に生んだ。

ゆっくりと、その拳を開く。手の中に生んだ炎が、周防の手のひら全体を包み込む。

草薙と十束は、息を詰めてその光景を見つめていた。

周防は炎をまとう両の手を、二人の方に軽く差し出した。

皮肉げな笑みを浮かべて、何の説明もせずに、言う。

「どうする？　手を、取ってみるか」

こんなわけのわからない状況下で、二人は迷わなかった。ほとんど躊躇《ちゅうちょ》さえしなかった。


周防の炎を宿した右手と左手。

草薙は右手をつかみ、十束は左手をつかんだ。

草薙は大きな力を得て、十束は炎は身に宿したもののほとんど力は得なかった。

草薙は周防にとって理性ある剣となり、十束はともすれば力に引きずり込まれそうになる周防をつなぎ止める鎖となった。

それは、草薙と十束の資質の違いだったのか、それとも周防の意識や無意識が関わっていたのかはわからない。


赤の王と、二人のクランズマン。

それが、赤のクランの一番最初の形だった。

5

赤の王

この国の中枢である七釜戸。

整然と並ぶ大きな建物と、計画的に整えられた緑が計算されたバランスで配置されている街。

そこを、赤い光をまとうギャングたちが歩いていく。

第三王権者、周防尊が率いる赤のクラン――吠舞羅の一行だ。

先頭を行くのは、獅子のような男。

スーツに身を包んだ通行人たちが、ぎょっとした様子で彼らに視線をやり、そそくさと道をあける。

だが、目的地に近づくにつれ、そのような通行人も見かけなくなっていった。昼下がりの七釜戸で、こんなにも人気がないのはめずらしい――というよりも、異様な状況だった。

すでに、周防がクランズマンを連れてセンターに向かっていることは知れているのだろう。これは、向こうのお膳立《ぜんだ》てだ。

管理者を自任する黄金のクランが、〝王〟や〝石盤〟と無縁の世間を巻き込むわけにはいかない。

清潔そうな白い建物の前で、周防たちは足を止めた。

七釜戸化学療法研究センター、という看板が掲げられた門の内側で、十数人の青のクランズマンたちが背後の建物を守るように立っているのが見える。

青い制服に身を包み、サーベルを佩《は》いた、王を失った臣下たち。

建物の周りには、結界が張られていた。青い光を帯びたエネルギーを編み上げるようにして、鉄条網《てつじょうもう》のような壁が作られている。

センターの正面にあるのは、一般人が多くいる病院だ。結界は吠舞羅の侵入を防ぐためというより、戦いになった際にその余波から病院を守るためのものだろう。

センターの門の前に立った周防の姿に、正面を守っている青のクランズマンたちの間に緊張が走るのが、はっきりと見てとれた。

「と、止まれ！」

青のクランズマンの中から、一人が声をあげた。が、完全に及び腰で、声もうわずっている。

吠舞羅の一行は、言われる前にすでに止まっていた。声をあげた青のクランズマンは、自分たちでは対処できない王とその軍勢を前に、完全に浮き足立っているようだった。

周防はふんと鼻を鳴らして、センターの敷地内に足を踏み入れる。

「ここから先は黄金のクランの属領だ！　赤の王よ！　これは一二〇《ヒトフタマル》協定違反である！」

さきほどの青服が必死に声を張りあげたが、周防は耳にさえ入らなかったような様子で歩みを進めていく。

病院の入り口へは目もくれず、中庭の方へと向かう。正面で待機している青のクランズマンの数がまったく足りていないことから見て、向こうも周防たちが病院側から正面突破してくる可能性はさほど考慮していないのだろう。

センターの中枢――ストレインの研究施設の方に直接乗り込む。

病院側は、主に能力者によって負傷させられたり、なんらかの疾患《しっかん》を負わされたりした者たちを治療する（その疾患がめずらしいものであれば、同時に研究も行われる）場所である。おそらく、昨夜アンナの力の漏洩によって負傷した人々もここで治療を受けているはずだ。彼らは綺麗に負傷の痕を消され、必要とあらば招請《しょうせい》した〝ウサギ〟によって、その記憶をぼかされる。

また、病院はセンターに収容されるストレインに家族がいた場合、彼らに対するカモフラージュの役目も負っている。今まで穂波も、アンナの見舞いに来た際には病院側でアンナと面会していたはずだ。

今は、そちらの「表側」には用はない。

周防たちは、「裏側」を目指して歩を進める。

「表側」と「裏側」の境。中庭に踏み込むと、そこには青のクランズマンたちが隊列を組んでいた。

その最前列には、あの青の双子がいた。

八田が舌打ちと共に抱えていたスケボーを足下に落として踏みつけ、今にも爆発しそうな闘争心をなだめるように、バットで自分の肩をぽんぽんと軽く叩く。

双子は赤の王を前にしても、白々とした表情を崩さなかった。

「赤の王、および赤のクランズマン。最終勧告だ」

双子の片方、黒髪の湊速人が言った。

「王とはいえ、手順も踏まずに他のクランの属領を侵すことは許されない。お引き取り願う」

双子のもう一方、茶髪の湊秋人が言った。

双子の淡々とした勧告に、周防は彼らを一瞥して、面倒くさげに口を開く。

「……身内を引き取りに来た」

「櫛名アンナのことを言っているのか」

速人が言った。周防は答えなかったが、その無言の間だけで、十分な返答だった。

速人が続ける。

「彼女は能力のコントロールができずに多くの人間を傷つけたストレインだ。櫛名アンナの保護と教育の義務は、このセンターにある」

「身内と言ったが、櫛名アンナは赤のクランズマンではないはずだ。貴公の出るところではない」

双子は声だけは高らかながら、やはり平坦な口調で告げる。

八田は少しだけ感心した。今すぐにぶちのめしたい、いけ好かない野郎どもには変わりないが、小者のくせに周防を前にして怯えを見せずにしゃべる姿だけは評価してやってもいいと思った。

「尊さん、いいっすよね？」

八田は逸《はや》る気持ちを抑えながら、周防を見上げた。周防は口元だけでわずかに笑う。そのわずかな、けれど不敵な笑み一つで、八田の体の内にある炎が勇み立つようにふくらんだ。

「ああ」

周防の短い許しの言葉に、八田は好戦的な、ギラギラした笑みで双子を睨んだ。八田の持つバットに熱が伝わり、炎をまとう。

「ご託並べてねぇで、とっとと始めようぜ！」

待ちきれない熱をはらんだ八田の言葉に、双子はふんと鼻を鳴らした。八田の隣では、伏見が接近戦用のナイフを抜く。

双子は、同時にサーベルの柄《つか》に手を掛けた。細い二対の目が吠舞羅を見据え、声をそろえて高らかに告げる。

「総員、抜刀！」

双子の後ろに控えていた青のクランズマンたちが、一斉にサーベルを抜いた。鞘と刃が擦《す》れ合う硬質な音が中庭に鳴り響く。

周防は低い声で告げた。

「燃やせ」

その声に応えて、真っ先に天に向かって拳を突き上げたのは八田だった。間髪《かんはつ》容《い》れずに、他の赤の面々も高く拳を上げる。

「No blood! No bone! No ash!」

吠舞羅たちの声が一つにそろった。

それを開戦の合図に、八田は地を蹴った。

八田のスケボーが飛ぶ。

高く、高く。

周防からもらった力、吠舞羅の証である赤い光を帯びたスケボーのウィールが炎をまとい、その炎の穂先が長くたなびいて軌跡を描いた。

スケボーの底面に描いたチーム吠舞羅のマークが、青のクランズマンたちの頭上で太陽の光を背にして光る。

青のクランの隊列のただ中に、八田のスケボーが斬り込みを入れるように飛び込んだ。

受けたのは、双子の片方、湊速人だった。

速人の剣が八田のスケボーを受け止め、弾いた。

そう来るだろうとは踏んでいた。八田は口の端だけで不敵に笑いながら、くるりと宙で身をひねり、隊列を組む青の連中にすばやく視線を走らせる。

八田の嗅覚で感じ取れる限り、今ここにいる青の連中の中でやるのはこの双子くらいだ。だったら、こいつらを引き受けるのは自分の役目だ。

八田はひゅんとバットの感触を手になじませるように一振りすると、大きく振りかぶった。

八田の手から赤い力がバットに移り、輝く。振り抜かれたバットを速人がかわし、速人が振るった刀を八田はバットで弾いた。

後ろから、別の殺気が八田を刺した。三度目ともなれば、八田ももう微塵《みじん》も慌てなかった。振り向くこともせず、八田はただ叫ぶ。

「猿比古！」

八田の背後で、金属がぶつかり合う硬質な音と、激しい舌打ちが聞こえた。

伏見が双子のもう一方、秋人のサーベルをナイフで受け止めていた。伏見は苛立たしげな顔でもう一つ舌打ちをすると、ナイフを相手の刃にすべらせた。赤と青のオーラがせめぎ合い、激しい摩《ま》擦《さつ》を起こしながら弾く。

勢いで伏見は後ろにたたらを踏み、八田の背中にぶつかった。そのことで伏見は三度目の舌打ちをする。

「……命令すんな、美咲」

「下の名前で呼ぶなっつってんだろ！　命令なんかしてねーよ、仲間を呼んだだけだろ」

仲間、と、伏見がぼそりと低い声で繰り返した。八田は気にせず、背中は伏見に任せて目の前の速人にだけ意識を向けながら、鎌本の方へ声をかけた。

「こいつらは引き受けた！」

鎌本はすぐに八田の意図を汲《く》んだ。

「突っ込め！　道を作るぞ！」

鎌本は言いながら走り、青のクランズマン二人に両腕で同時にラリアットをかました。まともに食らった二人の青服は、刈《か》り取られるように景気よく後ろに吹っ飛び倒れる。

鎌本の声に応えて雄叫びを上げながら、吠舞羅メンバーたちが続いた。センターを守って隊列を組む青のクランズマンたちの陣形の真ん中に穴をあけようと、吠舞羅たちは一点集中の攻撃を仕掛ける。

八田は鋭く振り下ろされる速人の太刀《たち》を避け、バットで攻撃を弾き、スケボーで身軽に宙を舞って、速人を青の隊列から外れさせるよう誘導した。伏見も同様に——というよりは双子がお互いの距離を一定以上あけないようにしているのかもしれないが——秋人を隊列の中心から引き離す。

「湊兄弟！　隊列を崩すな！」

年かさの青のクランズマンが吠舞羅の一人と交戦しながら、半ば助けを求めるような口調で命じたが、双子はそちらをかえりみもしなかった。

双子の目は、表情の冷ややかさとは裏腹に、ギラギラと熱を持って光っていた。体中から殺気をみなぎらせ、アリを潰すことに夢中になる子供の純粋な残酷さを彷彿とさせる目つきで剣を振るい、八田の、伏見の動きを追ってくる。

八田のスケボーが舞い、空中から渾身《こんしん》の力を込めて振り下ろしたバットを、速人が受ける。腰を落として、少し苦しげに踏ん張ってから、横に流すように弾いた。八田に押された一瞬でさえ、速人の目には輝きがあった。

「八田って言ったっけ」

速人が言った。

「おうよ！　吠舞羅の八田——通称、ヤタガラスだ！」

ギィン！　と激しい音を立てて八田のバットと速人の剣が打ち合った。

ほぼ時を同じくして、吠舞羅のメンバーが青の陣形を真ん中から割った。

乱戦状態ではありながらも、その中心に、中庭からセンターの研究棟へ続く道ができた。

それまで退屈そうに両手をポケットに突っ込んだ状態で立っていた周防が、動いた。

足を一歩前に踏み出す。

それだけのことが、その場にいる全員の気持ちを揺らした。

吠舞羅の面々にとっては、自分たちの王が動き出したことに対する高揚感と、彼が歩む道を守っているのだという誇りに。

青のクランズマンたちにとっては、敵《かな》いようのない敵が動き出した恐怖感と、自分たちの責務が果たせないことへの焦りに。

そのどちらの気持ちの揺れにも一切頓着《とんちゃく》せず、周防はただ悠々《ゆうゆう》と歩を進める。そのあとを、草薙と十束が続いた。

「た、隊列を組み直せ！　中心を守れ！」

「賊《ぞく》の侵入を許すな！」

「うるせえ！」

「尊さんの歩みの邪魔はさせねぇよ！」

青と赤のそれぞれの怒号が混ざり合い、さらに混戦状態が深まっていく。

そんな中にあって、八田と伏見が相対する双子には、微塵の動揺も焦りも見られなかった。

彼らは、動き出した赤の王の方に意識をやることもなく、ただ目の前の戦闘にのみ夢中になっていた。

何度目かの打ち合いの末、それぞれバラバラに八田、伏見と戦闘していた湊兄弟は、同時に間合いを取って跳《と》び退《すさ》り、ぴたりと隣り合った位置に着地した。

「……お前ら、自分たちの仕事はしないでいいのかよ」

片足を地面に、もう片足をスケボーにのせ、バットを持った右手をだらりと下げて、八田は眉を寄せて言った。

伏見は右手にやや大ぶりのナイフを持ち、左手には投擲《とうてき》用の細いナイフを二本構えて、八田の横に立つ。

吠舞羅をセンター内へ入れないようにすることが、セプター4の役目のはずだ。だがこの双子は、その職務にほとんど興味を示していない様子だった。

「目の前の敵を斬る」

「それが僕らの仕事さ」

双子がセリフを分かち合って言った。

この場にいる中では一番力があるであろうこの双子は、本来なら指揮を執《と》って――あるいは指揮に長《た》けた者の命に従って先頭に立ち、セプター4の得意とする統制の取れた防衛戦、足止め戦をするはずだろう。

それなのにこの双子は、自分の目の前の戦いしか見ていない。

上等だ。八田はふんと鼻を鳴らした。

「いいぜ、とことんやってやろうじゃねーか！」

「頭に血のぼらせるなよ？」

高らかに言った八田に伏見が冷ややかに水を差すのとほぼ同時に、センターの入り口が破壊される音が響いた。

†

「第三王権者周防尊、センター内に侵入しました！」

その知らせに、御槌は常に浮かべている微笑を一瞬凍らせた。

覚悟はしていたことだったが、それでも心臓の辺りが焦りにじりじりとくすぶるのを感じる。

御槌は少しの間黙って目をつぶり、その感覚を受け入れた。

それでも、あとに引く気はない。この『可能性』を手放す気はない。

――そう、『可能性』だ。それは破滅と天秤《てんびん》にかける価値のあるものだ。

御槌はゆっくりと目を開け、アンナに視線を移した。人形のような少女は、青ざめた顔で御槌を見上げている。

「助けを待つ姫の気分かね？」

御槌の言葉に、アンナは激しく首を横に振った。

「助けられたいなんて、思ってない」

アンナの言葉に、御槌は常に顔面に貼りつけるようにしていた薄い笑みを深くした。

「君の叔母のことだが」

アンナは小さく肩を震わせた。

「君は彼女を守るんだろう？」

アンナはガラス玉のような目に怯えた色をよぎらせて御槌を見上げ、頷いた。

「だったら、君は急がなければならない。王を止められるのは王のみだ」

急がなければならない。アンナは、一刻も早く青の王にならなければならない。

御槌はアンナの髪にそっと触れた。水のように冷たく、さらさらした髪。

「心の痛み、体の痛み――追い詰められるほどに、君は力を増していく。今ならきっと、君は〝石盤〟に到達できるはずだ」

もう一度だ。と御槌はささやくように言った。

「時間は稼ごう。だが、赤の王を止められるのは君だけだ。……忘れないでくれたまえよ。君は救われるのを待つ姫じゃない。大事な叔母を守る役目を持つ騎士であり、王の器を持つ人間だ」

これは賭《か》けだ、と御槌は思った。

赤の王がここまで到達してしまうにしても、その前に〝ウサギ〟らの介入があったとしても、どちらにしても御槌にとっては身の破滅につながる。

だが、そんな危険を冒《おか》してでも、御槌はアンナを、〝石盤〟を、諦めきれなかった。

御槌が黄金のクランズマンとなってから十余年の時が流れている。

黄金の王は、人の中に眠る『黄金』を見つける――つまり、人の『才』を見出す目を持つ。

黄金のクランズマンになる〝インスタレーション〟では、その『才』が最大限まで引き出され、開花させられる。

御槌は黄金のクランズマンになる〝インスタレーション〟で異能を得た。それは、回復・再生の能力だ。

力に目覚めたとき、それまで研究医をしていた御槌は、人を治すことは自分の天職だったのだと思った。けれどそれは最初だけだ。

黄金の傘下の病院で働きながら、御槌はすぐに不満を覚えた。本当にこれが自分のすべてなのかという、やり場のない鬱屈がふくらみ続けた。

自らの『才』の最大限までの開花――それは自分の限界を見せつけられることであり、『可能性』の否定でもあった。

黄金の王は『運命』の象徴なのだと、クランズマンの仲間が言っていたことがある。

そいつは、黄金の王に引き出された自分の『才』に満足し、その『才』を使って黄金のクランのために、ひいてはこの国のために尽くそうと思い決めている、おめでたい奴だった。

御槌は、そいつに同調はできなかった。

黄金の王によって自分の運命を、生き方を決めつけられたような気がして、漠然と思い描いていた夢や野望を丸ごと否定されたような気がして、御槌の中で静かに鬱屈は積み重なった。

そんなときだ。迦具都クレーターの事件が起きたのは。

御槌は当時の赤の王、迦具都玄示のダモクレスの剣が堕ちるのを、安全圏ギリギリから確認した。

凄まじかった。

赤い光が炸裂したかと思うと、とんでもない熱波が押し寄せてきて、広大な大地が焼き尽くされた。

何が起きたのか、御槌には一瞬わからなかった。それが、王の力の暴発なのだと——ヴァイスマン偏差が限界を超え、ダモクレスの剣が堕ちてしまうことなのだと理解するまで、しばらくの時を要した。

真っ先に感じたのは恐怖よりも、憧れだった。

たった一人の人間に、これほどの力が宿りうるのだという事実に、全身が震えるほどの憧れを感じた。

〝石盤〟という謎の、途方もない力を秘める物体に、狂おしい魅力を覚え、激しい興味を抱いた。

ドレスデン石盤。

王を生み出す〝石盤〟。人類の歴史を変えうる力を持つもの。

御槌は〝石盤〟への思いを胸に抱えたまま、黄金のクランズマンとして身を粉《こ》にして働き、センター所長の座へ上り詰めた。

〝石盤〟のなんらかの作用によって生まれるストレインを研究することで、〝石盤〟の神秘に一歩でも近づこうとした。

〝石盤〟は、黄金の王自らが守っている。いかに黄金のクランズマンといえども、〝石盤〟を実際にできる機会などそうそうない。

だが今、御槌の手には高度な感応能力を持つストレインがいる。

彼女の力なら、〝石盤〟に接触することができるかもしれない。『王を作る』ことも可能かもしれない。

御槌は、その答えがどうしても知りたかった。

現状、御槌の進退は窮《きわ》まっている。

〝ウサギ〟に隠れて、センターの所長の立場を利用して非人道的な実験をしていたことが明るみに出れば、御槌の処分は免《まぬか》れないだろう。

だが、アンナを王にする計画が実現すれば、御槌は〝石盤〟の神秘に近づける。そのまま青のクランズマンになってしまってもいい。黄金の力に加え、青の力も手にすることができる上、黄金の王も自分のクランズマンとして御槌を処断はできなくなる。その後は、青の王となったアンナの後ろで、彼女を操ればいい。

とにかく、今ここが正念場だ。

御槌は、アンナに再び〝石盤〟との感応を試みることを命じ、研究員たちにアンナの監視と、必要とあらばその『手助け』を施すことを指示してアンナ専用の実験室を出た。

部屋の外には、塩津が控えていた。相変わらずのおもしろみのない仏頂《ぶっちょう》面《づら》で、本来はかっちりしている青の制服をよれよれとだらしなく着ている。

この男、態度がいいとは言いがたく、意欲も低いのだが、言われた仕事は力の及ぶ範囲できちんとこなすし、腕も立つ。警備員としてはなかなかに重宝《ちょうほう》していた。

「塩津君。一緒に来たまえ」

声をかけると、塩津はだるそうな動きで御槌のあとをついてくる。確かまだ四十をいくつか過ぎた程度の歳だったはずだが、老人のような雰囲気を漂わせていた。

「どこに？」

塩津が覇気のない声で訊いてきた。

「隔離Bフロアだ」

御槌の短い返答に、塩津の眉がぴくりと動いた。

隔離Bフロア。そこは、危険度の高いストレインの中でも、凶悪な犯罪に手を染めて拘束されたストレインたちが収容されているフロアだ。

昔は、罪を犯したストレインを収容するのはセプター4にある拘置所《こうちしょ》だったのだが、青の王不在で弱体化の一途をたどるセプター4にその役目を負わせることに不安が出てきたことを理由に、御槌はそのようなストレインをすべてセンターで預かることにしていた。

凶悪な罪を犯したストレインは、往々にして強い能力を保持している。アンナほど興趣《きょうしゅ》をそそられるものではなかったが、彼らも御槌にとって興味深い研究対象となっていた。

このセンターの研究棟側は、外から見て取れるよりも大きい。

地上は通常の研究室や、問題のないストレインたちが検査期間中滞在するための宿泊施設となっている。

だがセンターは、地下にも深く伸びていた。地下は地上の施設とは完全に切り離されている。アンナの実験室があるこの階は、その最下層に位置していた。この上の階が、隔離Bフロアだ。

「一体なんの用事です」

「赤の王の足止めの準備だよ」

廊下を足早に歩きながら言う。頭の中ではこれから取るべき行動についてのシミュレーションが組み上げられ、もはや側を歩く塩津のことなど頭にも入らなかった。

†

苦々しい気分で、塩津は御槌の半歩後ろに付き従っていた。

自分の興味と私欲のために子供を追い込み、今度は凶悪犯のストレインを使おうとしている。おそらく取引を持ちかける気なのだろう。これからここに来る男を倒すことができたら自由の身にしてやるとでも言って、赤の王にぶつけるつもりか。

この男は、破滅に向かっている。

塩津は御槌の横顔を眺めながら思った。

――いいや、破滅するべきなのだ。

この男の野望が叶《かな》い、哀れな子供が王になり、この男と、ついでに自分たちセプター4の首の皮がつながる事態は、きっと目を覆うような悲劇だ。

そう考えながらも、塩津の体の中には、この男を止めるために自分が動くような気概はどこにもなかった。

逆らわず、考えず、命じられるまま動く。そのような習性は、一体いつからついてしまったのだろう。

一瞬考え、けれどすぐに思考を打ち切って、塩津は深くしわの刻まれた眉間にさらに力を入れて、目を閉じた。

†

双子がバラバラに戦うのをやめ、彼ら本来の——二人で一人を狙う戦法に戻ってから、彼らの強さはぐんと増した。

双子は、伏見に対してはその攻撃を受け流すだけにとどまり、執拗《しつよう》に八田一人を狙った。黒髪の速人のサーベルが、八田の腹をめがけて鋭く振り抜かれる。八田がバットで速人の攻撃を受け流すと、生じた死角を狙って茶髪の秋人が八田の首筋を狙いサーベルを振り下ろす。首と肩の皮膚を浅く切り裂かれながらもその太刀筋をどうにかかいくぐり、反撃に転じようとした八田の背中を、速人が斬りつけようとする。

伏見が赤く力を帯びたナイフを振るって、八田の背中を狙った速人のサーベルを弾き、投げナイフで牽制《けんせい》した。

速人は飛来するナイフをサーベルで弾き間合いをあけるが、意識の大半は伏見ではなく八田の方に向けられている。

「こいつら……本当に青服かよ」

八田は肩で息をしながら青服たちを睨んだ。いくつか負った浅い手傷がちりちりと鬱陶しく痛み、血がにじみ出てくる。

ふふ、と双子が声を漏らして笑う。艶然《えんぜん》と、と表現してもいいような、淡泊《たんぱく》な顔の造作に似合わぬとろけるような笑みだった。

「今さら何を言っているの」

「僕らはセプター4さ」

「法を犯すものを裁く」

「大義の下の番人だよ」

ケッ、と八田は吐き捨てた。

白々しい。バカバカしい。

もちろん、こいつらが青のクランズマンであることはわかっている。

が、こいつらは本人たちが嘯《うそぶ》くような、大義のために動く人間じゃない。

いやそもそも、そういう意味では今この場にいる青のクランズマンたちのほとんどが、〝大義〟などというごたいそうなものは抱えてない。

吠舞羅の面々と交戦する青のクランズマンたちの目を見ればわかる。彼らの目には、およそ熱というものがなかった。

彼らは防御や制御に長けた青の力を駆使し、周囲に青い結界を張り巡らせて、自らを炎や打撃から守りながら相手を制圧せんとしている。だがそれは作業的な、マニュアル通りの戦いだった。彼らには覇気がない。まなざしに光もない。統率が取れていると言えば聞こえはいいが、彼らは単に仕事としての義務感で戦っているのが八田の目にも透けて見えた。

吠舞羅とセプター4の戦いの趨勢《すうせい》は今のところは互角に見えるが、向こうの剣が鋭かろうと、その技術が少々高かろうと、吠舞羅が負ける気はしない。

だがそんな中にあって、八田と伏見の前に立つこの双子は異色だった。

双子を動かしているのは、大義ではない。かといって、仕事としての義務感でもない。

遊んでいる、というのが一番近いのかもしれない。

目を輝かせ、八田を狙う彼らの剣は、制圧を目的としていない。自分の力を玩具《おもちゃ》のように振りかざし、見せびらかしている。まるで子供だ。そしてたちの悪いことに、彼らが振りかざす玩具はとても凶悪だった。

彼らの攻撃にさらされながらも、八田は致命的な手傷は負っていない。が、小さなダメージは積み重なり、八田はゆっくりと消耗していた。

首筋から鎖骨へと、くすぐるようにゆるりと垂れてくる血を、八田は鬱陶しげにぐいと拭った。

もう少し深く受けていれば確実に命に関わったであろう場所の傷。クランズマンになりたてで戦闘経験も少ない八田は、その事実を再確認して、すっと肝が冷える心地がした。腕にうっすらと鳥肌が立つ。

「どうしたの？」

「考えごとなんてしてる余裕ないでしょ？」

順番に言うと同時に、双子は跳んだ。

次の瞬間、速人は八田の目前に降り立ち剣を一閃《いっせん》する。片足を引いてぎりぎりでかわすと同時に、八田は背後でギン、という金属音を聞いた。

一人が正面から攻撃すると同時に、もう一人が八田の背後を狙ったことも、そうして伏見がその攻撃を妨げたことも、気配だけで察知する。

一瞬の間もおかず、八田は深く曲げた膝のバネで弾くように飛び出し、金属バットに炎の力を込めて、速人の横面めがけて振り抜いた。

相手は剣を空振った直後で隙が生まれている。相方の秋人はまだ伏見に阻まれていてフォローは間に合わない。

だが速人の反射神経も尋常ではなかった。振り抜きかけた剣を瞬時に返すと、八田のバットを鍔《つば》で受けた。

再び金属音が響く。

刃も鍔も持たないバットで相手の剣と鍔迫り合いする愚を避けて、八田は一呼吸強く押すと、その反動を利用して跳び退った。

速人は感心するように口角を持ち上げた。『少しはやるじゃないか』と褒めるような顔つきで、八田はその顔を見たとたん、かっと頭に血が上るのを感じた。

――こいつは自分が勝てると確信してやがる。

速人の表情には焦りも恐れもなかった。むしろ妙に嬉しげに、まるで獲物の前で舌なめずりする獣のように八田を見ている。

「八田」

伏見が呼んだ。

八田が嫌がる下の名前呼びではない。真面目な口調の、真面目な呼び方だった。

「このままじゃキリがない。こっちも二人で一人を狙う」

押し殺した声で告げられた言葉に、八田は目を剝《む》いた。

「冗談じゃねえよ！　んな卑怯なマネできっか！」

噛みつくと、伏見が苛立った顔で八田を睨んだ。

「さっきからお前を庇ってやるためにしか動けてないんだよ。いい加減、イライラする」

そう言った伏見の声は平坦ながらも、その底に獰猛な響きがあった。八田でさえ一瞬怯むくらいの。伏見は真剣に苛立っている。

八田はむやみに吠えるのをやめ、ぎゅっと表情を引き締めた。

「……それでもオレは、卑怯な戦い方はしねぇ」

伏見はきつく八田を睨んだ。八田はその視線を正面から跳ね返し、双子の方を見る。

「オレはな、サル。こんな誇りもクソもねぇ奴らは、真っ向からぶちのめしてやらねーと気がすまねえんだ」

八田はわざと双子たちによく聞こえる声量で言った。

双子はぴくりと眉を動かす。

「誇りがない？　どういう意味さ」

「僕らの戦い方が卑怯だから勝てないって言い訳でもするの？」

八田はハッと馬鹿にするように笑った。

「ちげーよ。テメェらのやり口をとやかく言う気はねぇ」

八田は三白眼《さんぱくがん》気味の目をさらに鋭くして、双子を見据えた。

この双子と初めて会ったときからずっと感じていた苛立ち。

こいつらだって、王に惹かれ、選ばれ、力を授けられたはずなのに、他の王のクランズマンなんぞにいいように使われている。しかも、その状況の中、玩具を振り回すように、かつて王にもらった力を振り回している。

八田の力は、周防にもらったものだ。この力は八田の誇りで、周防のために使うものだ。

八田はきつく双子を睨んだ。

「ただ、王にもらった力を誇りもなく、遊びみてぇに振りかざすテメェらが胸くそわりぃだけだよ！」

「お前に何がわかる」

秋人が、淡泊そうな顔に似合わない、獣の唸り声のような声を出した。

黒い髪をした湊速人と、茶の髪をした湊秋人。見分ける術《すべ》はその髪の色の違いくらいしかないほどによく似た双子は、セプター4の制服に包まれた体から、青い光を湯気のように激しく立ちのぼらせた。

クランズマンとしての力を高ぶらせたときに起こる現象だ。今や双子の体は、青い炎の中にあるように見えた。

「背中は任せるぞ」

八田は双子を見据えたまま伏見に言った。伏見が何か言い返したそうな様子を見せたがそれには構わず、八田は両手を広げて自分の中で力を練り上げる。

体内に宿る炎。それを一際燃え立たせ、けれどむやみに暴れさせあふれさせるのではなく、炎の槍《やり》を編み上げるように、力を一箇所に集め、引き絞り、鋭敏化させていくイメージ。高まった八田の体から、双子たちと同様に、王の色を帯びた光が激しくわき上がった。

八田の光の色は、周防の赤。

左の鎖骨に刻まれている吠舞羅の証が、周防のクランズマンであることの〝徴《しるし》〟が、八田の誇りが、熱を持つのを感じた。

†

伏見はこめかみを締めつけるような頭痛に顔をしかめた。イライラする。奥歯を強く噛みしめる。

目標以外のものを受け流すことに長けた双子の剣術は、伏見の攻撃をことごとく防いでは流し、八田の方ばかりに意識を集中している。双子の注意を一瞬以上自分の方に引きつけられないことに、伏見は大きなストレスを感じていた。

双子ゆえの以心伝心なのか、それとも長い年月を二人で戦ってきたゆえにその呼吸のすべてを把握しているのか、彼らには伏見と八田の間には決して存在しえない完璧な連携があった。

顔が似ているばかりじゃない。ただの双子とは違う。どういう事情があったのかは知らないが、先代の青の王の生前にクランズマンになったのなら、かなり子供のときから力を持っていたことになる。おそらくずっと側にいて、ともに戦い、二人だけで様々なものを共有してきたのだろう。

こいつらの世界は、二人だけで完結している。

付け焼き刃の連携がこいつらに敵うわけはないのだ。

伏見は自分を苛《さいな》む、痛みを伴うほどの苛立ちの中に羨望《せんぼう》めいたものが含まれているのを感じて、吐き気を覚えた。

彼らは自分たちの世界を寸分違《たが》わず共有しているのだ。彼らの快も、不快も、矜持《きょうじ》も、思いも、思い出も——彼らの中では共有されている。少しのずれもなく、確かに。

——だからなんだ。

八田が語る、王に力をもらったことへの誇り、王への心酔は、伏見にとって力を振りかざして喜ぶ双子の自己陶酔と大差ないくらいに遠い。どっちもどっちだとさえ思う。

伏見の出口のない苛立ちをよそに、真っ直ぐ双子を睨む八田の体に、力が充溢《じゅういつ》した。

赤く、赤く、赤く。あの人にもらった力の色に、八田の全身が包まれる。

八田は自分の襟元をぐいと引き下げて、吠舞羅の〝徴〟を見せつけた。

「吠舞羅の誇りにかけて、テメェらはオレが倒す！」

――ああ、イライラする。

八田の左足が強く地面を蹴った。スケボーが一直線に双子の方へと突進する。

八田の体を包む赤い輝きが渦を巻き、炎となった。

火球と化した八田は、スケボーで跳躍した。空気を切り裂き、八田がまとう炎がたなびく。

たなびいた炎が、ちょうど羽のように見えた。八田が自分でつけたバカバカしい二つ名である
ヤタガラスがふさわしく思えてしまうような、空を舞う一羽の大ガラスとなる。

八田と同様に力を限界まで高めて体に充溢させていた双子だったが、それでもこの八田と正面
から打ち合うことは避けた。

真ん中に飛び込んできた八田をよけて左右に跳び退る。

着地した八田はスケボーのウィールで地面を削りながら体を反転させ、速人の方へ迫った。

その八田の背後を、秋人が狙う。伏見は舌打ちしながらも、八田の背を守るように秋人の剣を
受けた。

伏見のナイフと、秋人のサーベルがぶつかり合い、青と赤の光がせめぎ合う。伏見はぐるりと
手首をひねってサーベルを受け流し、後方に跳ぶと同時に投擲用のナイフを投げた。

隙を突いたつもりだったが、秋人は返す刀でそれを弾く。

「う、おおおおおおおおお！」

腹の底から練り上げられた気合いの声とともに、一個の火の玉となった八田が速人に迫った。

速人の表情に、初めて焦りが浮いた。

振り抜かれた八田のバットを、速人はギリギリで避ける。速人の身からあふれていた力の印である青の光が、八田の炎に包まれたバットでえぐり取られた。打ち消し合ったのではない。えぐり取られた。速人の力を、八田が上回っている。

秋人が顔色を変え、速人のフォローに回ろうとした。秋人の方に無防備にさらされた八田の背中に向かって走り、サーベルを振りかぶる。

伏見は再びナイフを投げつけようとして——強く舌打ちする。

隠し持っていた投擲用ナイフは、さっき使ったもので最後だった。

八田のバットと速人のサーベルが打ち合う。八田の力が押している。速人の青の光が圧迫されるように小さくなる。だがその八田の背を秋人が狙う。

一瞬のうちに、伏見の目と頭はせわしなく動き、計算した。

秋人と間合いを取ってしまったのがまずかった。追っても、伏見が秋人を捉えるより、秋人が八田の背を斬りつける方が早いだろう。それも、余裕をかなぐり捨てた秋人の様子を見るに、首筋から一刀のもとに切り捨てる気に違いない。

なのに八田は、自分が相対している速人のことしか見ていない。双子の戦法は知っているくせに、二人がかりで自分が狙われていることは承知しているくせに、秋人の方に注意を払おうとまったくしていない。

人の意見も聞かないそんな一言で、無防備に、手放しに、自分を信頼して。

伏見がしくじる可能性も、守ってくれない可能性も、一切考慮しないで。

(背中は任せるぞ)

苛立たしさに、またひどく頭が痛んだ。

伏見は右手に握っていた接近戦用のナイフを振りかぶった。

これを手放してしまえば伏見は丸腰になるが、秋人がナイフを弾く隙に間合いは詰められるはずだ。徒手空拳とサーベルでは分が悪いが、やってやれないことはない。

伏見の力をのせたナイフが、ヒュッと空気を裂く音とともに飛んだ。

だが、秋人はそれを打ち落とすために振り返ろうとも、避けようともしなかった。

ドッ、と、秋人の右肩に伏見のナイフが刺さった。

飛来するナイフに気づかなかったわけではないはずだ。現に、秋人は肩にナイフを受け、一瞬よろめいたが負傷した場所を押さえることもしなかった。

右肩にナイフを生やしながらもサーベルを持つ手を左手で支え、両手で力一杯サーベルを振りかぶった。

青い光を帯びたその刃が狙うのは、無防備にさらされた八田の背中。

伏見の全身がぞっと冷えた。

とっさに、秋人の肩に刺さったままのナイフに目を留める。まだ、ナイフは伏見の力をうっすらと帯びたままで、ほのかに赤く光っていた。

まだ、伏見と、あのナイフはつながっている。

自分の体内に宿る周防尊のクランズマンとしての力。伏見はそれを、力を移したナイフに全力で注ぎ込んだ。

目の奥が痛むほどの集中でもって注ぎ込んだ力は、秋人の肩に刺さったナイフを赤く焼いて弾けた。

それでも、速人を救うがために最後まで秋人は攻撃の意思を崩さなかった。が、肩に刺さって弾けた伏見の力に、さすがに支えきることができなくなり両手からサーベルが抜け落ちる。

秋人が崩れ倒れるのと、八田が数度の打ち合いの末、力を削られよろめいて隙を作った速人の二の腕にバットを打ち当てるのはほぼ同時だった。

速人は力ののった八田の一撃をまともに受けて、吹き飛んだ。

八田も、加減のない全力の力の放出のせいで、苦しげに肩で息をしていた。全身を包んでいた炎が緩み、力の証である赤い光が弱くなる。

吹き飛んで倒れた速人は、右肩をボロボロにして倒れ伏している秋人を見て、顔色を変えた。

「あ、あ……」

呻くような声を漏らし、細い目を見開いて、呪い殺しそうな瞳で八田を睨んだ。

よろよろと立ち上がった速人に対して、八田も息切れを起こしながらもバットを構え、いつでも飛び出せるようにスケボーに足をのせる。

だが二人が再び打ち合うより早く、ヒュッと赤い二本の光が飛来し、二本ともが速人の利き腕に刺さった。速人はたまらず再び倒れる。

「っ……猿比古！」

八田が咎める声をあげた。

伏見が、先程秋人に弾かれて落ちた投擲用のナイフを拾い、投げつけていた。

「こいつの相手はオレだろうが！」

「うるせえ！」

伏見は激しく怒鳴った。

普段なら絶対に出さないような激情任せの声に、八田が驚いて目を剝く。

伏見は両の手をぎゅうと拳に握り、苛立ちを必死に嚙み殺そうとするように歯を食いしばっていた。また頭が締めつけられるように痛む。

ムカツク。ムカツク。ムカツク。

八田の戦い方が。伏見に——いや、仲間に全幅の信頼を置いて、無防備な背中を敵に見せたことが。

伏見は、倒れて呻きながらもまだサーベルをつかんで立ち上がろうともがく速人に近づき、その手を踏みつけた。手から離れたサーベルを、遠くへ蹴り飛ばす。

ムカツク。ムカツク。ムカツク。

命の危険にさらされながらも八田がそれを気にも留めずに前だけ見ていて、自分が一人で肝を冷やしたことが。

何もかもが、伏見の癇に障った。

「猿比古」

八田がもう一度強く伏見を呼んだ。伏見は舌打ちして、自分の中の苛立ちを無理やりねじ伏せると、交戦中の吠舞羅とセプター4の面々へと視線を移した。

「……残りを制圧するぞ」

「お、おう」

伏見の様子に戸惑ったような顔をした八田は、もうさっきまでの苛立ちを忘れてしまったかのようだった。

その単純なまっすぐさに、伏見は歯がみした。

†

草薙の親指が、ジッポのふたを弾いた。

ジャッ、っと音を立てて小さなしずく形の炎が現れ、次の瞬間にはそれが大きくふくらんだ。

炎は分裂し、草薙の思念に忠実に呼応して、いくつもの火球となって飛散する。

火球の着弾点で、悲鳴がわき起こった。センター内を守っていた青のクランズマンたちの幾人

かが焼かれ、幾人かが振り上げたサーベルを軸に展開した結界でどうにか火球を防ぐ。

間髪容れずに、草薙はジッポを持ったままの手をぐんと横に振り抜いた。その動きに、ジッポの炎が伸びる。

鞭《むち》のようになったその炎は、空気を焼いて熱をまき散らしながら鋭くしなり、火球を防いだばかりの青のクランズマンを襲った。ハッとした青のクランズマンが、力を移して青く光を帯びるサーベルで炎の鞭を受けようとした。

が、その直前で草薙はくっと手首をひねり、炎の鞭の軌道を変える。

灼熱《しゃくねつ》の蛇のごとき炎は、青のクランズマンのサーベルをするりとかわし、懐に鋭く切り込むように、その胴に食い込んだ。胴を焼かれたクランズマンは声をあげて倒れる。

炎の鞭は、素早く、けれどそれを受けたり避けたりしようとした瞬間にはのらくらと不規則な動きをして翻弄し、残った青のクランズマンたちを次々と捉えた。

やがて炎の鞭は草薙の手を離れ、最後の一人に食いかかる。大蛇に呑まれた獲物のように、最後のクランズマンが倒れ伏すと、炎の鞭は沈静して消えた。

草薙は煙草を一本くわえ、ただのおとなしい火に戻ったジッポで火をつけて一服する。

草薙の後ろにいた周防が退屈そうにひとつあくびをした。その横の十束が、センターの見取り図をタンマツから空中投影しながら、わずかな間に一掃された敵を眺めていた。

「草薙さんが戦うの、久しぶりに見たなあ」

のんきな十束の声を聞きながら、草薙は煙草をひと吸いして吐き出すと、床に倒れて呻いている青のクランズマンたちを見渡した。

「えー、突然の討ち入り失礼します～。俺たちはここで理不尽な目に遭《お》うとる女の子を迎えに来ただけです。できれば無意味な戦闘はしたないと思うてますー。無駄なケガ人を出さへんためにも、今後はなるべく襲って来んといて下さいねー」

草薙は飄々と言って、後ろの十束を振り返った。

「どうや」

「アンナちゃんがいるのはやっぱり地下だと思うけど、案の定簡単には入れそうにないねー。……誰かに教えてもらうのが、一番早そうかな」

ふーむ、と草薙は考えるように天井を見上げた。

そのとき、草薙の斜め後ろ——開け放たれたドアの陰から、もう一人の青のクランズマンが抜き放ったサーベルを振りかぶって背後から草薙に襲いかかった。動きは素早かった。一足飛びに距離を詰め、サーベルの刃が草薙の肩を切り裂こうとする。

草薙は振り返りもせず、吸いさしの煙草をピンと指で後ろに弾いた。火のついた煙草が斬りかかろうとしていた青のクランズマンの眼前に迫り、次の瞬間その小さな火は膨張《ぼうちょう》してふくれあがり、クランズマンを呑み込んだ。声もなく崩れ落ちる。

「煙草、まだ長かったんやけどな、と小さく愚痴《ぐち》るように言いながら、草薙はたった今斬りかかってきた青のクランズマンがいた部屋に視線を向けた。

部屋の奥から様子をうかがっていた研究員らしき白衣の男と目が合い、男はびくりと肩を震わせる。

草薙は長い足を動かして、つかつかと大股で部屋の中に入った。白衣の男は体を跳ねさせて身構えたが、迫ってくる草薙を見ると覚悟を決めたように戦闘態勢をとる。

草薙は白衣の男が何かを仕掛ける前に彼の間合いに踏み込み、手加減しつつもみぞおちに膝を叩き込んだ。

ぐっ、と白衣の男が呻き、前屈みになる。草薙はうずくまる男の腕を無理やり後ろに回して、首から抜いたネクタイで後ろ手に縛った。

そのまま呻く男の白衣の襟首をつかんで部屋の外まで引きずって出る。

「十束、丁重にお尋ねしとき」

白衣の男を壁に寄りかからせるように放り出すと、十束に言って、代わりに十束の手の中からタンマツを取り上げた。

タンマツが空中に投影するセンターの見取り図を見ながら、草薙は潜入前に考えていた様子と、実際の状況のすりあわせを頭の中で行う。

十束は困ったように首を傾げてから、仕方なく白衣の男の前にしゃがんだ。

「俺たち、櫛名アンナって子を探してるんだ。このセンターに拘束されてるよね？　その子がいる場所への行き方、教えてくれない？」

十束はにこりと笑って尋ねたが、男は吐き捨てるような舌打ちを一つしただけで、何も返事をせずに十束から顔を逸らす。

十束は頭を掻いた。

「返事をもらえないんじゃ、仕方ないか。……ごめんね、俺弱いんだけど、俺の力って拷問《ごうもん》には向いてるんだ」

「…………は？」

十束の言葉に、男の顔がひくりと引きつった。

「地下の収容施設にいるんだろうなぁとは思ってるんだけど、そこへの行き方がわからないんだよね。教えてもらえない？」

さっきは舌打ちしか返さなかった研究員の顔色が変わっていた。十束が微笑みかけると、冷や汗を浮かせる。

後ろで退屈そうに待っていた周防が、おとなしくしていることに飽きたように、耳を掻きながら顎先で足下を示した。

「地下なんだろ？　床に穴あけりゃ、行けんじゃねぇのか」

ざっくりした意見に、十束は苦笑する。

「キングは無茶しないでって草薙さん言ったでしょ。穴ならとりあえずこの人にあけてみるのが先だよ」

「……穴？」

おそるおそる訊いた研究員に、十束はにこりと人好きのする笑みを向けた。

「うん」

十束はすっと目を細め、研究員の顔のすぐ横の壁を熱視した。

少しの間をおいて、ジュッと音がたって、壁に黒い小さな穴があいた。穴から煙が立つ。

「ひっ」

研究員は短く声をあげ、のけぞるようにして顔の横の壁にあいた穴から身を離した。

「こういうふうに、穴をあけます。焼いちゃうから、血はそんなにたくさん出ないよ。だから、場所を選べばいくつか穴をあけたところでそうそう死にはしないと思うけど……」

十束は笑って首を傾げた。

「どうする？　穴、あけちゃう？」

†

朝から、センターの様子はおかしかった。

職員たちが妙に浮き足立っていて、青服たちが見たこともないような数集結して、センター内を行き来していた。

そして、「今日は決して自室から出ないこと」という奇妙なお達し。

何か事件でもあったのかと、センターに滞在しているストレインたちが落ち着かない気分を抱えていたとき、外から怒号が聞こえてきた。

そして、センターの建物を揺るがす破壊音。

ストレインの少年は、その破壊音を聞いたとき、慌てて外に飛び出そうとした。

だが、部屋にはロックがかかっていた。センターで検査と教育を受けているストレインたちは、トラブルを起こしてないかぎりは基本センター内で自由に行動することを許されているが、何かがあった際のために、各自の部屋の鍵はセンター側で施錠と解錠ができるようになっている。

少年は舌打ちして、ドアから離れた。

この前会った、赤のクランズマンたちのことを思い出す。最初は、新しく入ってきたストレインかと思って声をかけたら、人気のないところに連れ出されて、センターのことを教えろと脅かされた。

彼らは、センターで何か悪事が行われていると信じてるようだった。

少年自身は、悪い思いをしたことは一度もない。最初にセンターに連れてこられたときは、何をされるのかと少しびびりもしたが、書類を書かされてストレインの登録とやらをされ、ストレインに適用される法律みたいなのを覚えさせられ、あとは能力を調べられ、どのくらいきっちりコントロールできているか検査されたくらいだ。

センターを出たあとも、定期的に検査に来れば、検査協力の謝礼金が出るというからしばしば訪れている。今回も、いつもの検査入所だった。

少年自身は、あの赤のクランズマンたちと出会うまでは、センターに対して不信感を抱いたことはない。

けれど、黒い噂ならば、何度か聞いたことがある。

いわく、能力の強いストレインは、このセンターの地下に幽閉され、生体実験をされている。

いわく、罪を犯したストレインたちを改造して、強い人間兵器を作っている。

などなど。

まあ、こんな施設ならば自然に生まれそうな噂話だと、少年は今まで気にもしていなかった。

だが、少年は以前、〝ウサギ〟の総回診の前に御槌がぴりぴりした様子で何かを隠そうと職員たちに指示しているのを偶然聞いたことがある。

『早く処置したまえ。〝ウサギ〟に咎められたら事だ』

聞いてしまったときは、特に疑問には思わなかった。なんだかよくわからないが、センター所長としていつも余裕綽《しゃく》々《しゃく》な顔しか見せない御槌さんも、持ち物検査の噂を聞いて友達と貸し借りしていたエロ本の始末に慌てる中学生みたいなことをしてるんだな、と思ったくらいだった。

だけど、今思うと――

ドォン、とまたどこかから音がした。センターの外からは相変わらず大勢の怒号が聞こえてくる。

赤のクランが、センターに攻め込んできている。

そうとしか考えられなかった。

センターに潜り込んできた赤のクランズマンのことを思い出す。

ちょっと怖かったし、すごく迷惑な奴らだったが、悪い人間じゃなかったような気がする。自分が御槌に睨まれたときも、「そいつは脅してここまで案内させた」と庇うようなことを言ってくれた。

少年の心の中にたまらない不安がわき上がってきた。

今何が起きている？

職員に言われた通りにここでじっとしていていいのか？

そもそも、このセンターは大丈夫なのか？

――出よう。

心はわりとあっさり決まった。

部屋に鍵はかけられているが、自分たちはストレインだ。あとでペナルティを食らうかもしれないことを考えず、本気で出ようと思えば、この部屋を出ることは造作《ぞうさ》もない。

多分ここはヤバイ。

さっきから聞こえてくる破壊音と不穏な怒声と、能力者だからこそ感じ取ることができる千々に乱れたセンター内の気配に、少年は沈む船からの脱出を決意するネズミのような心持ちで決断した。

†

生体認証で起動するエレベーターに乗って、周防、草薙、十束の三人は地下へ向かっていた。

エレベーターを動かすための「生体」は、先程の白衣の男が提供してくれた。

「草薙さーん、嫌な役目押しつけないでくれないかな」

危うく拷問をやらされるところだった十束は、半眼になって草薙を見た。草薙は飄々とした顔でその視線を受け流す。

「そんくらい働きぃや。それに人から話聞き出すんはお前の得意分野やろ」

「平和的な感じならね？」

「十分平和的やったやろ。結局、あれ以上の暴力を振るうことなく、地下への行き方教えてもろたやん」

ご協力いただいた白衣の男の生体キーでは、最下層まで行くことはできないらしい。そもそも、地上にあるエレベーターは最下層までは直通していないようだった。下の階に行くほどに、危険度の高いストレインや、凶悪犯のストレインを収容している施設となるようだが、そこに行くためには地下から別のエレベーターに乗り継ぎ、さらに高度な権限を持つ生体のキーが必要となるそうだ。

今行けるのは、少々機密性の高い研究室がある階までだった。

三人を乗せたエレベーターのドアがゆっくりと開く。

向こうに敵が待ち構えていることを想定して、草薙は軽く身構えた。

果たして、敵はいた。

だが、エレベーターのドアが開くと同時に襲ってくるようなことはなかった。

草薙はその人物を見て、苦笑した。

エレベーターから出て、後ろは振り返らないまま二人に言う。

「……堪忍。ちょっと先行っててくれへんか？」

「草薙さん？」

十束が問うように呼んだ。草薙は笑って軽く肩をすくめる。

「あの人、お友達やねん。ちょっと話するから、お前らは先にアンナちゃんを迎えに行っときや」

十束は周防を見た。周防は少しの間考えるように草薙と、立ちはだかる敵を眺めた。

よれよれとくたびれた青の制服を身につけた男だった。髪には白いものが多く混ざっている。

セプター4司令代行、塩津元だ。

十束は塩津の顔を見て、やや心配そうに草薙に視線を移した。

「草薙さん」

「心配あらへん。お前は尊が無茶せんよう見ときよ」

子供のお守りを押しつけるような冗談めかした口調のセリフに、周防が不本意そうに眉間のしわを深めた。

周防は軽くため息をついて、足を踏み出した。草薙の横を追い越し様《ざま》に、草薙の胸ポケットから煙草の箱を抜き取った。

歩きながら一本取り出してくわえ、残りの箱を無造作に後ろに投げる。

草薙は呆れた顔で投げられた煙草の箱をキャッチした。

「自分のはどしたん」

「バーに忘れてきた」

ぞんざいに言って、周防は勝手に拝借した煙草を指で弾いて火をつけた。

周防は、塩津の横を通るとき、塩津に対してなんの意識も払わなかった。

柱がそこに立っているだけ、というように、一瞥もくれずに青の司令代行である塩津の脇を、散歩するようなゆったりとした足取りで通り抜ける。

十束は、草薙と塩津と周防それぞれに対して気遣わしげな目を向けながらも周防のあとを追った。

塩津は、周防と十束が自分の横を通り抜けて行く間、微動だにしなかった。

先へ進ませまいと周防に斬りかかることも、前に立ちはだかることもせず、視線すらほとんど動かさずに木偶《でく》のように立っていた。

周防たちの姿が廊下の先に消えていくのを見守りながら、草薙は周防に投げ返された煙草の箱から自分の分を取り出し、火をつける。

無機質なセンターの廊下に、煙草の匂いが揺らめいた。紫煙が細く立ち上る。

「えらい、あっさり行かせはりましたね」

苦笑気味に草薙が言えば、塩津はふんと鼻を鳴らした。

「積極的に殉職しに行く趣味はねえよ」

「はは、じゃあもう帰って寝はったらどうです」

「そうしたいところだがな」

「上におったあんたの部下も、無茶な命令のせいで大分ケガ人出てはりますよ」

「幸い隣は黄金のクランがやってる病院だ。綺麗に治してくれるだろうよ」

塩津のしゃべり方は言葉を放り投げるようで、いつもどこかやけっぱちだ。

その裏側にあるものを、草薙は知っている。

そして、草薙は気持ちのどこかで、この男に共感と同情を向けてしまっている。

「やめたらどうです。……王のいないクランのクランズマンなんか、しんどいだけやろ」

「王なら、御槌さんがくれるらしいぜ」

塩津は道端に唾を吐くように言った。草薙の表情が険しくなる。

「……アンナちゃんのことか。あんたら、それでええの。あんな小さい子を追い詰めて無理やり青の王にしたとして、それであんたら青のクランズマンはええんか」

「いいわけねぇだろ」

だらりと覇気がなかった塩津の声に、抑圧されすぎて歪んだ苛立ちが現れた。今まで韜晦《とうかい》されていた私情が露わになる。老いた手負いの獣が低く唸るような声だった。

その声だけで、草薙は塩津の心情を察し、口を閉じた。

塩津は顔に深いしわを刻んだ渋面で、サーベルの柄に手をかけた。

カチリ、と硬質な音がして、冷たい色をした刃が現れていく。

塩津は抜き放ったサーベルを垂直に構える。塩津の体から、力の印である青い光がにじみ出す。

塩津は重々しい声で言い放った。

「剣をもって剣を制す、我らが大義に曇りなし」

「嘘つきなさんな」

草薙は苦笑した。

「あんたの大義は曇りまくりや。誰よりもそれを自覚しとるくせに、ようまあ、そんな白々しいことが言えるもんやな」

塩津は何も答えなかった。反論することも、怒りを見せることもしなかった。ただ虚ろな目で、静かに草薙を見返していた。

その剣先がぶれることも、ない。

草薙はふっと息をついた。

「……まあ、それでもそれが、あんたの仕事なんやな。お役人」

「その通りだ」

巌《いわお》のような声で、塩津は答えた。歳以上に老けた、老人のような声に思えた。

「お前らのような危険分子の排除は、セプター4の役目。俺の大義の有り所なんざ、お前と議論するつもりはねぇ」

草薙は口の端で笑った。ジッポを持つ手を水平に伸ばし、構える。

「問答無用……ってわけや？」

「ああ。……来るがいい、若造」

塩津のサーベルが青い光をまとった。

肌を焼かれても、水に沈められても、すぐに治療された。

君の体に傷が残ることはない。後遺症を負うこともない。もちろん、死ぬことも。私たちは今君に必要な刺激を与えているにすぎない。君の力は追い詰められることによって敏感になる。

御槌は、いつも顔に張りついたままの微笑でそう言った。

あまりにも当たり前に言われるから、それに耐えることは当然であるのだと思い込まされた。

†

アンナはゆっくりと目を開けた。アンナは円柱形の水槽の中にいた。アンナ一人がどうにか立つことができる、細長い柱のような水槽だ。服の裾が、水の中でゆらゆらと揺れている。

水は、アンナの顔がどうにか水上に出るくらいまで満たされていた。さっきまではアンナの頭のてっぺんまで水が来ていて、アンナの呼吸を奪っていた。アンナは肉体の苦しさから逃れるように、意識と感覚を体から離し、御柱タワーの〝石盤〟へと向かわせていた。

アンナの体には、たくさんの電極がくっつけられている。電極からはコードが伸び、アンナの生態情報が逐一チェックされていた。

幾本ものコードにつながれたアンナは、蜘蛛《くも》の巣にかかった獲物のようだ。

「意識レベル、正常値」

「生体波動スペクトル、安定」

「どうだ、〝石盤〟へのアクセスはどこまで進んだ？」

水槽の外から、研究員たちの声が聞こえてくる。アンナはゆらりと顔を上げた。

湾曲した水槽のガラス面を通して、幾人もの白衣の人間が見えた。彼らは機械と睨み合いながら、無機物を見るような目でアンナを観察している。

「……さっきと同じ。〝石盤〟の鼓動が聞こえた。けど、弾かれる」

アンナの答えに、研究員たちがささやき合うように何かを相談した。

「ここまでくると、苦痛による感応能力の鋭敏化はあまり効力がみられないか……」

「現在、彼女の能力値は高まっています。下手な刺激は与えず、〝石盤〟へのアクセスに集中させて、〝石盤〟とのシンクロだけに意識を向けた方が……」

アンナとは関係ないところでいくつかやりとりが交わされたあと、アンナが入れられている水槽の中から水が排出され始める。

どうやら、水に沈められての実験からは解放されるらしい。

水がなくなっていくにつれ、水中を水草のように漂っていたアンナの髪が体にぺったりと張りついていく。

さっきまで水で満たされていた肺がまだゴロゴロするような感じがある。けれど、これもすぐに治療され、苦しめられたあとなんてアンナの体のどこにも残らないのだ。

アンナは目をつぶった。

そうやって視界を閉じると、目の裏に赤が移り、意識から閉め出そうとしていた気配を生々しく感じてしまう。

あの人が、来てる。

熱く、強く、美しい、赤の気配。

それが、すぐ側まで近づいてきていた。

心臓がドキドキと走り出して、アンナは必死でそれを抑えた。

感情が混ざり合って、コントロールがきかなくなりそうだ。

期待をするのは間違っている。今自分が抱かなければならないのは、危機感の方だ。あの人が来るまでに、アンナは〝石盤〟との感応に成功して、青の王にならなければならないのだから。

そう自分に言い聞かせても、揺れる心は抑えきれなかった。

助けてほしい。

来てほしくない。

相反する気持ちの間で、アンナは揺れる。

「ホナミ」

呪文のように、アンナは守るべき人の名前を呼んだ。

優しくて温かくて、綺麗な声をした人。いつだってアンナを包み込もうとしてくれていた。両親が死んでしまったあと、アンナがこなごなになってしまわなかったのは、穂波がいたからだ。

穂波は守る。決して、両親と同じ目には遭わせない。

——助けてほしい。

——来てほしくない。

†

穂波はハッと顔を上げた。

「アンナ？」

アンナに呼ばれたような気がした。

穂波はバーの、周防の部屋のソファーに腰掛けていた。周防に動くなと言われ、軟禁状態で何を待てばいいのかもわからない状態でただ待ち続けている。

下のバーには、周防の仲間である少年たちがいる。彼らは穂波を気遣ってはくれるが、周防から命じられているのだろう、決して穂波を外に出してくれようとはしなかった。

(俺は、あんたにとっちゃ化け物だ)

(あんたの姪も、どっちかといや、こっち寄りの人間だ)

周防の言葉が、頭の中を回った。

彼が何を言っているのか、穂波にはわからなかった。わからないけれど、穂波が大事なことを何もわかっていなかったのだろうことだけは、わかった。

穂波は顔を両手で覆ってうつむいた。黒い髪が、肩口からさらさらと前へ流れていく。

アンナを引き取ったときのことを思った。

アンナの両親――穂波の兄夫婦が事故で亡くなったとき、アンナは人形のように表情をなくし、口をつぐんでいた。

幼くして突然両親を同時に失ったのだ。そのせいだと穂波は疑いなく思い、アンナのその傷を少しでも癒やしたいと願ってきた。

けれど、もし、アンナが心を閉ざした原因が、両親を失ってしまったという単純な事実だけではないとしたら。

穂波が、アンナのことを何も理解していなかったのだとしたら。

穂波はソファーから立ち上がった。

胸がざわざわする。

アンナの身に何が起きているのか、穂波にはわからない。けれど、アンナが今、何か危険な状況下に置かれているのであろうことは、間違いない。

穂波は窓に視線をやった。

外はのどかに晴れている。穂波は窓に近づき、その小さな格子窓を押し上げた。開いた窓の外から、柔らかな風がゆるゆると吹き込んでくる。

穂波は春の風に髪を揺らされながら、昔のことを思い出した。

「あんた、教師向いてねぇよ」

周防が高校生だった頃、呆れた顔をした彼にそんなふうに言われたことがある。

なんのときだったかもう忘れてしまったが、おそらく何か周防が問題を起こしたとき、それを見逃したか庇ったかでもしたのだろう。

「そう？　私は、本当に悪いことをした人のことはちゃんと怒るわ」

首を傾げて言えば、周防は呆れた表情を深めた。

「……案外、俺様ルールで生きてんな」

今まであまり言われたことのない評価に、穂波は興味深く周防を見た。周防は横目で穂波を一瞥して、どうでもよさそうに言った。

「あんたは、やりたいようにしかやらない」

そうかもしれない、と、穂波は今、開いた窓を眺めながら思った。

自分がどうするべきなのかはわからない。

周防のことを信じていないわけじゃない。彼が真剣に穂波をここに留まらせようとしたのには、おそらくそうすべき理由があったのだろうと思う。

けれどその理由を聞かせてもらえなかった以上、穂波はもう漫然と待ち続けることはできそうもなかった。

自分がどうするべきなのかはわからない。

けれど、どうしたいのかははっきりしていた。

アンナが危険な目に遭っているのなら、つらい思いをしているのなら、今すぐに駆けつけたい。

穂波は窓から身を乗り出し、そっと窓枠をまたいだ。

ここは二階だ。穂波は慎重に、窓の下の縁――細い店のひさしの上に足をのせ、全身を外に出した。

レンガ造りの窓枠と壁にしがみつきながら、細い縁の上をカニ歩きで進む。風が吹いて、穂波の髪をはためかせた。

バーの建物の端まで来ると、隣の小さなブティックへとゆっくりと移る。足をかけられる縁はさらに細くなり、つま先立ちでようやく立てるくらいだった。

隣に移ることに成功し、壁に張りついて縁の上につま先立ちになっている状態から、ブティックのシェードへとゆっくり足を下ろした。

足の下で、シェードの分厚い布の感触を味わう。どうにか穂波の体重を支えてくれたシェードの上から、えいやと路面へ飛び降りた。

高い場所から飛び降りた衝撃で、足がじんと痺れる。

立ち上がると、ブティックの店員が、自分の店のシェードから落ちてきた穂波のことを目を見開いて呆然と凝視していた。

「ごめんなさい、失礼しました」

穂波は店員に向かって丁寧に頭を下げ、駆け出した。

バーを背にして、緩やかな坂を駆け上っていく。

アンナを迎えに行く。

アンナが抱えている何かを見抜くこともできなかった未熟者だけれども、それでも穂波は今、アンナの保護者――アンナの親だ。

†

草薙のジッポから放たれた火球が、飛びかかる獣のように塩津を襲った。

飛来する炎に飲まれる直前、塩津のサーベルにまといつく青い光が力を増す。サーベルは、襲い来る炎の球を両断するように振り抜かれた。

赤く燃える炎の塊と青く光を帯びる刃が衝突し、相殺《そうさい》される。

塩津は火球をしのぐと同時に、ぐん、と大きく踏み込んで斬りかかった。空に青い軌跡が引かれる。

草薙は軽いバックステップでそれをかわすと、開いた塩津の胴に蹴りを叩き込もうとした。

が、塩津は身をひねり、返す刀で下から斜め上に斬り上げるようにサーベルを跳ね上げた。

その刃を、草薙は身を反らしてギリギリで避ける。剣風が前髪を揺らすのを感じながら、草薙はくわえていた煙草をプッと吹き出して塩津の方へ飛ばした。

塩津の眼前に飛んだ火のついた煙草は、一瞬で大きな火球にふくれあがり、塩津を呑み込んだ。

自分が生み出した炎の毛先にあぶられながら、草薙は上体を反らした勢いのまま床に手をついてバク転の要領で後ろに下がる。

――やったか。

手応えを感じたその瞬間、塩津は自分の体を呑み込んだ火球から真っ直ぐ草薙の方へ飛び出してきた。

炎から逃れるためではない。塩津は草薙の炎に身を焼かれながらも、草薙だけを見て、サーベルを振るうことだけを考えていた。

思いがけず、一瞬草薙の反応が遅れた。

青い制服に火がつき肌が焼かれている状態で、塩津は少しも動じぬ動きでサーベルを振り抜いた。

その切っ先が、とっさにガードしようとした草薙の腕を切り裂き、血が飛ぶ。

顔をしかめながら草薙は大きく後ろに跳び、間合いを取った。

まだ体が燃えている状態の塩津も、その間合いをすぐに詰めようとはせず、自身にまとわせた青の光を強くした。

ジュワッと音をたて、塩津の青い制服を燃やしていた火が消える。制御、秩序の力を持つ青のクランズマンの結界の応用だ。青の結界で自分の体を包むことで、赤のクランズマンによる炎を消滅させたのだろう。

それでも、塩津は草薙の煙草の火から生まれた火球をかなりまともに食らったようだった。

青の制服は黒く焦げ、のぞく肌にも赤黒いやけどができている。

だがそれでも、塩津は眉一つ動かさず、ただ物憂げで面倒そうな顔で淡々とサーベルを構えていた。

草薙は片頬を上げる引きつった苦笑を漏らした。

「いやぁー……あんた、大義もやる気もなさそうなんで、軽うーくやるんやろうと思とったのに……案外、えらい戦い方するんやな」

「給料もらってっからな」

やはり覇気はないだるそうな声で塩津が言った。

「給料もらった分きっちり働く、プロ根性……ってことか？」

言ってから、草薙は皮肉げに笑う。

「ちゃうやろ。あんたはもう、考えるのが面倒なだけや」

塩津の眉が、ひくりとわずかに動いた。

「あんたはもうなんも考えたくのうて、考えるのをやめて十年もずるずると惰性《だせい》でやってきたんとちゃうんか」

気がつけば挑発的な口調になっていた。草薙は自分でもそれを意外に思った。草薙は、相手を挑発するときは、計算の上で挑発する。

こんな、つい口にしてしまったみたいなやり方はしない。

だが、草薙は続けた。

「あんた、この仕事に心底うんざりしてるんやろ。ふざけんなって思うてるんやろ。やのにその思考と感情を殺して、ただ体を動かしてる。ロボットかっちゅうねん」

「戦いの最中まで、よく口の回る男だな」

塩津は忌々しそうに目を細めて草薙を睨んだ。草薙も塩津を睨み返す。

「王に依存して、寄りかかって、ほんで王がいなくなったら自分の頭で考えることもやめんのか！」

嘲るように言った瞬間、広くとっていたはずの塩津との間合いが詰められていた。塩津のサーベルが真っ直ぐに草薙に突き入れられる。

その突きには、さっきまでの感情のない作業のような攻撃とは違い、怒りが漏れ出していた。

草薙は身を開いてその突きをかわし、ジッポを塩津に向けた。銃弾のようなスピードのある火球を撃ったが、これは塩津のサーベルがさばいた。二発、三発と撃ち、四発目は火炎放射器のように長くたなびく炎を生んだ。

塩津はサーベルを立てて、その刃を軸に青の力場《りきば》を展開。川の流れを割る岩のように、炎を割った。

だが、草薙は火炎放射器と化したジッポを持つ手をクンと横様《よこざま》に動かした。ジッポから生み出されていた炎の奔流が細くなり、しなやかな炎の蛇になる。塩津のサーベルを境に二本に分かれた炎の蛇は、ジッポから離れ、それ自体が意思を持つ生き物のように塩津の体に巻きつこうとした。

塩津はくるりとサーベルを返して、蛇のような炎の筋の一本を撫でるように斬って相殺する。

だがもう一本の炎の蛇は、不規則にうねって、まるでからかうように塩津の剣を避け、塩津の体を狙う。

塩津は捕らえどころのない、うねうねした炎の蛇を斬り捨てることに意識を奪われた。それでも、塩津がそれと格闘したのは、ほんの数秒のことだっただろう。

が、塩津のサーベルが炎の蛇を捕らえ、塩津の青い力と蛇状の炎がぶつかりあって炎が消えたその瞬間、無防備になった塩津を弾丸のような火の玉が襲った。

さっきよりも火力は強い。塩津は声もなく倒れた。

「……もう、起きんときや」

草薙は苦い思いで言って、黒く焼けて倒れ伏す塩津の体を見下ろした。

「給料分は働いたやろ。俺らはあんたらと戦いに来たんやない。もう、邪魔すんな」

くく、と、低い笑い声が足下から聞こえた。

草薙は眉を寄せて、声の主を——体を焼かれてボロボロの状態で倒れ伏す塩津を見た。

塩津は顔を上げた。

投げやりな老人のような顔の上に、凄惨な笑みが浮かんでいた。目だけが異様に光って、草薙を見据えた。

「ああ、こんな痛みは久しぶりだなァ。……十年前に、きっちりこの痛みを味わっておくべきだったのかもな」

「懺悔《ざんげ》ならよそでやってくれ」

冷ややかに切り返した草薙に、塩津は口の端をつり上げる挑発めいた笑い方をした。

「お前、怖いんだろ」

思わぬ言葉に、草薙は怪訝に顔をしかめた。

「……なにがや」

「お前、いつか自分が俺みたいになるんじゃないかって、怖いんだろ」

草薙は思わずぐっと息を詰まらせた。

まるで図星を指されたかのような反応をしてしまった自分を、罵りたくなる。

ずっと、草薙の心の中に、それはひっそりとあった。

『あれ、先代の赤の王の力らしいで』

周防と迦具都クレーターの話をしたときのことを思い出す。迦具都クレーターが先代の赤の王の力の暴走と、ダモクレスの剣による粛正によって生まれたことを話したときだ。

『ふぅん』

と、周防は興味なさげな相槌だけを返した。

けれどその目の奥が、どこか憧れるように遠くを見ていたことに、草薙は気づいていた。

——そっちに、行きたいんか。

胸の中でくすぶった思いを、草薙が口にすることはなかった。

爆発したがりの爆弾。

周防が王でなかった頃から、それが草薙の周防への印象だった。

ただの一人の人間だった頃、無茶をしすぎてケガを負った周防に憤《いきどお》ったことがあった。多分あのとき感じた怒りの中には、結果的に十束とともに彼をキングと呼ばれる位置に押し上げてしまった罪悪感のようなものも混ざっていたはずだ。

あのとき、周防は苦笑して、怒る草薙を見ていた。

もう、草薙は周防に対して本気で怒ることはない。

青い光が閃《ひらめ》いた。

気がついたときには、跳ねるように起き上がった塩津の太刀を、肩にあびていた。

完全に気を逸らしてしまっていた草薙は、かなり深く斬り込みを受けてしまう。

肩に走った鋭い痛みに、草薙は奥歯を噛みしめた。ほんの一拍遅れて血があふれ出す。

熱を持った痛みに、なぜか逆に頭の中は冷えた。

傷を押さえることもせず、間合いを取ることもなく、一つだけ舌打ちすると、草薙は鋭く足を振り上げた。

草薙のつま先が塩津のサーベルを持つ手首にヒットする。骨を砕く感触が伝わる。塩津の手からサーベルが飛んだ。そのまま、草薙は振り上げた足を横様に薙《な》ぐ。踵《かかと》が、塩津のこめかみに入った。

仰向けに倒れた塩津の胸板を踏みつけ、銃口を向けるようにジッポを塩津の頭に向けた。

同時に、塩津の手から飛んだサーベルが、ドッと音を立てて壁に突き刺さる。

肩から流れ出た血が、ゆっくりと草薙のシャツを赤く染めていった。

草薙も塩津も、肩で息をしていた。

二人はじりじりと広がる痛みに耐えながら、黙って睨み合う。

やがて、塩津の目からふっと険が消えた。もう戦う意思がないことを示すように、だらりと体を弛緩させる。

草薙はその様子を見下ろしながら苦く顔を歪ませ、さっきの塩津の挑発に静かに答えた。

「……最悪のケースも想定しとくんは、参謀の仕事やろ」

「立派だよ」

皮肉なのか本気なのか判別しづらい口調で塩津が言った。

「安心しろよ。……お前は、俺にはならねぇ」

塩津は目を細めて草薙を見上げていた。

塩津の体からは完全に殺気が抜けていた。わずかな覇気もなくした塩津は、さらに歳を食って老け込んだようにも見えたが、塩津の倦んだ目は、痛みに耐えつつも、どこか穏やかに緩められていた。

「俺の負けだ」

†

周防と十束は、さらに地下に続くエレベーターを見つけ、乗り込んだ。下層へ下りるためのエレベーターの駆動パスは、例によって捕まえた職員からご提供いただいた。

周防は黙ったまま、ポケットに両手を突っ込んで、とても敵地にいるとは思えない力を抜ききった体勢で立っている。

「草薙さん、大丈夫かな」

十束は階上に残してきた草薙を思って言う。

「心配ねぇよ」

ゆったりと、当たり前みたいに周防に言われ、十束は苦笑した。

「信頼してるね」

もちろん、十束だって信頼している。けれど、セプター4屯所へ塩津との談判に行ったあと、どこか疲れた顔をしていた草薙のことを思うと、少し気になった。

ゆっくりとエレベーターが到着した。

機械が止まる重い音が響き、エレベーターのドアが開く。

ドッ、と、開いたドアの隙間から爆音と爆風が濁流《だくりゅう》のように流れ込んできた。

十束は思わず目を細めたが、周防は弛緩した体勢を少しも崩さないまま、ふわっと体から放出した赤の力で爆風を防ぎ、相殺した。

ぶつかり合った周防の力と爆風は、センター全体を揺るがすような音を立てて、フロアの床や壁を焦がした。フロアにもうもうと煙が立ち込める。

「んあ？」

強烈なエネルギーの塊を不意打ちにぶつけられた状況下で、周防は眠たげにさえ聞こえる声を出して首をひねった。

今のは、青のクランズマンの力ではなかった。

第一、セプター4の中にこれだけの力を持つ者がまだ温存されていたとも考えにくい。

だが周防は深く考えることもなく、フロアに足を踏み出した。

十束も黙ってそのあとに続く。

二人がエレベーターの箱の中から出て床を踏んだとたん、別の方向から鋭く空気を切り裂く斬撃が襲いかかった。いまだ煙の立ち込める中から突き出された鋭い刃。

周防はちらりと横目でそれを見ると、片腕で受けた。赤い力をのせた拳で軽く刃を跳ね上げ——そもそもが刃物と素手の拳が打ち合うというのが普通に考えれば非常識なことだが、そんな常識など忘れるくらいに当然のように軽く、周防の拳は斬りかかる刃を弾き、さらに無造作に伸ばした手で、刀を持つ襲撃者の手首をつかもうとした。

しかし周防の手が襲撃者を捉えようとした瞬間、襲撃者の動きが変質した。

早送りの動画を見ているような錯覚を覚えるほど、急激に襲撃者の動きが早まる。

完全に捕まると思われた周防の手の中から、するりと抜ける。襲撃者は空中で身をよじり姿勢を立て直して、一瞬だけ着地して再び床を蹴ると、バッタのように跳躍した。ビタンと一度壁に張りつき、すぐさまさらに後方へと飛んで、広い間合いを取る。

その間、〇・五秒ほど。

フロアに立ち込めていた煙は、ゆるゆると晴れつつあった。

「危ない危ない。いきなりひねり殺されるとこだった」

バッタめいた動きをする、刀を持った襲撃者がふうと息をつきながら言った。

「それにしても、無茶をさせる」

刀を持った襲撃者の反対側から、矮軀《わいく》の男が言った。彼の手は高圧のエネルギーをはらんで、今にも爆発しそうにバチバチと音を立てながら光っている。おそらく、エレベーターのドアが開くと同時に攻撃してきたのはこの男なのだろう。

「無茶は承知の上だろ。……俺たちの罪をチャラにしてくれるなんていう話が、危ない話でないはずがない」

刀の襲撃者が言った。

ゴツン、ゴツン、と重く硬い足音を立てて、正面の、まだ煙が晴れきらない奥からもう一人、大柄の男がゆっくりと歩いてくるのが見えた。

「……お前らは、ここから出るために、赤の王と戦うンか」

近づいてくる大柄の男はそう言った。周防よりも頭一つ分ほども背が高く、肉体は硬い筋肉で鎧《よろい》のように覆われていた。だが、青い目だけは妙に幼く光っている。

「当たり前だろう。そうでなきゃ誰がこんな危険な橋を渡るかってんだ」

刀の襲撃者が呆れたように言いながら、気味の悪いものを見るような目で大男を一瞥した。

「俺ァ違う。俺ァ今」

大男は笑った。鋼のような筋骨を誇る体から、禍々《まがまが》しい殺気を吹き上げながらも、その笑顔は妙にあどけない。

「心が躍っている」

大男が床を蹴った。男の巨体は一本の矢のようになって一直線に飛んできた。空を切る音。次の瞬間には、男は周防の目の前にいた。

周防の真正面から、男は渾身の力を練り込んだ拳を突き込んだ。

鋭い男の拳が、周防の前に展開した赤い結界とせめぎ合う。

「へえ」

周防は一歩も動かずに男の拳を防ぎながらも、少し楽しげに口角を持ち上げた。

周防は腕を持ち上げ、軽い動作で、周防の結界を突き破ろうとしている男の腕を払った。

男の拳は向かう対象を逸らされ、周防の横の壁にぶち当たる。その拳は、壁に穴を穿《うが》った。

拳によって破壊された——というには、奇妙な穴だった。男の顔くらいの大きさの、綺麗な真円だ。

「ストレインか」

周防は自分たちを囲む連中を見回して言った。

フロアの中を見渡せば、そこは広い廊下と、迷路のようないくつもの曲がり角、独房とおぼしき部屋がぽつりぽつりとあるのが目に入る。

「……ここに収容されてた、凶悪犯のストレイン、ってとこかな」

十束は小首を傾げて言った。

「赤の王を倒せば自由の身にしてくれる、みたいなことを言われてるっぽいね」

御槌も、なりふりかまっていないということだ。

周防に正面から襲いかかり、今壁に綺麗な丸い穴をあけた男が、ゆらりと立ち上がった。

「俺ァ違う。確かに取引は持ちかけられたが、俺がここに立ってンのは、赤の王と戦う機会そのものが、俺にとっちゃ褒美だったからだ」

そう言った大男の目は、子供のようにきらきらと光っていた。

「そいつは、〝穿孔機《せんこうき》〟と呼ばれる男だ」

刀の襲撃者が言った。

「罪は、殺人。〝ストレイン殺し〟の異名もある。力のある人間と戦うことにのみ喜びを見出している変態だ」

〝穿孔機〟はその外見にも、今紹介されたプロフィールにも似合わぬ、邪気のない笑みを浮かべた。

その両腕がぐぐっと力を帯び、構えた拳に再び力が練り込まれていくのがわかる。

手に爆弾めいたバチバチとスパークする白いエネルギー体をみなぎらせた矮軀の男が、〝穿孔機〟を一瞥した。

「一人で突っ込もうとするなよ、〝穿孔機〟。不本意だがここは共闘以外に手はない」

「〝花火師〟の言うとおりだ、ぜっ」

刀の襲撃者が地面を蹴った。バネ仕掛けのような高い跳躍。刀がひらめき、周防の頭上から振り下ろされる。

周防はぞんざいな動作で、右腕をなぎ払うように振った。周防の腕にまとっていた赤の光が炎となって刀の襲撃者を呑み込もうとした。

だが、またそいつは加速した。常人の目ならかき消えて見えたであろう速さで刀の襲撃者は空中で身をよじって炎の塊を避け、バッタのような体勢で壁に張りつき、またバネのように跳躍して周防の懐に飛び込む。

その速さはほとんど瞬間移動に等しく、周防は刀の襲撃者が間合いのうちに踏み込み、刀を振り抜こうとするのを許してしまった。

だが、周防の腕は刀を難なく受け止めた。

刀同士がぶつかり合うように、襲撃者の刃と周防の手首の下が打ち合う。

普通ならば手首を失っているところだ。だが周防の腕は傷一つ負うことなく刀を受け止めた。

周防の力を受けて刃が赤熱する。

「どけ！　〝グラスホッパー〟！」

〝グラスホッパー〟と呼ばれた刀の襲撃者は、声と同時に刀を押して、その勢いで再びバネ仕掛けのように高く跳躍していた。その速度はやはり瞬間移動のごとく速い。

〝グラスホッパー〟がかき消えるような速さで高く飛んだのと同時に、白熱するエネルギー体が周防の前に迫った。先程〝花火師〟と呼ばれた矮軀の男が放った力だ。

爆弾のような、バチバチとスパークするそのエネルギー体を、周防は片手で弾いた。

弾いた瞬間、そのエネルギー体は強烈な光を放って拡散した。一瞬、周防の目が焼かれる。

目がくらんだその一瞬、弾けた強烈な光の向こうから、〝穿孔機〟が突っ込んできた。

力を練り込まれた右手が、周防の体の中心に穴をあけようと突き込まれる。

周防はその拳を手のひらで受け止めた。

どんな対象物にでも真円を穿つ〝穿孔機〟の拳。

それを受けた周防の手のひらは、ちりっとひりつくように痛んだ。〝穿孔機〟の突進の勢いで、床を踏んでいた周防の足が、わずかにずりさがる。

周防は受けた拳を強く払った。

〝穿孔機〟は錐揉《きりも》みしながら吹き飛んだが、巨体を器用に空中で立て直し、着地する。

周防は〝穿孔機〟の拳を受け止めた手のひらを見下ろした。

手のひらの皮膚に、小さな黒い擦過傷《さっかしょう》ができていた。

周防は口の端を曲げて笑った。

ちょっとばかり、楽しい気分になっていた。

「おい」

周防はストレインたちの方を眺めたまま、背後の十束に声をかける。

「いいよなァ？」

微かに愉悦を含んだ声で言われて、十束は肩をすくめた。

「……あとで一緒に草薙さんに怒られてよ？」

呆れが混ざった声で言うと、周防は息だけで笑った。

次の瞬間、周防の体の内側から力が弾けた。

†

鎌本がその膂力で持ち上げて、遠くへぶん投げた青のクランズマンが最後だった。

センターを守っていた青のクランズマンたちは、吠舞羅によって倒されていたり、敗走している。

さて、これからどうするか。

キングたちを追ってセンターの中に入るか――

八田に相談しようと鎌本がそちらに向き直ったとき、センターの中から人がばらばらと走り出てくるのが見えた。

新手か、と身構えたが、すぐにそうでないらしいことがわかる。

走り出てくる連中の顔には、一様に何がなんだかわかっていない不審そうな表情と、それでも漠然とした危機感を覚えて逃げようとする焦りが浮かんでいた。

おそらく、センターにいたストレインたちだ。

鎌本はその中に、見覚えのある顔を見つけた。

「あっ、お前!」

以前にセンターに潜入したときに、話を聞き出そうとした少年だ。少年の方も鎌本のことを覚えていたらしく、「あっ！」と鎌本を指さして立ち止まった。

「やっぱあんたたちだったのか！」

少年は若干非難がましいような顔で鎌本を見据え、駆け寄ってくる。

「なんなんだよ一体。あんたら赤のクランズマンなんだろ。センターに殴り込み？」

「女の子を助けに来ただけだよ」

鎌本は言って、大きな腹を突き出すようにして胸を張る。

「お前ら勝手に逃げ出してきたのか？」

「だって……なんかヤバイことになってるみたいだし、色々考えたら、センターを信じてじっとしてようって気分にもならなかったし……」

少年がそう言ったとき、センターの建物の上空で、赤い光が弾けた。

スパークした光の中から、剣の形をした発光体が現れる。

同時に、鎌本たちにとって近しくも魂を揺さぶる強大な気配が、剣の下でふくらんだ。

――尊さんだ。

鎌本の全身の産毛がざわりと立ち上がった。興奮に肌が粟立《あわだ》つ。腹の底から高揚感が突き上げてきて、鎌本はテンションのままに拳を天に向かって突き上げた。

「No blood! No bone! No ash!」

腹から雄叫びのような声を出すと、周りのメンバーたちも唱和して拳を高く上げて吠えた。

吠舞羅たちの声が、勝ち鬨《かどき》のようにセンターの中庭に響き渡る。

走り出したいような高揚感を抱えて身を震わせる鎌本を、ストレインの少年はぽかんと眺めていた。

「あ」

ふいに、少年があさっての方向を見て素っ頓狂な声をあげた。鎌本は、奮い立つ気持ちにわずかながらも水を差されたような気がして、「んだよ」と不機嫌に少年の視線を追う。

「あ！」

鎌本があげた声は、少年のものよりずっと大きくて、動揺していた。

センターの正面から中庭へ続く道の端に、呆然とした顔で立ち尽くす女性の姿があった。

走ってきたのか、肩で荒く息をしていて、白い肌には汗を浮かせている。

「姐さん！」

穂波だった。

「姐さん！　なんでここに来たんすか！」

鎌本は穂波に駆け寄りながら咎める声を出した。

穂波は鎌本のことはほとんど目に入っていない様子で、呆然と立ち尽くしたままセンターの中庭の惨状を見つめている。

「一体……何が起こってるの……」

勝ち鬨のような声をあげる武装した吠舞羅たちと、叩き伏せられた青のクランズマンたち。逃げ出してくるストレインたち。そして上空に浮かぶ、巨大な剣。

穂波は愕然《がくぜん》とその光景を眺めていた。

「姐さん、すんません。事情はあとで説明するから……」

鎌本が焦りながら、どうにか穂波を安全な場所へ連れていこうとしたとき、ふと、鎌本たちの上に人影がかかった。

穂波も気がついたのか、顔を上げて影の主を見上げる。

そのまま、ぎくりと凍りついた。

鎌本も身を震わせる。その風貌の異様さと、こんな至近距離に迫られるまでまったく気配に気づかなかったこと、その両方に。

背の高い一団だった。奇妙な和装を身にまとい、顔の鼻から上を覆う仮面をつけている。

不気味な仮面だった。表情のない、目の部分以外は文様のようなものが刻まれた仮面だ。そしてなにより特徴的なのは、その仮面には二本の長い耳がついていることだ。

その耳は、まるで――

鎌本ははっと思い出す。

「お前ら、〝ウサギ〟か――」

†

アンナはびくんと体を痙攣させ、顔を上げた。

〝石盤〟への接触を試みようとしていたアンナは、すぐ近くで弾けた強い力の気配に意識を引き戻されていた。

周りの研究員たちも動揺を露わにざわめいている。

アンナは、あの遊園地で観覧車の上から見た彼のダモクレスの剣と、美しい赤を思い出した。

誘惑されるように、アンナは手元に転がる赤いビー玉を持ち上げる。

人差し指と親指で挟んだその小さなガラスの球を、そっと左目に近づけた。

もう一度見たい、という思いがアンナの中に確かにあった。

そして、一度周防と〝つながった〟経験が、アンナの意識を赤いビー玉を通して易々《やすやす》と周防に接続させた。

アンナの瞳は、ビー玉の向こうに周防を見た。

周防は凄みのある笑みを浮かべていた。その体からは、周防の中に収まりきらない力があふれ出るように赤い光が発散され、渦を巻いて広がっていた。

アンナの瞳は、意識は、さらに周防の中へと入っていく。

周防からあふれ出る、赤い輝きの源へ。

見えたのは、真っ赤に燃えたぎるマグマだった。

獰猛な、赤の海。

マグマはふつふつと沸騰《ふっとう》して、嵐の海のように逆巻いている。

それに触れたものは一瞬で溶けて跡形もなくなってしまうだろうという、恐ろしい赤の世界だった。

「……綺麗……」

だが、アンナの口から漏れたのはその一言だった。

恐ろしげなその赤の世界が、周防の内側の世界が、アンナを魅了した。

周防と〝つながって〟しまったときのことを思い出した。アンナはこの赤い海に呑み込まれ、もみくちゃにされた。

けれどそのときに感じたのは決して恐怖だけではなく、奇妙な安心感もあった。

外にこぼれ出さないように閉じ込めていた自分の中の世界など、ここでは取るに足りないちっぽけなものなのだと実感できた。大きな力の中に抱かれてしまうことは、アンナにとって今までにない安らぎを与えてくれた。

赤いマグマの海は、ドクリ、ドクリと重く地を揺るがすような鼓動を刻んでいた。

それは、アンナが何度もアクセスを繰り返した〝石盤〟の鼓動とよく似ている。

けれどアンナを拒否して弾く〝石盤〟とは違う、アンナにとって心地よい鼓動だった。

赤いマグマの鼓動を感じながら、アンナは自分の世界がゆっくりとあふれていくのを感じた。

両親の死の真相を思い知らされ、自分をコントロールできずに力を暴走させたときとは違う。

奇妙に心地よい解放感を覚えた。

——ミコト。

ふわりと浮き上がるような、柔らかな解放感に身を委ねた次の瞬間、アンナは周防の内側から現実に戻った。

同時に、アンナを媒介に、アンナが今見ていた世界があふれ出した。

アンナがのぞき込んでいたビー玉から、赤い強烈な力があふれる。

大きなエネルギーを内包した赤い光が、小さな赤い一点であるビー玉から弾け、部屋の中に一気に広がる。

周りにいた研究員たちが、その光に呑まれて悲鳴を上げた。

彼らは小さく痙攣して、バタバタと倒れていく。

その様子は、アンナが初めて周防と〝つながって〟しまったときの様子とそっくりだった。

アンナは呆然と、突如として監視者がいなくなった部屋の中に立ち尽くした。

アンナは一人だった。アンナを見張り、命令する者は今は誰もいない。

逃げようと思えば逃げられる。

その事実にアンナは動揺した。

部屋の中に一人ぽつんと取り残されたアンナは、しばらくの間動けなかった。

「〝石盤〟と、感応する」

アンナは、御槌に命じられたことを、自分に言い聞かせるように繰り返した。

「青の王に、なる」

だが、自分がやるべき、やらなければならないことと、自分の心がどんどん乖離《かいり》していく。

願望や期待など持つべきではないのに、すぐ近くにある強大な周防の気配が、アンナを揺るがした。

じり、とアンナの足が後ずさった。

後ろを振り向く。

そこには重たそうな金属の扉があった。決してアンナの意思で開くことはなかった扉。

アンナは誘われるように、扉の方へ足を踏み出した。

扉に手を触れると、ひんやりとした温度が伝わった。ドアノブをつかみ、押す。

扉は抵抗なく開いた。

アンナは呆然と、開いてしまった扉の向こうを見つめた。

アンナにとって、出られない、出てはならない檻の向こうに広がった長い廊下に、立ちすくんだ。


〝石盤〟と感応する。

青の王になる。

果たさなければならない使命から心は遠く離れていたが、頭に浮かんだ穂波の優しい微笑みだけはアンナの心を引き戻す。

——助けてほしい。

——来てほしくない。

アンナの口から押し殺した声が漏れた。

「……ミコト」

自分自身すら聞き取りがたい微かな声だった。

次の瞬間、廊下の先の天井で、赤い爆発が起きた。

†

周防はふと動きを止めて視線を下に向けた。

ふん、と小さく鼻を鳴らす。

〝穿孔機〟の異名を持つストレインが、再び殴りかかってきたところだった。一瞬前まで、周防は真正面から受ける構えを見せていたが、突然気が変わったようにそれをツイと腕で受け流し、その胸ぐらをつかんでぶん投げた。

周防より二回りは大きい鋼《はがね》のような重量感のある男が、軽く宙を舞う。

投げられた〝穿孔機〟は、よそに気をやっている様子の周防に怪訝な表情をしながら、宙でくるりと回転して着地する。

「気を散らすンか、赤の王」

非難がましい声を出した〝穿孔機〟に、周防は答えもせずに足下を見ている。

「十束」

戦闘中であるにもかかわらず、周防は気軽な口調で十束を呼んだ。

「はいよ」

周防は十束の方を振り向かないまま、指で軽くこっちへ来るようジェスチャーをした。十束は首を傾げながらも周防の側に近づく。

「構えろよ」

「は？」

十束を側まで寄らせると、なんの説明もせずにそれだけ言って、周防は自分の真下へ力を放った。

赤い光をはらんだエネルギーが周防の足の下からあふれ出して床にぶつけられる。

「う、わっ……！」

十束は思わず声をあげた。周防の力を受けた床が、板チョコを砕くように脆《もろ》く崩れる。

床に周防を中心とした大穴があいて、がれきが下の階へ落ちる。周防と十束はかつて床だったものと諸共に落下した。

周防はふわりと軽く、十束は周防が張ってくれた小さな赤い結界に補助されながらどうにか下の階に着地する。

顔を上げると、廊下の先に立ち尽くすアンナの姿があった。

アンナは突然崩れた天井と、現れた周防たちを呆然と見つめている。

「やっぱり床に穴あけた方が早いじゃねぇか」

少しだけ得意げに聞こえる声で言われて、十束は呆れた顔をした。

「いや、だから……いいけどね、もう」

のんきなやりとりをする周防と十束を、アンナは声も立てずに凝視していた。

だがその表情は、いつもの人形めいたものとは違う。アンナの顔の上には、驚きと戸惑い、迷いの感情がはっきりと浮いていた。

周防に縋りたい。けれど縋ってはならない。

相反する思いがアンナの中に渦巻いているのが見てとれた。

周防と十束は、がれきの上からアンナの方へ歩み寄る。

そのとき、廊下の反対側から重い声が響いた。

「引け、赤の王」

強い憎しみをはらんだ声だった。

振り返ると、怒りの念が漏れ出すように金色の光を体からにじませた白衣の男がいた。御槌だ。

「ガキを使って馬鹿なことを考えてたのはテメェか」

対する周防には、わかりやすく表に現れた怒りなど微塵もなかった。余裕ありげな声で言う周防に、御槌は拳を振るわせた。

「貴公は自分が一体何から力を得ているのか、考えたことはあるのか」

御槌の言葉に、周防は心を動かさなかった。御槌は激しい怒りの上に、侮蔑の表情をにじませた。

「何も考えず、ただ力を享受《きょうじゅ》する。……貴公はそれでいいだろう。破壊の王、暴力の王、風に踊らされる炎のごとき王よ」

御槌は怒りと嘲りを剝き出しにした声で言った。

「だが、私の邪魔をするな。ただ得た力を振り回すだけの貴公にはわかるまいが、あの〝石盤〟は人類の未来さえ変える力を秘めている。私は〝石盤〟に近づき、その力を解明する。……櫛名君の協力を得て行っている実験は、その第一歩だ。これは、人類の躍進につながるものだ！」

低い唸りのような声で言葉を吐き出す御槌を、周防は真顔で見ていた。十束はそんな周防の顔を横目で見上げ、言う。

「あんた、今あの人の話聞いてなかったでしょ？」

「……たわごとは入ってこねぇ耳なもんでな」

「便利でいいね」

しれっとした周防と、のどかな笑顔で言う十束に、御槌は拳を振るわせた。顔の色が怒りでどす黒く染まる。

「櫛名君、君はわかってくれるね？」

御槌の言葉に、アンナは肩を揺らした。

「……部屋に戻りなさい。君には君の仕事があるはずだ」

たじろぎ足を引きかけたアンナを縫《ぬ》い止めるように、周防の目がアンナを見た。

「アンナ」

周防が呼んだ。

来ないで。

言わなければならなかった言葉は、喉で詰まった。

アンナの目の前にあるのは、アンナが言葉で止められるようなものではなかった。

アンナが今まで見たこともないような美しい、赤い力の塊。

†

さっき周防と感応してしまった影響がまだ残っていた。周防の中に潜り込むようにして接してしまった、彼の中の赤いマグマを感じる。魂が震える。

天災に対して来ないでと叫ぶことが無意味なように、周防の圧倒的な力に対しては、アンナのどんな意思も言葉も無意味であるように思えた。

ビー玉を通して見た、鮮烈な赤を持つ人が、今目の前にいる。

赤しか映さないアンナの世界の中で、周防の力強く激しい赤は美しく、アンナが今まで感じたこともないほどの、確かな存在感を持っていた。

「アンナ」

周防が呼んだ。アンナは、魅入《みい》られるように周防の目を見る。

「来い」

短く命じられた。

次の瞬間、頭が何を考えるよりも先に、体が動いていた。

走る。

自分に課せられていた義務のことも、不安も、恐怖も、なにもかもを置き去りに、ただ、アンナの世界を埋め尽くす赤の元へ、走った。

走りながら、アンナはなぜか目の前がぼやけていくのを感じて困惑した。

おかしいな、目がよく見えない。

せっかく、目の前に綺麗な赤があるのに。

走りきったアンナは、勢い余って全身で周防にぶつかった。顔が、周防の足に当たる。

周防はアンナを抱きとめてくれた。

「……ガキが、無駄な気ぃ張ってんじゃねえ」

若干ふてくされたような声で言って、周防の大きな体温の高い手がアンナの後頭部をぞんざいにひと撫でし、すぐに襟首をつかんで引きはがす。

引きはがされるとき、アンナは自分が顔を埋めていた周防の足のところが少し濡れているのを見つけた。

アンナは猫の子のように、襟首を持たれて十束の方へ押しやられる。

「預かってろ」

十束の腕に庇うように抱えられたアンナは、周防の赤に包まれたその背中を見上げた。

周防があけた大穴から、ストレインたちが飛び降りてくる。

御槌の前を守るように、ストレインたちは周防の前に立ちはだかった。

「わかっているぞ、赤の王。貴公は絶大な力を持つが、その力の絶大さゆえ、傷つけられぬものがいる場では、その力を大きく制限される」

御槌は嘲る声音で言った。

「そして貴公は、その絶大な力と折り合いをつけるのがひどく下手だ。先代と同じだな。……不器用な男だ」

周防は不敵に笑った。

凄みのある、けれど愉悦を含んだ笑いだった。

十束は苦笑しつつ周防を見上げる。周防は十束の方を見もせずに言った。

「止めろよ」

「はいよ」

三十分経ったら起こせ、と仮眠前に頼むような軽さで言われ、十束はその軽さにふさわしい何気なさで答えた。

周防は一歩前へ踏み出した。周防の足下で、ジリッと火花が散った。周防の体から、赤の光が湯気が立つようにあふれ出し立ち上る。

周防の瞳は赤みを帯び、笑んだ口の端から、白い犬歯が覗いた。

「血も、骨も、灰すら残さず焼き尽くす」

ドン、と建物が振動し、周防の全身から赤い熱をはらむ光があふれ、太陽を思わせる赤い火の玉が全身を包んだ。

†

ストレインたちは一様に身構え、それぞれの反応をした。

〝グラスホッパー〟と呼ばれた刀を持ったストレインが、後ろに跳び退った。足にバネを仕込んでいるような動きで、ほんのひと跳びで遥か後方まで下がる。〝グラスホッパー〟の名の通り、バッタのような姿勢で身を低くして地面に張りつき、片手を床に、もう一方の手で剣を構える。

〝花火師〟と呼ばれた、両手に高圧のエネルギー体を宿したストレインは、周防の攻撃を警戒し、両手を自らを守るように構えた。白くスパークするエネルギー体の火花が威嚇するように一際《ひときわ》強く弾けたが、〝花火師〟の足はじりじりと後退している。

その二人に対して、〝穿孔機〟は身構えはしたものの、それは回避や防御のためではなく、むしろいつでも正面から全力でぶつかり合えるようにするためだった。

〝穿孔機〟は爛々と目を輝かせながら、握った拳に力をみなぎらせる。

「すげェ……」

嬉しげな声すら出す〝穿孔機〟の様子を見て、周防は小さく鼻で笑うと一歩前に踏み出した。

周防が足を踏み出すのを合図にしたかのように、周防を包んでいた赤い火の玉が生き物のように動いた。

ゴッ、と炎が激しく酸素を呑み込み燃え盛る音をたてながら、その大きな火の玉は周防の体から離れて獣のように飛び出し、〝穿孔機〟の体に食らいついた。

それでも〝穿孔機〟は回避行動を見せることはなかった。

対象物に穴をあけるその拳に力を込め、炎の中へ突っ込んでくる。

〝穿孔機〟の拳に練り込まれた力が、炎の塊に穴をあけた。

だがそれは、拳の周りのほんのわずかにすぎなかった。次の瞬間、〝穿孔機〟の体はいっぺんに炎の塊に呑み込まれた。

その炎の中をそれでも真っ直ぐに突き抜けてきた〝穿孔機〟の体は、金色の光に包まれていた。火球の中にまともに突っ込んだ〝穿孔機〟の体は確かに黒く焼け焦げていた。だが、その焼けた肌に金色の光が染み込んでいくように吸い込まれ、焦げてただれていた肌がみるみるうちに元の褐色の皮膚に戻っていく。

周防はわずかに眉を寄せ、炎を突き破って少しも勢いを殺さずに攻撃を繰り出してきた〝穿孔機〟の拳を、下からアッパーの要領で正確に打ち上げた。

モーションの少ない軽い動作だったが、〝穿孔機〟は拳を砕かれ、のけぞった。

力を練り込んだ拳は真上に打ち上げられながらも、体は慣性でそのまま周防の方へ突っ込んでくる。周防は足の裏でそれを押しのけるような蹴りを入れた。

〝穿孔機〟の体は後方へ吹っ飛び、床でバウンドした。

だが、床に倒れた小山のような体は再び金色の光に包まれ、間を置かずに〝穿孔機〟はむくりと何事もなかったかのように起き上がった。

　砕いたはずの右の拳は、最初は変な形にねじれていたが、金色の光が拳に吸い込まれていくと同時に、バキリと音を立てて元の形に戻る。〝穿孔機〟はなんでもない顔で、周防に砕かれたばかりの手を握ったり開いたりして具合を確かめている。

　周防は〝穿孔機〟の後方へ視線を移した。

「……テメェか」

　周防はストレインたちの後方に立つ御槌を見た。

　御槌の体は、〝穿孔機〟の体にまといついた光と同じ、金色の輝きを発していた。

　御槌は金色に光る目で周防を見据える。

「私が黄金の王から引き出された『才』は、回復と再生」

　低い声で御槌は告げ、物を見るような目を〝穿孔機〟に向けた。

「だが、私の力を当てにしすぎるな。無駄な体の損傷は控えたまえ」

「別に、なンも当てになんかしてねェよ」

〝穿孔機〟は御槌の方を見ずに言った。周防だけを見つめ、その青い目を爛々と輝かせている。

「俺ァ〝穿孔機〟だ。真っ直ぐ綺麗な穴をあけるのが仕事だ」

　御槌は機械の誤作動に対するような苛立ちの表情を垣間見せながら、残り二人のストレインに身振りと短い言葉で何かを指示する。

　周防は冷めた目で御槌を一瞥した。その目に込められた侮蔑を御槌は敏感に察した。

「私が卑怯に見えるかね？　だが彼らは私の武器だ。私が作った、私の力だ！」

御槌は叫ぶように声をあげたが、ストレインたちは反応を見せなかった。彼らは罪を犯し、ここに囚《とら》われ、そして人間であることをやめさせられた。

おそらく、御槌によって『研究』され、あるいは『手を加えられた』のだろう。

周防はストレインたちを見渡した。〝穿孔機〟を筆頭として、いずれも強力なストレインだ。

だがその強さには歪みが見えた。

「能力を高めるには各々固有の要素がある。ある種の薬物が効果を発揮した者もいれば、外的手術で戦闘能力が増強された者もいる。ここにいる彼らは、その成果のめざましかった精鋭だ！」

御槌は血走った目をしていた。

「それに……彼らには、私の力を規定値を超えて最大限に受けるための細工もしてある」

御槌は熱に浮かされた口調で言って、その視線をゆるりとアンナに向けた。

「『可能性』は無限なのだよ。そう、力に限界などない。〝石盤〟がある限り。……そうだろう、櫛名君」

周防の手がぴくりとわずかに動いた。だが御槌は気づかずに続けた。

「もう少し……もう少しなんだ。櫛名君、君にもその実感はあるはずだ。君は〝石盤〟に触れた。もう少しで――君は『その先』にたどり着く」

「ゴチャゴチャした話はあとにしてくれ」

〝穿孔機〟が言った。焦《じ》れたように体を揺すっている。

「俺ァ赤の王と戦う。赤の王を殺す。それに間違いないな？」

周防はめずらしい生き物を見るような気分で〝穿孔機〟を眺めた。周防を〝赤の王〟と知り、おそらくはその力の程も正確に知った上でそんなことを言ってのける。今までそんな馬鹿はいなかった。こいつは間違いなく馬鹿だが、力の差がわからないほど鈍くも弱くもないはずだ。

〝穿孔機〟が再び床を蹴った。御槌によって『再生』された拳に力を練り込んで、それを振りかぶる。

単調で愚かしくまっすぐな攻撃。さっきの反撃から何も学んでいない攻撃だ。

だがその腕に練り込まれた力は跳ね上がっていた。

〝穿孔機〟の全身から、力の余波が立ち上り、空気が陽炎《かげろう》のように揺らめく。

少しばかり興が乗った。

あれだけの反撃を受けながら、気を挫《くじ》かれるどころかその目はギラギラと狂乱めいた喜びに輝いていた。

〝穿孔機〟の拳が周防に届く前に、〝花火師〟の放った白い閃光が周防めがけて飛来した。

周防はその輝くエネルギー体を腕で弾き飛ばした。爆弾のような白いエネルギー体は壁にぶつかって、目を焼くような光と爆風を飛散させた。

その光と爆風の中から〝穿孔機〟が飛び出し、〝花火師〟の攻撃を弾いたばかりの周防の懐に向かって拳を突き入れんとする。

周防はその拳を手のひらで受け止めた。

確かに、さっきよりも拳に練り込まれた力が強い。手のひらにかかる負荷と熱に、周防の体の中の炎が煽られるように力を増した。

箍《たが》を緩めているせいか、周防のちょっとした気分の高揚が、そのまま力となってあふれる。拳を受けている周防の手から炎が燃え上がり、〝穿孔機〟の腕を呑み込んだ。普通ならば一瞬で炭化してしまいそうな周防の炎にも、力を練り込まれた〝穿孔機〟の腕は耐えた。さらに御槌の力によって、腕が燃えると同時に再生していく。じりじりと焼かれては再生されるという地獄の刑罰のような痛みに、〝穿孔機〟は目を見開き、脂汗を流しながらも笑っていた。

〝穿孔機〟の巨体の後ろから、〝グラスホッパー〟が突如として現れた。〝穿孔機〟の頭上を越えて跳び、天井近くから襲いかかる。〝グラスホッパー〟の持つ刀が周防の炎の色を映して赤く光った。

周防は右手で〝穿孔機〟の拳を受けたまま、叩き落とすつもりで左手を振るった。こいつが変幻自在な加速をすることは承知していたので、それを見越した動きだったが、相手は前以上の加速を見せた。周防の手が触れると思った瞬間、〝グラスホッパー〟は普通の人間の目では決して追えないスピードで〝穿孔機〟の頭に手をかけて方向転換し、その陰に隠れる。

目の前にある〝穿孔機〟の巨体の陰から、再び姿が見えた瞬間、周防は力を込めて〝穿孔機〟の拳を押し返した。〝穿孔機〟の腕に食らいついていた炎は急激にその大きさを増して体全体を覆い、炎に包まれたその体は後方に飛ぶ。だが、そのときすでに〝グラスホッパー〟は〝穿孔機〟の陰から抜け、周防の頭上にいた。

頭の上から刀を振り下ろされるかに思えたが、〝グラスホッパー〟は周防の頭上を飛び越えて、その後方へ向かった。

そこには、アンナと十束がいる。

アンナをさらって逃げる気か、人質をとる気か。

周防は微塵も動じず、軽く後ろに跳んだ。〝グラスホッパー〟は動きを加速させ、身をよじって一度壁にびたんと張りつき、周防の脇をすり抜けようとした。

フェイントのように動きを緩めてからの、さらなる加速。一直線にアンナたちの方へ。

だが周防の手は、ひょいと虫をつかむような手軽さで〝グラスホッパー〟の頭を捕らえた。

周防は空中で、〝グラスホッパー〟の頭をつかんだ手をぶん回し、その体を勢いよく壁に叩きつけた。

〝グラスホッパー〟は声もなく崩れ落ちる。周防は軽く着地すると、倒れたその体を引きずり起こし、御槌の方へ鋭く放った。

御槌は飛んできた〝グラスホッパー〟の体をギリギリで避ける。

一人残っていることにハッとした顔で、〝花火師〟は焦りの表情を浮かべながらも、その両手に生み出した白くスパークする力の塊を投げた。周防はそれを弾く。壁に着弾し、光と爆風、煙が満ちる。〝花火師〟の力の塊は、次々と飛来した。周防はそれをことごとく打ち返す。一つ一つの力はなかなかに重く、愉快だ。

花火大会のクライマックスのような勢いで連投されるエネルギー体をさばき、その弾幕がとぎれてゆっくりと煙が晴れていくと、汗で全身をぐっしょりと濡らして肩で息をする〝花火師〟がいた。〝花火師〟は矮軀をさらに小さくかがめ、絶望的な表情で周防を見ている。

奥では、御槌によって回復させられた〝グラスホッパー〟もいたが、その戦意が折れているのはありありとわかった。

その中にあって、〝穿孔機〟だけは何一つ挫けるところがなかった。

それどころか、さっきよりもさらに、体からは沸騰するような闘志が漏れている。

「強えなァ」

陶酔したようなとろける声で、〝穿孔機〟が言った。

〝穿孔機〟の青い目は、妖しい輝きを帯びていた。それはすべての現実を後ろに置き去りにして、ただ「果て」だけを見つめる目だ。

「果て」を見つめ、そこへ向かってギリギリの縁を駆け抜ける愉悦に酔った目だ。

周防はその瞳の熱を受け止めながら、薄く笑った。

†

アンナの精神は、とても敏感になっていた。

この場にいる人々の感情が押し寄せ、アンナの肌に触れ、その感情の感触を知らせてくる。

〝グラスホッパー〟の怯え、〝花火師〟の焦り、御槌の追い詰められて乱れる思い、それでもアンナに執着し、求める思い――

そして、〝穿孔機〟の、破滅に向かう愉悦。

アンナは、〝穿孔機〟のその思いを、恐ろしいと思った。〝穿孔機〟そのものに対する恐怖ではない。彼の中にある、破滅へ向かう、自らをギリギリの場所におくことへの愉悦。それは周防の中にもある。アンナはそれを知っていたし、今その事実は生々しくアンナの心に迫った。

〝穿孔機〟は周防と戦うことに心の底から喜びを感じていた。

勝てないだとか、死ぬかもしれないだとか、そんな不安は微塵も頭になく、ただスリルの中で溺れながら命のやりとりをする喜びに、体と心を震えさせていた。

〝穿孔機〟の攻撃は周防に弾かれ、軽くかわされ、反撃される。

そのたびに〝穿孔機〟は倒れながらも御槌の力によって何度でも回復させられ、立ち上がった。

そして再び振るう拳には、倒れる前よりも強い力が込められていた。やられるほどに、命を脅かされるごとに、〝穿孔機〟の力は増していくようだった。

周防もまた、遊んでいた。立ち上がるたびに力を強くする〝穿孔機〟とやり合うのを楽しんでいる。どこまで強くなるのか興味を引かれている風でもあり、また、〝穿孔機〟の中の愉悦と同調し、引きずられている風にも見えた。

拳を振るう〝穿孔機〟の腕の皮膚が裂け、血が噴き出すのが見える。オーバーキャパシティだ。

〝穿孔機〟の振るう力が肉体の強度を超えている。

実験材料となったストレインたちがどんな扱いを受けているか、アンナは知っている。

彼らに比べれば、アンナは自分が丁重に扱われていたのだということも、知っている。

凶悪な罪を犯したストレインは、〝ウサギ〟の査察を除いては基本的に外と接触を持つことはない。

アンナは、自分と同じように実験を強いられているストレインたちがいることを知り、感応能力によって、すぐ近くで行われていたその実験の様を〝見た〟ことがある。

自分だけがつらいのではないと、慰《なぐさ》めを求めようとしていたのかもしれない。

だがアンナが〝見た〟ものは、アンナを深く傷つけた。

それはまさに、人間を材料に兵器を作る工程だった。

凶悪犯罪者のストレインたちは、人としての名前を捨てさせられ、その能力の特色からコードネームをつけられ、その能力のみで認識された。そして、彼らの力を一段階上に引き上げるために、様々な実験が行われた。

それだけじゃない。

彼らは御槌の能力を最大限に引き出すための実験台にもされていた。

回復と、修復。その最大の活用。

彼らにはまず、御槌の血が与えられた。輸血され、御槌の一部を体に取り込んだ状態という、御槌の力を最も受け取りやすい状況で、その肉体をこわされた。

アンナの能力を通して伝わってきたその痛みに、アンナは震え、少し吐いた。

破壊された彼らの体は、御槌の力によって回復させられる。最初はゆっくり、じわじわとしか傷は修復しない。

だが、体の回復が終わったあと、間髪容れずにまた肉体を破壊し、もう一度御槌の力を注いで修復させ直す。すると、今度はさっきよりも少し回復が早くなる。

肉体が、御槌の力に慣れ、御槌の力を受けて修復を行うことを覚えていくのだ。

その回復力が瞬間的なものになるまで、一体どれだけの肉体破壊と修復が繰り返されたのか、アンナも知らない。

ただ、恨みも憎しみも存在しない、ただの探求心のみによって無感動に繰り返されるその地獄の様は、アンナに御槌への恐怖を深く植えつけた。

『力には上がある』

アンナが〝石盤〟への接触に失敗したとき、御槌は優しげに説法するように言った。

『私はあらゆるストレインの力を引き出してきた。力のリミッターを外す鍵を見つけてやることが肝要だ』

御槌は言いながら、感応能力を鋭くさせるためにアンナの腕に負わせたやけどに、手をかざした。ただれたアンナの肌に金色の光がまといつき、その光が肌に吸い込まれると同時に痛みが引いていく。赤黒く毛羽立っていた肌が、元の白いなめらかな肌に戻っていく。

『私は私自身の力のことも長年研究しつづけてきた。……第一王権者、白銀の王の属性は〝不変〟だという。もしも私の力を究極まで高めることができれば、私もそのレベルに到達できるのではないか？　際限のない回復。それはもはや、〝不変〟と同義だ』

御槌は開いた両手を見下ろし、目を見開いて、自分に言い聞かせるようにつぶやいた。

『ここが限界などではない。〝可能性〟はいつだって開けているはずなのだ。これまでだって、私は私の中の力を規定値以上に引き出し、使う術を見つけ出してきた。これがすべてではない。もっと先がある。もっと、もっと、もっと先が……！』

自分の両手のひらに向かって語りかけていた御槌は、ふと顔を上げた。視線を巡らせ、顔に張りついたような微笑をアンナに向ける。

『すべては、〝石盤〟の神秘の解明から始まる。最初にして最大の鍵は、君が握っているのだよ、櫛名君』

「櫛名君！」

記憶の中の御槌の言葉と、現実の、叫びのような御槌の声が重なって聞こえた。

アンナはハッと顔を上げる。

御槌が全身から汗を流し、震えながらアンナを見つめていた。

周防にいくら肉体を破壊されても留まるところを知らない闘争心に駆り立てられて戦う〝穿孔機〟の体の再生をし続けることで、御槌も限界を迎えているのだろう。

御槌は黄金の光を発しながらも、その光は切れかけの電灯のように時折弱くなる。全身で荒く苦しげな呼吸を繰り返し、目は落ちくぼみ、髪を振り乱し、十も二十も老けたように見えた。いつも浮かべている微笑など嘘のような恐ろしげな形相で、ただこの期《ご》に及んでも手放せない執着だけをぎらつかせてアンナを凝視している。

「私を裏切るな！　君は王になる。私は君の第一の臣下となろう！　君に尽くし、支え、導き、いずれは黄金の王に代わって〝石盤〟の管理者たる地位にまで押し上げてみせる！」

アンナは静かに御槌を見据えていた。

周防からあふれ出る赤い熱波の海の中で揺らめきながら立つ御槌の姿は、悪鬼《あっき》のように見えた。

「櫛名穂波のために、王になる決意をしたのではなかったのか！」

御槌が穂波の名前を叫ぶと同時に、アンナを庇っていた十束の腕に少しだけ力がこもる。

「揺れないでね」

十束がこの状況にそぐわない柔らかい声でアンナに言った。アンナは小さく頷く。

「うん」

感情の暴風雨が渦巻くようなこの場において、十束の感情だけはとても穏やかだった。それに寄り添われていることで、アンナの心も安定した。

アンナは、踊るように戦う周防と〝穿孔機〟を見つめた。

〝穿孔機〟の高揚と愉悦が、アンナのところまで届く。自らが練り込む力に耐えきれずに皮膚が破れ、筋肉が妙な形に変形して固まり、〝穿孔機〟の体は崩壊の瀬戸際にあったが、そんな肉体を置き去りに、〝穿孔機〟の心は昇華《しょうか》され、ただ周防との命のやりとりだけを求めていた。その力は心に寄り添うように増大を続け、周防に迫る。

他の二人のストレインは、引きつった顔で〝穿孔機〟の後ろ姿を見つめていた。彼らにはもう、この戦闘に参加する意気はない。

〝穿孔機〟の向かう先は、破滅でしかなかった。

けれど、長く檻に囚われていた〝穿孔機〟の力と心は今解き放たれ、思うがままに羽ばたいていた。この戦いは彼にとって、自由を得るための試練ではない。今この場こそが、彼にとっての『自由』だった。

そして周防は今、そんな〝穿孔機〟に対して、羨望めいたものを感じていた。

――ミコトの世界があふれ出してる。

アンナの両の瞳が、周防の内側の世界を〝見た〟。

周防の中の赤いマグマの海が激しくうねり、形を変え、一匹の大きくしなやかな獣の姿を取る。

その獣は、自分に向かってくる敵の、狂おしい興奮に引きずられて牙《きば》を見せた。

今にも解き放たれようとしているその獣の赤く美しい姿態に――世界で一番綺麗な生き物だとためらいなく言える、周防の中のその獣に、アンナは心奪われた。

†

血のにおいに高揚する。

一度力の箍を緩めると、その内側からわき上がる炎の誘惑に溶かされた。

脳が痺れるような興奮。王になってからずっと、抑えるばかりだった力を解放することの圧倒的な快感。

〝穿孔機〟も笑っていた。何度も潰されては回復される内臓。そのたびにおびただしい量の血を吐き出し、口と胸元を血でべったりと汚しながらも、彼の口元は笑みを作り、その瞳は少年のようにキラキラ光っていた。

何度も焼かれては修復される皮膚。熱さに、痛みに獣の咆吼《ほうこう》のような声をあげながらも、その体から発散される覇気は微塵も衰えず、愚直なほどに何度も突っ込んでくる拳は生き生きとして勢いを変えない。

イカレた野郎だ、と思う。

だが、そのイカレっぷりに報いてやろうという気になった。

「ガアアアアアアッ！」

〝穿孔機〟が吠える。もはや人とは思えない声で、腹の底から命を吐き出すように吠え、周防に躍りかかる。

周防は赤い力をみなぎらせた拳を振りかぶった。

今まで、周防にとって、周防個人が戦える相手というものは存在しなかった。

周防は王だった。

周防は、王として、ただその絶大な力を持ってそこに在りさえすればそれでよかった。

周防が戦うべき相手など——周防が力を出して戦える相手など、どこにもいなかった。

このストレインが、その相手になるわけではない。だが、周防の力を知って、それでも周防に向かってきた奇特な奴であり、この男の中で今燃え尽くされようとしているものは、ずっと周防

が切望してきたものであるように思えた。

周防の拳と、〝穿孔機〟の、対象物すべてを穿つ力を持つ拳が真っ直ぐにぶつかり合った。

ゴッ、と重たい音が響き、衝撃波が周りに広がる。

莫大なエネルギー同士の衝突。周防と〝穿孔機〟の打ち合った拳の面から放たれた衝撃波は、周囲の壁に、床に、天井に、一気に亀裂を走らせた。

周防の目には映らなかったが、その亀裂は周防たちがいる最下層から、天へ駆け上がる龍の如く、上層の壁へ上っていき、地上へ出、さらに上り続けてセンターの最上階まで達した。

〝穿孔機〟の拳は、打ったものに美しい真円の穴をあける。無造作な破壊の力ではなく、鋭く引き絞られ練り上げられたエネルギーを有する。が、周防の拳と打ち合った〝穿孔機〟の武器であるその右腕は、次の瞬間弾け飛んだ。

〝穿孔機〟は絶叫した。

だがそれでも、その目から光は消えなかった。子供のような輝きを持つ青い目で周防を見据える。弾けた右腕は金色の光に包まれ、早くも再生が始まっていた。

〝穿孔機〟は、腕の再生を待たず、左手を拳に握った。その左手に力を込め、爆発的な破壊の力を一本のドリルのように練り上げる。

その拳を繰り出したところで、左腕をも失うだけだ。だが〝穿孔機〟はそんなことは構わないようだった。持てる力のすべてを出し切る。頭が真っ白になるほど思考を焼き尽くして、すべてを解き放って、果てる。〝穿孔機〟の、図体に似合わぬ少年のような青い目は、その先の光景しか見ていなかった。

彼のその目と、狂おしい戦闘への陶酔に、引きずられたのかもしれない。

周防自身、長らく抑え込んでいた力をほんのわずかながらも解き放ったことで、妙な勢いがついていた。

周防の中で鎖をかけられ抑え込まれていた力の奔流が、箍の緩んだ隙間から次々とあふれ出してくる。

力があふれるにまかせることは、心地よかった。脳を優しく溶かし、誘惑する。

周防の体を取り巻いていた赤い光が、物理的な力を有する赤い炎に変容した。フロアの中が、赤い海と化すように、周防の炎で満たされていく。

とんでもない高温に、壁が炭化していき、鉄の扉がどろりと溶け出す。天井が焼け崩れて、がれきが落下する。

〝穿孔機〟は魅入られたようにその光景を眺めていたが、他の二人のストレインはひっと息を呑み、逃げ出した。

灼熱地獄と化したフロアの床を蹴って、崩れた天井の穴から階上へ跳び上がる。

御槌は引きつった顔で周防を見つめ、叫んだ。

「すべてを破壊する気か、赤の王！　身の破滅だぞ！」

破滅。

周防は薄く笑った。

そのとき、ひんやりした温度のものが、背中の真ん中に押し当てられた。

「キング」

彼はこの状況下でも平静な声で周防を呼んだ。

十束の手のひらだった。

十束の手が冷たかったのか、周防の体温が上昇しすぎていたのか、その両方なのか。

その手の感触と温度に、高揚し、荒れ狂っていた体内の力に、凪《なぎ》が訪れた。

†

彼の炎の色に魅せられた。

フロアにあふれ返る炎を見つめながら、十束の頭の中に周防と草薙の言葉が響く。

——止めろよ。

——お前は、ストッパーや。

吠舞羅の中で戦闘能力をほぼ持たない自分の、それが役目なのだろう。

けれど時々、このまま引き留めることなく、その背中を見送ることが幸福なのではないかと思う瞬間がある。

わずかに苦笑し、十束は腕に庇っているアンナに視線を落とした。

アンナは目を見開き、周防の炎の赤で満たされたフロアを見つめている。アンナの白い肌の上に、炎の照り返しが揺らめく。アンナの大きな瞳が、炎の輝きを反射して光る。

周防からあふれ出る力の奔流に見入っていたアンナは、ほう、と陶然とした息をついた。

「綺麗」

「うん」

「……でも」

「わかってる」

十束は笑いかけ、アンナを抱えていた腕を離した。

「離れないでね」

アンナは十束を見上げて、ぱちぱちと瞬きした。そのまま素直に十束の後ろにくっつく。

十束とアンナは周防の結界で守られていたし、そもそも周防の炎は十束を焼くことはない。

十束は戦闘能力をほぼ持たない。力の容量も飛び抜けて少ない。ただし、「器用な」力の使い方ができる。

誰よりも弱い代わりに、誰よりも仲間の炎と同調できた。

十束は、周防や、周防に力を与えられた吠舞羅の面々の炎によって傷つくことは決してない。

周防の中からあふれ出し荒れ狂う力の激流を見つめながら、十束はゆっくりと周防の背中に近づいた。

一歩。二歩。

無防備な一般人がこの場にいたら、一瞬で全身の血を沸騰させて死に至るだろう熱波の中を、その中心に向かって十束は歩いた。

熱波が十束の体に触れるやいなや攻撃力をなくし、柔らかな温風に変わる。

十束は周防の背中に近づきながら、自分の中にある小さな火種に意識を向けた。

それは小さく、弱いものだ。だが確かに周防から受け取った炎だった。

第三王権者——赤の王は、荒ぶる炎の王、という性質を持つ。赤のクランズマンたちが有する力も、必然的に荒ぶる力——一歩間違えればそれは簡単に、暴力を好み、力に耽溺する性質を持つ力だ。

草薙など自分の力を完全に自分のコントロール下に置いているが、大きな力を持ちながらも涼しい顔でそれをしてのけるのは、彼の矜持だ。草薙とて、力に溺れることへの誘惑は知っている。

けれど十束はそれを知らない。

他の吠舞羅の面々が身に宿すものが燃え盛る炎ならば、十束のそれはろうそくの火にも等しい。力を抱えることの快も、かかる負荷も、十束は何も共有できない。

できることはただ、外側から呼ぶことだけだ。

十束の手が、周防の背中に触れた。

熱い。周防自身の体温と、周防の体から発散される炎の熱が入り交じる。

十束は自らの内にある小さな炎と、周防の大瀑布《だいばくふ》のごとき炎を同調させた。それは、もとは同じ炎だ。

十束には周防の炎を制御することなどはもちろんできない。けれど、届かせることはできる。

「キング」

十束は周防を呼んだ。

同時に、周防の体から激流のように流れ出ていた熱波と、フロアに渦巻いていた炎の海がゆるりと静まり、消える。

周防はあっさりと、すべてを破壊しそうに思えた凶悪な炎を収めた。

十束は周防の背から手を離した。

さっきまで、破滅を呼んできそうな、煉獄《れんごく》がごとき光景を生み出していた周防は、まるで寝起きのようなだるそうな仕草で髪をかき上げ、長い息をついた。

周防の前には、ボロボロになった〝穿孔機〟がいた。

弾け飛んだ右腕はまだ回復しておらず、全身は焼けただれ、立っているのが不思議な状態だ。

今にも崩れ落ちそうな〝穿孔機〟の体に、ゆるりと金色の光がまといついた。

視線を後方にやれば、体から金色の光を発した御槌が、必死の形相で力を〝穿孔機〟に注いでいた。さっきまで、吹き荒れる炎と熱波の中、自分の身を守ることに精一杯で、〝穿孔機〟の回復まで手が回りきっていなかったのだろう。

だが、〝穿孔機〟を回復させようとするその光はいかにも微弱で、もはやその力はほとんど用をなしていないようだった。

それでも御槌は、唾を飛ばす勢いで叫んだ。

「戦いたまえ！　戦闘が君の存在意義なのだろう？　何人ものストレインを手にかけた殺人者、

ストレイン殺しの君を、今まで生かし、手をかけ、強力な兵器にしてやった。君は私の武器だ。武器の意義は戦いの場にしかない！　さあ、戦いたまえ！」

〝穿孔機〟は、御槌に言われたからではないだろうが、まだ戦う意思を見せた。左腕を持ち上げて構え、その手にもうほとんど残っていない力を練り込もうとしている。

「……どうする」

周防がぞんざいに言った。

〝穿孔機〟の青い目は、この期に及んでもまだ少年のように純粋に光っていた。幸せそうですらあった。

「決まってンだろ。最後まで、やる」

〝穿孔機〟が言う「最後」がどこなのか、周防は正しく理解したのだろう。

周防は構えのない足取りで〝穿孔機〟に近づいた。

どん、と周防の拳が〝穿孔機〟の心臓の上に軽くぶつけられる。

「No blood, No bone, No ash」

低く少しかすれた、わずかに甘さのある声で周防がつぶやくように言った。それは、弔《とむら》いの言葉のように響いた。

次の瞬間、〝穿孔機〟の体はゆっくりと傾いだ。ドウ、と重い音をたてて倒れる。

周防の拳から放たれた炎の力が、〝穿孔機〟の体内で彼の心臓を焼き尽くしていた。

戦闘に魅入られたストレインが、何人もの人間を屠《ほふ》り、捕らえられ、兵器にされ、そして戦いの「果て」に到達してしまった。……それだけの話だった。

焼け崩れたがれきが、天井からばらばらと降ってくる。

力の奔流は収めたものの、先程までの周防の力を受けて崩壊しかけたセンターの建物は、今にも限界を迎えそうだった。

大きな亀裂の入った壁はぴしぴしと自重《じじゅう》に耐えかねているような危険な音を響かせ、壁や天井に移った炎は静かに着実に建物を焼いていく。

そんな中、周防は御槌に視線をやった。

猛獣に睨まれたように、御槌は大きく身を震わせて硬直した。

「……貴公は……貴公は自分のその絶大な力の源のことを、知りたいとは思わないのか？」

御槌はじりじりとあとずさりながら言った。

周防はもう破壊的な力を収め、力みのない姿勢でそこに立っているだけだった。だが、御槌の全身からは油じみた汗が噴き出し、足は震えている。

「ストレインは、〝王のなりそこない〟と言われているのは知っているか？　私はそのストレインを研究し、王に近づけることで、〝石盤〟の神秘に迫ろうとした。これは真理の探究だ！」

必死の形相の御槌に、周防は面倒くさげなため息をついた。ゆっくりと、御槌の方へ歩き出す。

「子供一人の自由が、真理と引き替えになるほど大事か⁉　私は彼女の命を脅かすようなことはしていないし、するつもりもなかった！　使い潰したのは、もともと生きている価値のない犯罪者のストレインのみだ！　私は……」

「もう、しゃべらなくていい」

叫ぶように言いつのる御槌の言葉を、周防は低い声で遮った。

周防の右腕に、赤く光る力がこもった。御槌はひっと小さく息をのみ——

その体が突然宙に浮かび上がった。

「な……？」

御槌は空中で体をばたつかせた。眉を寄せて見上げる周防の前で、宙に持ち上げられた御槌の体は、勢いよく床に叩きつけられる。

御槌は声もなく意識を失った。

周防は振り向いて、御槌を叩き伏せた犯人を見上げる。

天井にあいた大穴の縁に、彼らはいた。

狩衣《かりぎぬ》をベースにしたような奇妙な装束《しょうぞく》を身につけ、顔の半分を不気味な仮面で覆った者たち。

その仮面には、長い動物の耳のようなものが生えている。

周防はおもしろくもなさそうに鼻を鳴らした。

「……〝ウサギ〟か」

黄金の王の親衛隊だ。

黄金のクランズマンの中で、〝ウサギ〟というのは完全に別枠の存在だ。

個々人の『才』を引き出す黄金のクランの〝インスタレーション〟。そこで異能を得る者もいれば、『異能』ではない、世間一般でいうところの『才能』を最大限まで伸ばされる者もいる。

また、中にはほとんど力を得ることもなく自分の才のなさをただ突きつけられるだけの者もある。

〝ウサギ〟は、それらのクランズマンの中で、トップクラスの異能を持つ者たちを集めた集団だ。奇妙なウサギの面で顔を隠し、同じ装束に身を包んだ、個人の識別のできない一団だが、その中の戦闘部隊は他のクランの戦闘力に長けたクランズマンでも敵わないほどに強いと言われている。〝ウサギ〟が一体何人いるのかも、その正体も、正確に知っているのは黄金の王だけだという。

〝ウサギ〟たちは、天井にあいた大穴から、ふわりとがれきの上に降り立った。飛び降りた、というのは正確ではないだろう。彼らはゆるりと宙を浮遊して、柔らかく降り立ったのだ。

能力によって、自らの体や対象物を自在に浮かせることができる者がいるのだろう。今さっき御槌を宙に浮かせ、叩きつけたのも〝ウサギ〟の誰かの力だ。

〝ウサギ〟は三人いた。みな一様に背が高い。体の内に大きな力を秘めているのは感じられるが、その気配はシンと静かだ。

「後始末に来たらしいで」

上から、耳になじんだ声が降ってきた。見ると、〝ウサギ〟の後ろにいたのだろう、草薙が穴の縁に立って下の階を見下ろしていた。

「よっ、お疲れ」

草薙が穴の上から周防に向かって片手を上げた。肩と腕の傷は応急処置はされているが、シャツは血でひどく汚れている。

周防は草薙の負傷した姿を見て眉をひそめた。

「なんだ、そのナリ」

「……この状況でいきなりそこに突っ込まんでもええやろ。ほっとけ。結構恥ずかしいんやで」

いたたまれなそうな顔で言って、草薙は周防の前で倒れている御槌に視線をやり、苦く笑う。

「そこに転がっとるセンター所長は、もう終《しま》いや。これ以上お前が相手することあらへん。〝ウサギ〟に譲ってやり」

周防はなんとも答えなかったが、ゆるゆると動き出した〝ウサギ〟たちを阻もうともしなかった。〝ウサギ〟は周防の横をすり抜け、倒れている御槌を取り囲む。

草薙は大穴からがれきの上へと飛び降りた。

十束はアンナの手を引いて、草薙の方に駆け寄る。

「大丈夫？　草薙さんがそんなケガするとこなんてなかなか見ないよね。どしたの、ホントに」

「……だから突っ込まんといてって……」

草薙は気まずげに言ってから、ふと思い出したように十束と周防をそれぞれ軽く睨む。

「それより、無茶するなゆうたよな？　なんやこの有様《ありさま》」

センターの建物は、幾筋も走った巨大な亀裂と、燃え移り、ゆっくりと広がる炎によって崩壊寸前だった。こうしている今も、頭上からは細かいがれきが降ってきていて、崩壊の予兆のような不穏なきしみ音が鳴り続けている。

十束はごまかすように笑った。

「あはは……早く出ないと、俺たちも生き埋めになりそうだね」

「ったく……。地上階のストレインたちはもう勝手に逃げ去っとる。今、セプター4の司令代行がセンター内に残っとる研究員や青服の連中に避難の指示を出しとるところや」

そう言う草薙の表情は、複雑そうな色を見せた。

周防はそんな草薙の様子を黙って見つめ、それから天井の方に軽く視線をやった。

「……さっき、ストレインが二人逃げた」

「別の〝ウサギ〟が捕まえてたわ。地下に隔離されてる他のストレインたちも、今〝ウサギ〟が連れ出してるはずや」

俺らも出るで、と草薙が言って、十束と手をつないでいるアンナに目を落とした。

「君も、俺らと来てくれるやろ？」

草薙は、子供に対するというより対等な相手に話しかけるような口調でアンナに言った。アンナはこくりと頷く。

十束はつないでいた手を軽く引っぱり、周防の方へと促すように手を離した。

アンナは数秒、迷うように周防を見上げて瞳を揺らし、そっと——周防の服の裾をつかんだ。

†

「あっ、尊さん！」

壁に亀裂を走らせ、燃えるセンターの中から周防たちが歩み出てくるのを見て、八田が表情を輝かせて声をあげた。

伏見は八田の声に顔を上げ、そちらに視線をやった。

周防と、草薙と、十束。そして周防の後ろには、周防の服を小さな手できゅっとつかんだアンナがいた。

アンナは青い服をぼろぼろに汚してはいたが、無事なようだった。伏見は知らず知らずのうちに詰めていた息をホッと吐いていた。

周防たちが歩いてくる背後で、ついにセンターの建物が崩れ出す。

一度決定的な崩壊が始まると、それは砂の城が崩れ去るように呆気なかった。

轟音《ごうおん》とともに建物は地に沈むように崩れてゆき、病院側と研究棟側をつないでいた渡り廊下がぼろりともげる。崩れ落ちた研究棟側のセンターの建物はがれきと化してゆき、それを火が呑み込んでいく。

吠舞羅の面々と、ケガ人の収容をしているセプター4の連中、センターの職員たち、逃げてきたストレインたちは皆、呆然とその光景を見守った。

その中で八田は一人、崩壊するセンターなどには目もくれずに嬉しそうな顔で周防の方へ走っていく。

伏見はその八田の後ろ姿を見やり、小さく舌打ちした。

十束は駆け寄ってくる八田に何か声をかけ、それから八田の後方に目をやり、伏見に視線を留めた。にこっと笑って十束は伏見の方へ近づいてくる。

伏見はもう一度舌打ちする。

「お疲れ様」

「……はぁ」

笑顔で声をかけてきた十束に、伏見はふてくされたような生返事をした。

「アンナちゃんは、大丈夫だよ」

「……なんで俺に言うんすか」

十束はわずかに肩をすくめた。伏見は横目で十束を見やった。

「……結局どうなったんですか」

「センター所長の御槌は〝ウサギ〟が連行した。黄金側で処分するんだろうね。……建物もこの有様だし、センターはいったんお終いだよ」

ストレインの教育、研究施設はまた新しく立ち上がるだろう。だが、この騒ぎがあったあとだ。今後は不祥事に敏感にならざるを得ないはずだ。

伏見は火がくすぶるがれきの山を眺めながら、ぼそりと言った。

「〝ウサギ〟が来るの、遅かったですね」

「そうだねぇ」

「あわよくば、御槌の無謀な実験の果てを見届けてからと思ったんですかね」

どうでもいい口調で言えば、十束が苦笑して「かもね」と答えた。

〝石盤〟とはなんなのか。その真実を希求しているのは、なにも御槌だけではないのだろう。

十束と伏見が並んで、燃えるがれきの山を漫然と眺めていると、何人かの吠舞羅メンバーたちが十束の方に近づいてきて声をかけた。十束はそれに明るく言葉を返し、撤収のための指示をいくつか出す。吠舞羅メンバーたちは素直にそれを受けて、十束の指示に従って動き出した。

伏見はそれを横目で見て、なんとなくしらけた気分になっていた。

「そろそろ行かなきゃね。猿くん、俺らも――」

「あんた、弱いくせになんで吠舞羅の幹部なんすか」

ずっと思ってはいたがさすがに口にはしないでいた言葉が、今日幾度も感じたストレスのせいか、つい出てしまっていた。

十束は目を見開く。

さすがに怒られるかと思ったが、いつもへらへらしているこの人がプライドを傷つけられて怒る様を見れば少しは胸がすくんじゃないかという気もした。

だが十束は、唐突な言葉に対する驚きが過ぎると、いつも通りの笑顔で言った。

「成り行きだね！」

実に快活な口調に、伏見はとっさに返す言葉を失った。

「……って言うと身もふたもないけど、俺、キングが高校生の頃からあの人の周りをうろうろしてたから。あの人が王になったとき、一番近くにいたのは草薙さんと俺だったんで、まあ、自然とそんなことになってた感じ？」

たとえ最初はそうだったとしても、強さこそがすべてといってもいい気質のチームで、十束がその座にあり続けることに誰も疑問を抱かず、それどころか慕われている。

それは、十束の特性だろう。

「……あんたも、意外と王に向いてるんじゃないすか」

皮肉な気分で言えば、十束は「は？」と目を丸くした。

「力で従わせなくても、人が従う。……得な性質っすね」

「馬鹿言っちゃいけないよ」

十束の、笑みは含んでいるが真面目な声が響いた。

伏見は怪訝に眉を寄せて十束を見た。十束は笑っていたが、それはいつもの人好きのする笑顔とは少し違って、どこか酷薄にも見える笑い方だった。

「何かに執着しているような奴は、王になんかなれない」

妙にまっすぐ伏見を見ながら言うから、伏見は居心地の悪さを覚えた。十束の話をしているはずなのに、なんだか尻の座りの悪い心地になる。

伏見は言い返す言葉を探して数秒黙ってしまい、結局舌打ちとともに視線を逸らした。

「あんたの言うことは、よくわからない」

口の中でぼそぼそと言えば、十束はからりと笑った。その顔はいつも通りの屈託のない笑顔に戻っていて、そのことに伏見はさらに腹立たしい気分になる。

「俺はあんたが嫌いです」

「そ？　俺は結構君のこと好きだけどね、猿くん」

「…………その呼び方やめて下さい」

思わず子供じみた口調で言ってしまうと、十束は一瞬驚いたように眉を上げてから、少し意地悪げなような、嬉しそうでもあるような笑みを見せた。

「……ようやく本音を言ったね、伏見」

伏見が何か返そうと口を開きかけたとき、後方から吠舞羅メンバーのざわめきが聞こえた。

†

離れた場所で吠舞羅のメンバーがざわめくのを聞いて、八田はそちらを振り返った。

「鎌本さん!?」

吠舞羅の一人が焦った声でそう呼ぶのが耳に入り、八田はぎゅっと表情を引き締めてそちらに向かって走った。

吠舞羅とセプター4の戦場となっていた中庭から外れた病院の建物の物陰で、倒れている鎌本の大きな体と、その側に座っている見覚えのあるストレインの少年、そして彼らを取り囲む吠舞羅メンバーが目に入る。

「鎌本！」

八田が側に膝をつき揺り起こすと、鎌本はうーんと眠たげな声を出して目を開けた。八田は勢い込んで鎌本の胸ぐらをつかみ、鼻先に顔を近づけた。

「おい！　どうしたんだよ⁉」

「あれ……八田さん」

「八田さん、じゃねぇよ！　なにこんなとこでぶっ倒れてんだ！　やられたのか⁉」

鎌本はわけがわかっていない様子で起き上がり、不思議そうに辺りを見回した。

「いや、別にどこも……ってか俺、何してたんだっけ……」

「知らねーよ！　お前頭でも打ったのかよ！」

鎌本は不思議そうに首をひねりながら自分の頭をさすり、突然表情を変えて「あっ」と叫んだ。

「そうだ！　櫛名の姐さんが……！」

鎌本の発言に、八田の表情が変わった。

「姐さんがどうしたんだよ⁉」

思わず大声で問い返してしまうと、中庭中の視線がいっせいに集まった。

八田の後ろには、周防とアンナが来ていた。

穂波の名を聞いて、アンナの瞳が動揺に揺れていた。

周防の服の裾を握っていた手にぎゅっと力が入り、その小さな拳が白くなっている。

アンナは鎌本を見つめて、ふるりとまつげを震わせた。

「……何があった」

アンナの代わりに、周防が低い声で問うた。

鎌本は周防とアンナをせわしなく見比べながら、肉厚な頬を震わせて言った。

「櫛名の姐さんが……」

インターバル

十束は、客観的に見ればあまり幸せな生い立ちではない。

本当の親の顔は覚えていない。十束は三歳のとき、「ここで待っていなさい」と言い含められて公園に置き去りにされたらしい。

そのとき最初に声をかけてくれた子供のいない夫婦に引き取られることになったが、その夫の方がどうしようもないギャンブル好きで、妻は愛想を尽かして出て行った。その際、十束は一緒に連れていかれることなく、ダメな義父とともに置き去られた。

その事情を知ると、たいていの人はとても気の毒そうな顔をする。

けれどそれはお門違いだった。

十束は自分が本当の親に捨てられたらしいことに特に感想は持っていない。自分を捨てた親を恨んだこともなければ、とりわけ会いたいと思ったこともなかった。諦観を抱いているというわけでもなく、まあ人生色々あるよねくらいの感慨で、至極自然に状況を受け入れていた。

生い立ちにまつわるちょっとしたトラブルくらいで不幸を感じるには及ばないほど、

十束にとってこの世界は興味深いもので満ち満ちていた。

何にでも興味を持つ十束は、金のかからない遊びなら誰よりもたくさん知っていた。家にあったがらくたのようなハーモニカであらゆる曲を吹けたし、カブトムシを捕まえることも得意だった。家は四畳半であったが、秘密基地は本拠地一つと別荘二軒を持っていた。ボール一つでできる様々な遊びにも夢中になって近所の子供たちと駆け回った。

ギャンブル好きの義父は、父親や夫としては実にダメな人だったが、悪友と思えば悪くなかった。時々、ふらっと家を出て行って何週間も帰らないこともあったが、そういうとき十束は「また旅の風に誘われたんだな」と理解することにしていた。そのうちに義父は帰ってきて、十束に安っぽい土産《みやげ》をくれ、罪滅ぼしのように遊びに連れていってくれた。行き先は大抵近場の山だった。山登りは、幼少期の十束の一番の趣味となった。

金がなさすぎて、電気やガスが止められることはしょっちゅうだった。一度は水道まで止められて、ライフラインがすべて途絶えたことすらあった。

「すまんなぁ」

そういうときはさすがに、義父もしょんぼりとうなだれて謝った。本当ならもっと反省してもらった方がよかったのかもしれないが、十束はつい笑って励ましてしまうのが常だった。

「へーきへーき、なんとかなるって！」

食べるものがなくなってしまったときも、十束は野草の本を見ながら食べられる草を摘《つ》んできて食事を作った。幼少期の十束の生活は、創意工夫に満ちていた。

義父がすねたような顔でそう言ったのは、十束が中学に入ったばかりの頃だっただろうか。

「お前は薄情な奴だ」

「お前を捨てた親は、きっと今頃どこかで、お前を捨てた過去に苦しめられているだろうに、お前はそんなことを一向に気にせずのほほんと生きてやがる。俺だって、こんなダメなオヤジでお前に悪いなぁとかホントは思ってるのに、お前がそんなふうだから、ちっとも更生できやしない」

「いや人のせいにしないでよ」

さすがに呆れて言えば、義父は「スミマセン」と素直に謝った。

「しかしお前は、やっぱり薄情だ」

「うーん、そうかなぁ」

「お前はなんにでも興味を持つけど、なんにも執着しない」

それが薄情ということになるのか、十束にはよくわからなかったが、確かに執着をしない、というのはその通りだった。

十束の目には世界は興味深いことであふれていたが、それらをなくすのを恐れたことはなかったし、失われたものを惜しんだこともほとんどなかった。

「お前にも、執着するぐらい大事なものができるといいよな」


そして十束は、周防と出会った。

†

義父の葬式の日、周防と草薙が来てくれた。

草薙はきちんと喪服に身を包んでいたが、周防はいつもの服装で式の終わり頃にふらっとやってきた。

「俺さ、あの人に『薄情だ』って言われたことあるんだよね」

簡単な式が済んで諸々の片づけが終わったあと、十束は周防と二人で話をした。十束はいつものように微笑みを浮かべていた。

「そのときはなんだそりゃ、って思ったけど、俺はやっぱり薄情なのかもしれない」

周防は何も言わずに、聞いているんだか聞いていないんだかわからない顔で立っていた。

「あの人、まあ正直割とダメな人だったし、奥さんにも逃げられるし、ド貧乏だったけど、好きなことだけやって過ごして、悪くない人生だったんじゃないかって思うんだ。

……悲しいとかよりも、そんなことを思うのは、やっぱり薄情なのかもね」

十束は義父が好きだった。「父親」に対する思慕のようなものは抱いていなかったが、それでもなかなか愉快な同居人として、好きだった。

けれど彼が死んでも、涙は出なかった。

突然、周防の手が十束の頭をがっしとつかんだ。

「あだっ」

つかまれた頭はすぐに突き放される。乱暴な所作に、十束は髪の乱れた頭を押さえてぽかんとした。

「来いよ」

周防は言いながら、さっさと背中を向けて歩き出した。

「テメェは、俺が王になるのを見たかったんだろ」

十束は笑った。

笑って、周防を追った。

†

その日の夜、十束はバー『HOMRA』でいつも通りに過ごした。

閉店後、カウンターの内側に入って片づけの手伝いをしようとしたら、草薙は身内を送ったばかりの十束を気遣ってくれたのか、休んでていいと言ってくれた。だが十束はそんなふうに思いやってもらうことがなんとなくいたたまれなく、「暇なんだよ」と冗談めかして言って手を出した。

しばらくの間、グラスを洗う水音と、食器を重ねる音だけが薄暗いバーの中に響いた。

周防はもう二階に上がって寝てしまっている。十束は布巾《ふきん》で皿を磨きながら、階上の気配に耳をすました。

物音は何も聞こえてこない。キングはどんな夢を見るのだろうか、と、十束は静かに夢想した。

「キングは、後悔してるかな」

十束はうっすらした微笑みとともに、ぽつりと言った。

草薙は手を止め、怪訝そうに十束の方を見た。

「何をや」

「王になったこと」

十束はほのかな笑みは浮かべていたが、それは密かにずっと、胸の内によどませていた思いだった。

草薙は困惑げに眉を寄せた。

「……後悔もなにも、〝石盤〟に強制的に選ばれるもんで、あいつが選んだわけやないしなあ」

そうだね、と十束は頷こうとしたが、それより前に、草薙が声を改めて言った。

「お前こそ、後悔してんのか」

十束は軽く目を見開いて草薙を見た。草薙はいつもよりさらに大人の顔をして苦笑している。

「あいつのことを〝キング〟やなんて呼んどったこと。あいつが王になることを望んだこと」

十束はすぐに返事ができなかった。

言葉に詰まることなどほとんどない十束が不覚にも数秒間黙り込んでしまって、それからようやく、ふにゃりと笑う。

「……それがね、草薙さん。後悔は、してないんだ」

薄情な奴だとすねたように言った義父の声がまたよみがえる。

——執着するほどに大事なものができても、結局のところ、俺は薄情で、自分勝手なままだ。

「それでええんちゃうか」

草薙は言って、小さく笑った。

「第一、お前や——俺が、あいつを王にしたわけでもないしな。うぬぼれるなっちゅう話や」

冗談の口調で草薙が言ったので、十束も明るく混ぜ返した。

「けどほら、言霊《ことだま》とかってあるじゃん？　俺がしつこく、あの人のこと王様だとか言い続けたから、〝石盤〟もあの人に気づいちゃったのかもしれないし」

「阿呆《あほ》やろ、お前」

「……阿呆だよ、俺は」

笑い顔のまま、十束は口を尖らせて言った。


益《えき》もない迷いは、これで最後にしようと十束は思った。

周防は、王になった。

それは、十束が漠然と、けれど出会ったときからずっと、見たいと願ってきた姿だった。

十束はこれからずっと、王としての周防の背中を押し続けるだろう。

全身全霊で、周防を中心として生まれたこの場所と、周防をこの場につなぎとめる糸を守りながら、その背中を押し続ける。

6

赤い服の少女

目が覚めて、草薙はしばらくぼんやりと白い天井を見上げた。

ソファーの上で寝ていたせいで、若干背中が痛い。

なんでソファーで寝てるんだっけ、と寝ぼけた頭で一瞬考え、すぐに思い出す。

草薙はあくびを嚙み殺しながら、ソファーからはみ出た足を床に下ろし、立ち上がった。

寝室の方へ向かう。そっと扉を細く開けると、ベッドの上で眠っている二人の姿が見えた。

ベッドの端の方を向いて眠る周防と、その背中に寄り添うアンナだ。

彼らはよく眠っているようで、穏やかな寝息が聞こえてくる。

草薙は苦笑してそっとドアを閉めた。


バー『ＨＯＭＲＡ』の二階にある、今は物置として使っている部屋を片づけ、少しばかりリフォームして、アンナの部屋を作ることになった。

今はその作業中で、その間、アンナは草薙のマンションで預かることになったのだが——草薙の部屋まで送ってきた周防の服の裾をアンナがきゅっと握り、放さなかったため、周防まで泊めることになってしまったのだ。

アンナの身に起きた様々なことを思えば、草薙も周防もアンナの意向を無下にはできなかった。本当なら、ベッドはアンナ一人に使わせる気だったのだが、ここでもアンナは周防の服の裾を握った。

……あまりそういう癖がつくのもいかがなものかとも思ったが、今日くらいは甘やかすべきだと判断し、草薙はなんとも言えない顔をしている周防をアンナと一緒に寝室に追いやった。

それに草薙としては、アンナの要求を苦々しい顔をしながらも呑んでしまう周防というのは、なかなかめずらしく愉快なものでもあった。

草薙は軽くシャワーを浴び、とりあえず下だけ穿《は》いて、肩と腕の傷の手当てをした。口で包帯の端をくわえて押さえ、手早く巻いていく。

それが済むと、タオルで濡れた髪を拭いながらタンマツを手にした。

電話をかけると、相手は数コールで応答した。

『もしもし。おはよー』

「はよ。十束お前、今日何時頃来るんや？」

『もうすぐ？』

なぜか疑問系で言う十束の声の背後には、車の音や人の喧噪が聞こえた。

「お前今外か。もうこっちに向かってるんか」

『うん。あと十分くらいで着く』

「朝飯食ったんか」

『ううん。あ、アンナにイチゴのゼリーとブラッドオレンジジュース買ったよ。朝食に加えてよ』

「おう。卵、オムレツとベーコンエッグどっちがええ？」

『アンナの好きな方にしなよ』

「まだ寝てんねん。朝飯できてから起こすわ」

『じゃーオムレツ』

たわいない会話をしながら、草薙はシャツに袖を通した。

その途中で、ふと鏡に映った自分の背中が目に留まり、草薙は一瞬だけ動きを止めた。

草薙の右の肩甲骨には、周防のクランズマンである〝徴《しるし》〟がある。

それを見て、草薙はアンナのことを思い、なんとなく苦笑を漏らした。


アンナは、周防のクランズマンになった。

†

中庭の外れの物陰に倒れていた鎌本が目を覚まして話したことは、あまり要領を得なかった。

はっきりしていたのは、穂波がセンターに来てしまったらしいこと。

そして、その場に〝ウサギ〟が現れたこと。

そこで、鎌本の記憶は途切れたらしい。

状況を語ってくれたのは、その一部始終を見ていた、センターから避難してきたストレインの少年だった。

彼の話によると、穂波を見つけて駆け寄った鎌本のところに〝ウサギ〟の一団がやってきて、鎌本の顔の前に手をかざした。次の瞬間、鎌本は仰向けにひっくり返ってしまったという。

穂波は顔色を変えて鎌本の容態を見ようとしたが、その前に〝ウサギ〟が穂波の顔の前で手を一振りした。〝ウサギ〟の袖の長い装束からのぞく指が穂波の目の前でひらめいたとたん、穂波の体から糸が切れるようにフッと力が抜けたそうだ。倒れる穂波を〝ウサギ〟が抱きとめ、そのまま連れ去った。

その後、その〝ウサギ〟の一団が中庭に姿を現したことで、ほとんど決着がついて沈静化しつつあった吠舞羅とセプター4の面々にまた動揺が走った。

その騒ぎの中、ストレインの少年はどうするべきなのか判断もつかず、ただ倒れた鎌本に駆け寄り、うろたえながら側に座っていたらしい。

話を聞いたアンナは、もともと白い肌の色をさらに蒼白にした。

強ばった表情でポケットから赤いビー玉を取り出し、一度心を落ち着け集中するように目を閉じると、大きく見開き、縋るようにビー玉をのぞき込んだ。

アンナがビー玉をのぞき込み、どこかを見つめていた時間は、三十秒ほどだっただろうか。

だが周囲で見守る面々にとって、それは途方もなく長く感じられた。

アンナがビー玉の向こうを見つめている間、周りにいる誰も声を出そうとも、動こうともしなかった。そうできない張り詰めた空気があった。

やがてアンナは、体からゆるりと力を抜いた。

極度に緊張させていた体が緩み、ビー玉を持った手が垂れ下がる。

アンナの表情からは、その体の弛緩が安堵ゆえなのかショックゆえなのか、とっさに判別がつかなかった。

「ホナミは、大丈夫」

感情のうかがえない声でアンナは言った。

大丈夫と言いながらも硬い表情に不安になって、草薙はその顔をのぞき込むようにして訊いた。

「……無事なんやな？」

「無事」

うつむき加減になりながらも、アンナは短く言った。

「何も、問題ない」

草薙は周防を見た。周防は眉を寄せ、黙ってアンナを見下ろしていた。

†

到着した十束に手伝わせて、朝食を用意した。

「いつ来ても、腹立つくらい綺麗な部屋だよねー」

十束はトマトを一口サイズに切りながら、部屋の中を見回した。カウンターキッチンは二人が立ち働いても狭さを感じさせないし、広々としたリビングは日当たりもよく、大きな掃き出し窓から柔らかく日が射し込んでいる。

「衣食住の充実は、人生の充実や」

嘯きつつ、草薙はフライパンを傾けてオムレツをたたんだ。卵に仕込んだチーズが溶けて、ふつふつと小さく音を立てている。

匂いにつられたのか、寝室からアンナが顔を見せた。十束がアンナに向かって笑いかける。

「おはよ、アンナ。キングは？」

「まだ、寝てる」

「朝飯できるぞって起こしてき」

草薙の言葉に、アンナは素直に頷いて寝室に戻る。あの寝起きの悪い男が、無口な少女にちょっと揺すられたくらいで起きるだろうか、と草薙は自分で頼んでおきながら心配になる。

「今日着てくアンナの服、どうするの？」

昨日着ていた青い服は、あの騒動の中で汚れたり火の粉を被ったりしてボロボロになってしまっている。それに、できればもうあまり着せたくもない。

「俺のシャツはあかんかな。アンナが着たらワンピースみたいにならへん？」

「なるかもしれないけど……やらしくない？　なんか」

「…………やらしいかな」

言っている間に、アンナが再び姿を見せた。どうやって起こしたのか、ちゃんと後ろに周防を連れている。

周防は眠そうな不機嫌顔で頭を掻きながら出てくると、リビングのソファーにどかりと座った。

草薙は苦笑し、淹《い》れたてのコーヒーをサーバーからカップにゆっくりと注いだ。

今日は、アンナのために買い物に行く予定だった。


朝食を済ませたあと、出かけるためのアンナの服をどうにか整えた。

昨日着ていたボロボロになった青い服と、草薙のシャツのどちらがいいかアンナに訊いたところ、アンナは結局草薙のシャツの方を選んだ。

十束が肩のところを思い切り詰めて安全ピンで留め、ウエストの部分に布製のひもをリボンのように結んであげた。長すぎる袖はたくし上げて肩から通したひもで結んで留める。

無理に寄せた布やらピンやらひもやらでもたついてしまった肩周りをスカーフでふわりと隠すと、案外そういうデザインの服のようで、かわいく見えた。

街を歩きながら、アンナは周防の服の裾をつかんで、戸惑うようにきょろきょろと落ち着かなく周りを見回している。十束は後ろから声をかけた。

「どの店でも入って、好きなの選んでね？」

いくつも服の店が並んだ通りだが、アンナは困惑げに店の外観を眺めながら歩くばかりだった。

「なんでもいいよって言われると、逆に困っちゃうかな」

少し萎縮《いしゅく》した様子のアンナを見て、十束が首を傾げる。

「どんな感じの服が好きとかあるん？」

草薙が訊くと、アンナはやっぱり戸惑ったように視線を揺らした。

「あんまり普通の子供服のイメージはないよねぇ。やっぱりドレスみたいなひらひらした服が似合うんじゃない？」

「けどあれ、あのセンター所長の趣味やろ」

「うーん、そうかー……」

十束と草薙が首をひねりながら話していると、アンナが二人の方を見上げて言った。

「服の形は、好きだった。……ホナミも、かわいいって言ってくれた」

穂波の話をさせてしまったことに、草薙たちは罪悪感めいたものを感じたが、アンナの様子は穏やかだった。

「さっさと選べよ」

周防がちらりとアンナを振り返って、面倒そうに言う。まだ一軒も店に入っていないのに、早くも飽き飽きした声だ。

アンナは不機嫌そうに見える周防に怯えることもなく、逆に少し落ち着いた様子になって辺りを見回した。

　ふと、アンナの目が一軒の店のショーウィンドウに留まった。

†

　能力によって赤いビー玉越しに何かを見て、穂波の無事を告げたアンナを連れて、周防はセンターをあとにしたその足で穂波のアパートへ向かった。

　少し、後悔していた。

　穂波がバーから出て——しかもバーには吠舞羅のメンバーを何人か残していたのでおそらく多少なりとも無茶をしてまでバーを脱出して——センターにやってきたのは、周防がろくに事情を説明しなかったせいだろう。

　簡単に納得させられるような事柄ではなかったし、周防は説明だとか説得だとかが苦手だ。だからといって草薙や十束に任せる気にもなれず、ほとんど脅すようなやり方をした。

　だがそんな脅しは、結局は穂波に通用しなかったらしい。あの女の、ここぞというときの頑固さは知っていたはずだったのに。

　アンナは一言もしゃべらなかった。穂波のアパートに着いて、階段を上っている最中もやはり一言も発さず、気を逸《はや》らせている様子すらなく、ただ周防の服の裾を握ってゆるゆると足を動かした。

強力な感応能力を持つアンナが、穂波の無事を確信している。だとしたらそれは事実なのだろう。

そう思いながらも、周防の方は少しの懸念を持って穂波の部屋のチャイムを鳴らした。

反応は、すぐにあった。部屋の中からパタパタと駆けてくる音が聞こえ、ドアが開く。

「あら、周防くん」

穂波はドアを開けて周防の姿を目に留めるなり、笑顔を咲かせた。

その笑顔のあまりの屈託のなさに、周防は怪訝に眉を寄せる。

ふと、穂波が周防の横にいるアンナに目を留めた。だが、穂波はアンナの無事を喜ぶでもなく、ただ不思議そうに首を傾げた。

「……周防くんの妹さんかしら？」

——そういうことか。

周防は黙って苦い思いを噛みしめた。

穂波が〝ウサギ〟によって記憶を封じられている可能性はもちろん考えていた。〝ウサギ〟がわざわざ穂波を連れ去った理由は他に考えられない。

今日センターで見たもののことを思い出せないようにされているのなら、複雑な思いはあるが好都合でもあると思っていた。

だが。

周防はアンナを見下ろした。アンナは少しの動揺した様子も見せずに、じっと穂波を見上げていた。

感応能力で穂波を探したときに、アンナは穂波の状態を知ったのだろう。

穂波の記憶の中の、自分の存在が塗り潰されてしまったことを、すでにアンナは知り、一人心の中で受け入れてしまっていた。

——泣きゃいいのに。

周防はアンナの人形のような表情を眺めながら思った。

泣いて、思い出してと駄々をこねれば、〝ウサギ〟の術を解くことはできずとも、穂波は必ず心を揺らす。穂波にとって今のアンナは見ず知らずの子供なのだろうが、それでもアンナが泣いて穂波を求めれば、穂波はアンナを受け入れようとするだろう。そういう女だ。

だが、アンナは一粒の涙もこぼそうとはしなかった。

「いいの」

アンナはきっぱりとした声で、穂波の方を向いたまま周防に言った。まるで周防の心の中を見抜いたように。

穂波は困惑した声を出した。

「……周防くん。……今日は、一体、どう……したの？」

途切れ途切れの声に、周防は穂波の顔を見た。そして眉を寄せる。

「……あんたこそどうした」

穂波は泣いていた。

大きく見開いた目から、ハラハラと涙の粒がこぼれ落ちる。

穂波は混乱した様子で、落ちてくる涙を手のひらで受け止める。

驚いた顔で自分の涙を見つめる穂波を、周防はどうしてやることもできずに眺めた。

ふいにアンナが動いた。アンナの小さな手が、自分の涙を受け止める穂波の手をつかんだ。

アンナは慰めようとするように、穂波のその白い手をきゅうっと握り、ゆっくりと表情を動かした。

人形のような無表情を崩し、固い表情筋を緩める。

それは、周防でさえ不器用だと呆れるような——笑顔だった。

「泣かないで」

アンナはぎこちない笑顔を浮かべたまま、穂波に優しく言った。

「大丈夫だよ」

穂波は目を瞬かせた。涙が穂波の長いまつげに弾かれて飛ぶ。

「あなたは……」

不思議そうな、苦しそうな、もどかしそうな顔でアンナを見つめる穂波に、周防は小さく長いため息をついた。

「最後まで、ろくな生徒じゃなくて悪いな」

周防は言って、手のひらでぞんざいに穂波の涙に濡れた頬をひと拭いした。

「何を、言ってるの？」

「……いや」

周防はわずかに、苦く笑った。

「なんでもねぇ」

周防は穂波に背を向けた。「周防くん？」と穂波が戸惑った声で呼ぶのが聞こえたが、もう振り向かなかった。

少しの間をおいて、アンナのパタパタと駆ける小さな足音が追いかけてきた。

周防は後ろから追ってくる足音を聞きながら、黙って歩いた。

穂波のアパートをあとにし、通りを挟んだ向こうにある公園を突っ切る。

言葉を交わすこともなく、微妙な距離をあけたまま。

周防は不機嫌そうに眉を寄せ、ポケットに両手を突っ込んだまま、ただ歩調だけはアンナがついてこられる程度に緩めて。

公園の出口にさしかかったとき、ふいに後ろを追ってくるアンナの足音が止まった。

周防は少し行き過ぎてから立ち止まり、振り返る。

アンナが透明な表情で周防を見つめていた。

そこは人気のない公園だった。周防は知らないが、以前草薙と十束がアンナを説得しようと試み、失敗した場所だ。

「ミコト」

アンナは静かな声で呼んで、何かを求めるように周防に向かって両手を広げて差し出した。

「ミコトの赤が、欲しい」

真っ直ぐに告げられた言葉に、周防は内心でわずかにたじろいだ。

アンナは幼くも危ういストレインだ。御槌がアンナに執着したように、他者から狙われやすい能力でもある。穂波の記憶を奪った〝ウサギ〟の意図としては、アンナを一般人である穂波のもとに置き続けることを危険視したのだろう。かといって、今回の騒ぎのあとだ。黄金側で預かることは、赤のクランが承知しない。いわば、黄金のクランと赤のクランの「手打ち」の印として、周防はアンナの身柄を託されたのだ。

責任を取れ、と言われているとも取れる。

けれど、この期に及んで周防はまだ、迷っていた。

――びびってるのか。ガキ一人の人生を預かることに。

仲間が増えるごとに感じてきた重み。周防は王として人の命を、思いを預かることに、時折どうしようもない煩わしさを感じる。それは少し、恐怖感に似ている。

「お前を放り出す気はねえ。……が、何も保証はできない」

「いい」

ずるい言い方をした周防に、アンナは即答した。

「私は、私がそうしたいから、ミコトについてく」

アンナの目は揺るがなかった。

「ミコトは、何も約束しなくていい」

完全にアンナに負かされたような気がして、周防は口元だけで苦く笑った。

ゆっくりと片手をアンナの方へ差し出す。

アンナの目の前で、周防の手が赤い炎に包まれていく。

炎の照り返しがアンナの白い頰に移って揺らめいた。赤しか色を映さないアンナの瞳が、周防の赤い炎をじっと見つめていた。

「この手を、取れるか？」

まだどこか迷いを残した口調で周防は言ったが、アンナの方は一瞬も迷わなかった。

炎を宿す周防の手を両手でつかみ、そのまま大切な宝物をそうするように、胸に抱き寄せた。

炎が、周防の手からアンナの全身へ燃え移る。

それは決してアンナの身を焼くことはない、加護の炎だ。

†

セプター4を解散する。

塩津がそのことを最初に告げたのは、自分の部下ではなく、かつて仲間であった男だった。

「十年もずるずる来ちまったが……本当は、十年前にそうすべきだったんだな。……お前のように」

電話の向こうの相手は、そのことに関して何も答えようとはしなかった。彼はいつだって余計なことは何も言わず、やるべきことをやり、自分の進退を決めた。

「お前が先代の死の直後、セプター4を去ったときは、見捨てられた気がして恨《うら》みもしたが……お前の決断はいつだって正しい」

司令代行という荷は、塩津には重すぎた。持って歩けもしない荷物を惰性で抱え込み、ボロボロと大事なものを取りこぼし、歪めてしまった。

「俺じゃなく、お前が代行になっていたら、何かが変わっていたのかね。――善条《ぜんじょう》」

かつて、青の王の右腕であった男は、塩津の愚痴めいたつぶやきにやはり何も返してはくれなかった。タンマツに向かって独り言を垂れ流しているような状況に、塩津は苦く笑う。

「とにかく報告までに、だ。お前にはもう、興味のない話だったかもしれないがな」

『塩津』

善条が呼んだ。タンマツを通して、彼の深い声が塩津の耳を打った。

『すまなかった』

淡々と告げられた謝罪。だがその短い言葉の中に含まれた多くの意味を感じ取って、塩津は苦笑した。

「……こっちのセリフだ」

いつか、再び青の王は誕生するだろう。

だが、塩津にはもう、新たな王に仕える資格はない。

塩津は目をつぶり、頭の中で新たな王の姿を思い描いた。

古なじみとの通話を終えると、塩津はようやく部屋の前の気配に気づいた。

湊速人と湊秋人の双子の兄弟が、執務室の前に立ち尽くしているのが目に入る。

「セプター4が、解散？」

双子の兄の方、黒髪の湊速人が呆然とした声で言った。

いつも仮面を被ったような表情ばかりを浮かべていた双子が、顔の上に動揺をのせていた。

「ああ」

「セプター4も、センターと一緒に解体されるってこと？」

双子の弟、茶髪の湊秋人が言った。その声は細く揺らめいている。

塩津は、しわの刻まれた顔を穏やかに緩めた。

「……そうだな。だが、どっちにしろ、潮時だったんだよ」

双子の顔を眺めながら、塩津は罪悪感を覚えた。

子供の頃にクランズマンになり、直後王に死なれたこの双子が自らの軸としたものは、「大義」であった。その大義は、長じて双子の力が強くなるとともに歪んでいった。「ルール」がすべてであり、そのルールを犯す者は大義の名の下に処断する。

けれどその大義など結局、「特別な力」を振るうための言い訳に過ぎなかった。

「悪かった」

塩津は静かな声で言った。

こいつらが子供のまま、心を成長させずに体と力だけを成長させ、歪んでしまった責任は自分にある。

十年前、クランズマンにしてくれと食い下がった子供だった双子と、困ったように笑いながらそれを許した先代の顔が浮かんだ。

「……新しい青の王は、きっとまた生まれるだろうよ。……もしいつか、それに仕えたいと思うなら、お前らは多分変わらなきゃなんねえな」

塩津の言葉に、双子は顔を歪めた。

「……新しい王に」

「仕えたいわけじゃない」

言葉を分け合うようにして言った双子を見て、塩津は苦笑した。

かつて先代の青の王を純粋に慕い憧れていた双子の目を思い出す。

「そうさな」

塩津にとっても、王は、ただ一人だった。

そうさな、ともう一度つぶやいて、塩津は体から力を抜くように長いため息をついて、静かに目を閉じた。

†

レースがたくさんついた、深い赤の服。

袖はふんわりとふくらんで広がり、膝より少しだけ長いスカートの裾も同じように広がってい
る。
髪の上には、小さな赤い帽子が斜めにちょこんとのっていた。その帽子は、くっついている赤
いリボンを反対側の耳の上で結ぶことで留められている。
靴も、つやつやとエナメルが光る赤だ。
それを身につけたアンナは、自分の体を見下ろし、後ろ側も見ようと体をひねってくるくる回
る。
自分が着ている服を不思議がっているようにも、プレゼントされた新しい服を喜んでいるよう
にも、どちらともとれる、相変わらず内心の読みづらい表情をしている。
けれど、アンナがまとっている空気は柔らかだった。
バー『HOMRA』に帰ってきたアンナたちは、吠舞羅のメンバーに迎えられた。
アンナが周防のクランズマンになったことは、皆が知らされている。幼い女の子というかつて
ない仲間に戸惑いつつも、彼らは明るくアンナを迎えた。
「オメーやっぱ、赤着てた方がなんかポイんじゃね？」
八田が女の子の服を褒めるというめずらしい行為をしたが、いまいち伝わらなかったようで、
アンナは不思議そうに首を傾げた。
鎌本が大量の菓子を持ってきてテーブルに広げる。
「ほら、好きなの食えよ」

アンナを取り囲んでわいわいする吠舞羅の面々を、伏見が相変わらず少し離れた場所から、白けた子供が猿山の猿を見るような目で見つめている。

アンナの隣では周防がソファーに沈むように座り、アンナとその周りの仲間たちを眠そうに眺めていた。

草薙は、夜からバーを開くための開店準備にかかる。十束もカウンターの内側に入ってきて、それを手伝った。

「尊の奴、ずっとアンナのこと持てあました顔しとったけど、一回腹くくってしまえば、案外気いが合いそうやな」

カウンターの内側から、草薙はアンナたちの様子を眺めて言った。十束は笑って頷く。

「会話はなさそうだけどね」

十束は食材の確認をしながら、ふと、考えた。

「もしさ、アンナが本当に王になっていたら……どんな王になったろうね」

アンナが無事だったからこそできるもしも話だ。草薙も笑って乗った。

「賢い子やからな。案外、尊なんかよりずっとできた王になってたかもな」

冗談めかした口調での言葉に、十束は軽く声を立てて笑う。

「それはそれで、あの人と王同士、うまくやれたかもね」

鎌本が仕込みをしておいてくれた料理の仕上げをしつつ、草薙は考え込むようにわずかに目を伏せた。

「……そもそも、〝王〟ってのはホンマ……なんなんやろな」

〝石盤〟への探求に魅入られ、身を滅ぼした御槌。

理解する気など欠片もないが、それでも、〝王〟を選び、途方もない力を与える〝石盤〟のことを知りたいと思う気持ちは、草薙も抱いているのだろう。

「尊にとっては、王の座なんか、ただの枷や」

ぽつりと独り言のように、草薙は言った。

わかっている。

十束も、草薙も、他の仲間たちも、すべては周防を縛る枷だ。

十束はそれをよく自覚していたし、彼の枷であることが自分の一番の役目なのだとも思っていた。

そして、また新たに、無垢なる枷を、周防にはめた。

「でも、あの人が不幸だなんて、俺は言わせないよ」

十束は草薙に向かって微笑んで言った。

周防の中にくすぶる鬱屈も、抱えている負荷も、真に理解することはできない。

けれど、王を中心に集ったこの吠舞羅という居場所に、周防が何の安らぎも感じていないとは、十束は思わなかった。

「へーきへーき、なんとかなるって!」

十束が思い切り楽天的に笑って言うと、草薙もつられたように笑みを見せた。

「せやな」

†

アンナの左目の奥に、ほのかなぬくもりがある。

それは、周防からもらった炎の証だ。

アンナの肌には、他のみんなのように〝徴〟が現れることはなかった。

少しだけがっかりしたけれど、よく鏡を見てみたら、左目の奥に時折〝徴〟が浮かぶのを見つけた。

バーのソファーでみんなに囲まれながら、アンナはそっと胸に手を当てた。

この中に、彼からもらった赤がある。

周防の側にいると、アンナの体の中の赤がふわりと熱を持ち、暖かくなる。

アンナは、隣に座る周防をそっと見上げた。

周防は眠たそうな顔でぼんやりしている。彼の姿は、モノクロだったアンナの世界の中で鮮やかに色づいていた。

周防の体にはいつも、周防が持つ鮮やかで激しく、何よりも美しい赤い光が、ほのかに寄り添っている。

アンナは宝物を見つめるように、周防の姿を大切に目に焼きつけた。

うっすらと微笑みを浮かべる。

——ミコトの赤は、一番綺麗な、赤。

この作品は書き下ろしです。

著者紹介

来楽《らいらく》 零《れい》（GoRA《ゴーラ》）

1983年生まれ。千葉県在住。2005年『哀しみキメラ』（第12回電撃小説大賞〈金賞〉受賞）でデビュー。他の著書に『ロミオの災難』『X《クロス》トーク』『6－ゼクス－』がある。ＴＶアニメ『K』の原作・脚本を手がけた7人からなる原作者集団GoRAのメンバーの一人。

Illustration

鈴木《すずき》信吾《しんご》（GoHands《ゴーハンズ》）

アニメーション制作会社GoHands所属。数々のアニメーションの制作に携わり、劇場作品『マルドゥック・スクランブル』シリーズ三部作、『Genius Party「上海大竜」』、TVシリーズ『プリンセスラバー!』でキャラクターデザイン、総作画監督をつとめる。2012年、ＴＶアニメ『K』の監督、キャラクターデザインを手がける。

講談社BOX

KODANSHA BOX

K SIDE:RED《ケー サイド レッド》

定価はケースに表示してあります

2012年11月15日 第1刷発行
2014年10月22日 第7刷発行

著者 ── 来楽《らいらく》 零《れい》（GoRA《ゴーラ》）

発行者 ─ 鈴木　哲

発行所 ─ 株式会社講談社
東京都文京区音羽2-12-21　郵便番号 112-8001
編集部 03-5395-4114
販売部 03-5395-5817
業務部 03-5395-3615

印刷所 ─ 凸版印刷株式会社

製本所 ─ 株式会社国宝社

製函所 ─ 株式会社岡山紙器所

ISBN978-4-06-283818-4　N.D.C.913　414p　19cm

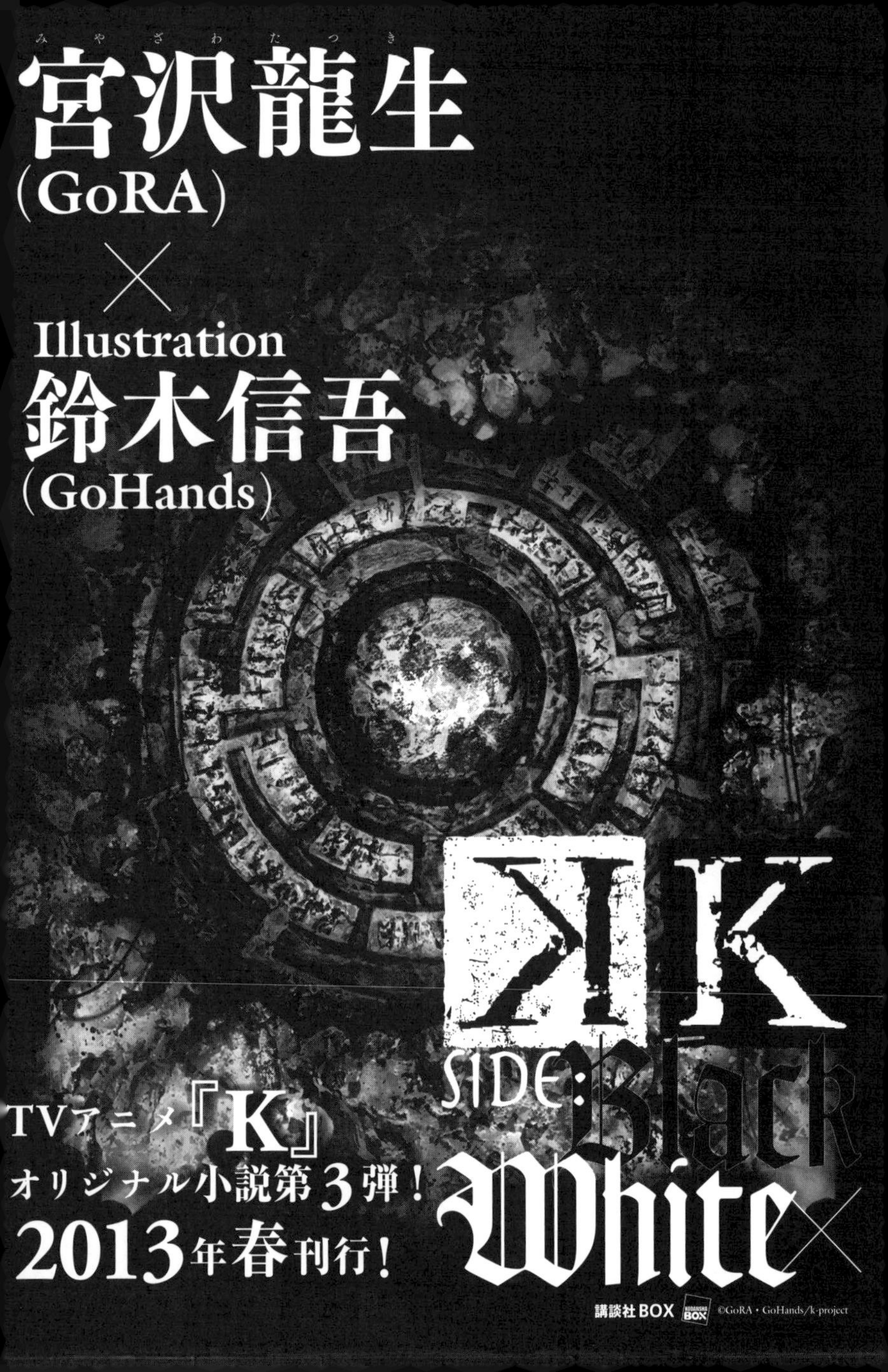
宮沢龍生《みやざわたつき》
（GoRA）
×
Illustration
鈴木信吾
（GoHands）
K
SIDE:Black & White
TVアニメ『K』
オリジナル小説第3弾！
2013年春刊行！
講談社BOX
KODANSHA BOX
©GoRA・GoHands/k-project